好好陸彌 上

林不答——著
虫羊氏——繪

高寶書版集團

目錄
CONTENTS

第一章　重慶

陸彌後悔了。

夜晚九點的洪崖洞人頭攢動，她們錯誤地選擇了相信所謂的「快速通道」，跟著一個本地口音的中年女人一頭扎進了茫茫人海。

然後，就被塞進沙丁魚罐頭。

天知道為什麼一個非節假日的普通週末這裡也有這麼多人。

早知道這樣，給再多錢她也不接這一單。

陸彌被擠得胸悶，身前的女孩卻興奮地左顧右盼，晃著活潑的後腦勺，像隻兔子。

「嘿 Juno，那是什麼？」Charlotte 閃著一口大白牙回頭，指著不遠處的烤魷魚攤好奇，卻看見她一臉難受，關切地問：「Juno，妳怎麼了？」

Charlotte 是陸彌前兩天新接的客戶，一個二代 ABC，小麥色肌膚和濃密黑色大波浪，穿著吊帶小背心和高腰熱褲，戴一頂棒球帽，渾身上下充滿美國人的體育精神和二十二歲大學生的活力。

這是她第一次回國，一個中文字都不認識，會說的詞也僅限於「你好」和「謝謝」，所以特地請了位翻譯，兼任地陪。

陸彌原本不愛接這類工作，一來她這幾年都在做筆譯，口譯雖是本行，但好久沒碰過了；二來她本身話少，向來不愛陪人說笑。

更何況，她不過到重慶玩幾天，遠不能勝任地陪的工作。

但是 Charlotte 出手闊綽，陸彌算了筆帳，又打量女孩長得好看，最終還是樂呵呵為五斗米折了腰。

「沒什麼，」陸彌搖搖頭，「有點熱。」

Charlotte 看了她穿著的薄紗襯衫一眼，點點頭，「妳穿得太多了！」說著，直接上手替她解了第三顆扣子，用手撫了撫平，退後觀察了一眼，滿意地點點頭，「That's cool!」

陸彌沒來得及阻止，先感覺到一陣清涼，又見 Charlotte 爽朗大方，便笑了笑，隨她去。

低頭一看，自己胸脯一片雪白，隱約露出兩根胸骨。

風光倒還不錯，就是光溜溜的，有些單調。

陸彌自言自語地評論：「可惜，少了條項鍊。」

Charlotte 哈哈大笑：「這樣才性感！」

隊伍好不容易向前挪動了一點，陸彌看見左手邊幾公尺之外有個下樓的臺階。

她想了想，拿出手機查地圖和攻略。

看了兩分鐘，又四處環顧大致確認了自己的位置，腦袋裡迅速形成路線。陸彌拍拍Charlotte的背，「我們不排了，走這邊。」

Charlotte很疑惑：「還沒到呢？」

陸彌直接舉起手機給她看圖，「妳想看的風景在外面。我們先下樓。」

Charlotte仍舊望著前方隊伍旁的一家店，玻璃罩下的串串浸滿紅油，很誘人。

「可是我想嘗嘗那個。」Charlotte戀戀不捨道。

外國人的錢就是好賺。

陸彌腹誹完，微笑著解釋：「這個叫串串，重慶大街小巷都有，一定比這裡的味道好。我保證。」

陸彌並沒有板起臉，甚至還斂著嘴唇微微笑著，目光沉靜，毫無咄咄逼人之意，但她很清楚，自己這樣講話是很唬人的。

也許是因為長相，也許是因為語氣，又或許，氣質本身就是一種天賦。

陸彌從很小的時候就發現，大多數時候故作鎮定地說話，比歇斯底里更有威懾力。

果然，Charlotte點點頭，順從地跟著她走出隊伍，後面的人迅速補上了空缺。

從側邊下了樓，再繞到洪崖洞馬路對面，人果然少了許多。

但看到馬路對面黑壓壓幾乎人壓著人連成一條線的場景，陸彌還是忍不住默默在心裡爆了句粗口。

Charlotte 終於見到了洪崖洞全景，興奮得大叫，「就是這裡！太美了！我在網路上看過！」

陸彌保持微笑，「沒錯，就是這裡。」

出於職業素養，她主動問：「妳想拍一張和洪崖洞的合影嗎？站在馬路邊應該可以拍到。」

她很希望 Charlotte 能看那邊的人群一眼然後知難而退。

但怎麼可能。

Charlotte 用力點頭，「當然！」

陸彌繼續微笑：「好的，沒問題。」

兩人往人群聚集處去，發現路邊有好幾個背著相機的年輕人做生意，他們拿著 iPad 展示自己拍的照片，然後問路人是否需要拍照，三十元一張。

Charlotte 蠢蠢欲動，但出於尊重，她先問陸彌：「Juno，妳喜歡拍照嗎？」

陸彌如實回答：「不喜歡。」

Charlotte 有些驚訝，問：「為什麼？妳這麼漂亮，怎麼會不喜歡拍照？」

美國式的誇張，是真的很誇張。

陸彌回頭看了 Charlotte 一眼，她嘴巴張得可以塞下一個拳頭。

她輕笑：「沒有特別的原因，我不喜歡記錄這些。」

Charlotte 十分誇張地嘆了口氣，以示惋惜。

但其實她早就猜到這個回答，和陸彌在一起幾天，她能感覺到這個美麗而禮貌的年輕女人身上有著明顯的距離感。

陸彌看起來，不像是喜歡拍照的人。

陸彌看出她的意思，主動說：「所以我的拍照技術也不怎麼樣。妳要不要試試這些街頭攝影師？應該很不錯。」

這話正中 Charlotte 下懷，她眼睛一亮，「好！」

周邊幾位攝影師見她們停步不動，一擁而上推銷自己，「小姐要拍照嗎？」

「教妳擺姿勢幫妳打光，全包的！」

「可以試拍的，可以先看看效果。」

「……」

Charlotte 一句也聽不懂，幾塊 iPad 塞到眼前，連忙用眼神向陸彌求助。

「不如……我們先走過去看看別人是怎麼拍的？」陸彌見狀，建議道。

Charlotte 連忙點頭，抓著陸彌的手逃出了人群。

「他們的照片看起來都一樣……」Charlotte 吐吐舌頭，小聲吐槽，「沒有別的創意嗎？在這麼美的地方！」

陸彌笑了笑。

一樣的位置、一樣的側臉、一樣的車水馬龍和燈紅酒綠，網紅打卡點是生產精緻的流水線，從來都與創意無緣。

「哎，不過他們可能是兼職的大學生吧，收費不高，可以原諒！」見陸彌不說話，Charlotte 又自言自語地找起理由來，一邊說還一邊偷偷投來打探的眼神。

陸彌差點忘了，之前為了做好這單生意，她跟 Charlotte 說自己就是重慶本地人。Charlotte 這麼急著彌補，大概是不想詆毀她的「家鄉」。

陸彌哭笑不得，又有些許愧疚，只好轉移話題。

她抬頭望了望，指著馬路邊最多人圍著的一個年輕攝影師說：「去看看那個吧。」

Charlotte 個子高，走到人群邊踮腳看了看，驚喜地回頭對陸彌說：「Juno，他拍得好棒！」

陸彌笑著點點頭，並不意外。

一條馬路上十幾個攝影師，這個年輕男人是最受歡迎的，身邊圍了近十個等待的女孩子。

而且，他和其他吆喝著教人擺姿勢的攝影師不太一樣，他幾乎沒怎麼說話，只用簡單幾個手勢，也不教人擺奇怪的動作。

陸彌這人有固執的偏好，總覺得寡言的人更可靠。

她出聲提醒 Charlotte：「可能要等很久。」

Charlotte 毫不介意，笑道：「沒關係，我喜歡看他拍照！」

陸彌笑了下，退到路邊欄杆處坐下。

本是百無聊賴地等待，左右隨意看著，不知怎麼的，目光定格在那位年輕攝影師的身上。

年輕男人背影很高，在人群中有鶴立雞群之勢。看起來瘦，但持著相機手臂露出結實好看的線條，很有力量。

他一定是個好看的男人，陸彌想，怪不得這麼受歡迎。

一個女生拍完，男人低頭給她看照片，女生明顯心花怒放，笑著加了好友等著取照片。

男人回頭，另一個女生無縫接上。

那一瞬間，陸彌看見他鼻尖有顆痣。

好像在哪裡見過。

但男人很快轉回頭專注於拍照，陸彌沒能繼續仔細看。

Charlotte 回頭，滿臉驚喜地用嘴型對陸彌說：「Juno, he's hot!」

陸彌笑著朝男人的背影努努下巴，玩笑著做了個「拿下」的手勢。

雖然攝影師很帥，雖然 Charlotte 熱情高漲，但陸彌還是等得快失去耐心。

嘉陵江吹來的涼風聊勝於無，陸彌坐在人群之中，覺得自己像被關在一個巨大的蒸籠裡，就快熟透了。

一個多小時後，終於輪到Charlotte。

陸彌直起身正要幫她溝通，卻見那年輕男人回頭，自然的用英語與她交流。

男人回頭的時候目光自然地掠過陸彌，短暫地停了一秒；而在那一秒裡，陸彌認出了他。

難怪她會覺得眼熟。

他的長相和十七歲時沒什麼變化，但總覺得哪裡不同，也許是因為摘了眼鏡；肩膀寬了，身高似乎也更高了點，鼻尖那顆痣仍然是淺淺的，很好認。

陸彌沒想到會在這裡碰到他，有些怔愣，但很快掩過去，自然地走到Charlotte身邊。

年輕男人低聲詢問著Charlotte的喜好和要求，又簡單介紹了自己的收費標準。

他語速不快不慢，是標準的英國腔，很好聽。

他的口語比高中的時候進步更多了，比她的好聽了不少。不對，他高中的時候就比她好很多了，陸彌想到這，自嘲地笑了笑。

Charlotte顯然對他流利的英語很驚喜，簡直快藏不住星星眼。

他和她溝通完，回頭撞見陸彌的眼神，波瀾不驚地朝她點了個頭，低聲叫道：「陸老師。」

陸彌微怔，原來他早就認出自己。

她沒說什麼，笑了聲作尋常狀叫他的名字：「祁行止，好巧。」

祁行止聽見她叫出自己的名字，頓了頓，「嗯」一聲，回身舉起相機。

Charlotte 身材高挑，胸是胸腿是腿，在鏡頭前自然地擺出各種姿勢，卻不讓人覺得誇張，只有風情萬種。

拍攝很順利，祁行止不停地按動快門，很快就拍夠張數。

Charlotte 意猶未盡，湊到祁行止身邊看照片。

她很興奮，有些忘了分寸，不見外地湊近，手直接搭在祁行止小臂上，胸脯也無意識地貼近了。

祁行止不動聲色地往後挪了一步。

Charlotte 這才反應過來，吐著舌頭說了句「sorry」。

祁行止微笑搖頭，道：「選五張吧，我修好了傳給妳。」

Charlotte 手指在螢幕上滑動，選擇困難發作，皺著眉難以抉擇，回頭問陸彌：「Juno，妳幫我選好嗎？」

陸彌點點頭，上前看照片。

祁行止把相機伸近了些，手指規律地滑動著展示照片。

陸彌把所有照片看了一遍，不得不承認 Charlotte 是天生的模特兒，每一張都讓人挪不開眼。

正打算隨機選五張快速解決，祁行止忽然將相機收回去，轉頭問 Charlotte：「都給妳吧，不過可能要多等一天，可以嗎？」

Charlotte 驚喜得愣了兩秒才笑道：「當然!麻煩你了！」

祁行止說：「不麻煩，妳很好看，不需要多修。」

Charlotte 咧嘴一笑，「謝謝！」

祁行止拿出手機說：「需要加個好友，我修好了把圖片傳給妳。」

Charlotte 沒有帳號，來不及現場申請一個，只好轉頭看陸彌，「Juno，加妳的可以嗎？」

陸彌點點頭，拿出手機正要點開好友 QRcode。

祁行止見狀，低頭在自己手機上操作了兩下，說：「我傳送申請，妳通過就好。」

「叮咚」一聲，APP上果然出現新的好友申請。

陸彌一怔。

回國第四天，洪崖洞熙熙攘攘的人流中，陸彌遭遇了五年來第一個社交車禍現場。

晚風拂來熱浪，陸彌怔了兩三秒，才猛然想起，五年前她離開南城的時候，把那邊大部分人的好友都刪了乾淨。

包括祁行止。

她驀地尷尬起來。

抬頭看祁行止，他卻神色如常，靜靜地等待著，目光中不含一絲波瀾。

陸彌侷促地笑了笑，通過好友申請，「加了。」

祁行止點點頭，「好，照片大概後天傳給妳。」

陸彌轉帳訂金給他，笑著道了謝，拉著 Charlotte 走了。

她們訂的飯店在對岸，因為 Charlotte 非要看什麼「不同角度的江景」。千廝門大橋上仍然人滿為患，陸彌擦著陌生人的肩艱難移動著，人群嘈雜中 Charlotte 撞了撞她的肩膀，問：「Juno，妳認識他？」

一偏頭，Charlotte 一副「我懂」的表情，八卦的大眼睛閃得比身後洪崖洞的燈火還亮。

陸彌稀鬆平常地點了個頭，「以前我當過他的家教。」

Charlotte 顯然對這個平淡的答案很不滿意，失望地撇了撇嘴。

幾秒後，還是耐不住，輕輕地、聲調上挑地又說了一遍：「He's hot.」

陸彌斜眼看她，笑道：「有想法？」

Charlotte 惱怒地白了她一眼，嫌棄她這個沒眼力的玩笑。

陸彌忽略她的眼神，繼續玩笑：「他看起來，不太好追呀。」

Charlotte：「……」

Juno 這人油鹽不進，想從她嘴裡探聽有意思的八卦看來是不可能了，Charlotte 覺得沒意思，也無意追根究底，聳聳肩，揭過了這個話題。

「算啦，反正都拍過那麼好看的照片了。」

「妳記得和他聯絡哦。」她眨眨眼說。

陸彌原本打算到了約定時間再去聯絡祁行止要照片，沒想到，第二天剛陪Charlotte從南山下來，又碰見了他。

祁行止在下山步道旁無人踏足的石板上坐得穩穩的，支了個畫架替一個遊客模樣的女生畫肖像。

他副業還挺多，難道缺錢？

怎麼可能。陸彌輕笑一聲，搖搖頭把這個不著邊際的想法趕出腦海。

祁行止的目光在筆尖和女生的臉龐上專注地來回，那女生被看得有些不自在。

畫已經在收尾，陸彌看見祁行止換了種顏色，在畫中女生的臉頰上掃出了淡淡的緋紅。

祁行止擱下畫筆，女生明顯鬆了一口氣，羞赧地起身接過祁行止從畫架上取下來的畫。

她看見畫中自己臉頰上的紅暈，霎時有些詫異，又像被抓包了似的，低頭不好意思地笑了，小聲說了句謝謝。

祁行止一邊彎腰收拾著畫架上的紙筆，一邊隨意地說：「陽光很好，所以添了兩筆。」

——陽光太好，所以妳才臉紅。

祁行止大概認為這是在替女生解釋，減輕她的尷尬，卻不知道這句話更惹人臉紅。

陸彌不禁笑了，這到底是算是鋼鐵直男直腸子還是撩人不自知？

女生趁他轉身，終於正大光明地盯著他的背影看，亮晶晶的眼裡難掩傾慕，踟躕幾秒，問：「那……我們加個好友吧？我把錢轉給你。」

說著，已經拿出了手機。

祁行止回身，卻是調出了收款 QRcode，說：「不麻煩了，直接掃就可以。」

女生明顯神情一黯，掃了後低頭付款，匆匆走了。

Charlotte 雖然聽不懂他們的對話，但也津津有味地看完這場好戲，才走上前，毫不見外地對祁行止笑道：「好巧，又見面啦！」

巧什麼巧，她們都躲著偷看這麼久了。陸彌腹誹，Charlotte 的搭訕技術可真不怎麼樣。

祁行止將畫夾單肩背在自己背上，陸彌發現他另一隻手還拿著相機。

他看見她們倒是一點也不意外，還十分給面子地順著 Charlotte 的話回道：「好巧。」

用英文和 Charlotte 打了招呼，又看著陸彌點頭叫了聲：「陸老師。」

他一向有禮貌。

陸彌笑笑，禮尚往來地寒暄回去：「你來這裡寫生？」

祁行止說：「嗯，現在要回去了。」

話題到這裡就該結束了。陸彌正想道個別就拉Charlotte走免得夜長夢多，誰知道還是晚了一步，女孩已經笑著發出邀請：「正好，你吃晚飯了嗎？一起吧！順便把照片給我，怎麼樣？」

陸彌扶額，只能寄希望於祁行止的回答。

最好他那些照片還沒整理完。

哪知，祁行止說：「照片還差最後兩張，我先把修好的傳給妳可以嗎？」

這意思，是答應一起吃飯了。

Charlotte爽快點頭：「當然！你想吃什麼？」

三人最後選擇了去山下的防空洞裡吃串串火鍋。

正值暑假，店裡生意很好，四人大桌沒了，Charlotte性子急，徵得陸彌和祁行止的同意後，選擇了兩人的小方桌。

服務生搬來一張椅子，Charlotte十分謙讓，率先坐在側邊。陸彌和祁行止坐在對面。

「哇，看起來好辣！」Charlotte看見隔壁桌紅油翻滾，口水已經不自覺地分泌出來，感嘆道。

「那我們點鴛鴦鍋？」祁行止握著筆點菜，問。

「你也不能吃辣嗎？」Charlotte問。

祁行止搖頭，「不太能。」

Charlotte 正要感嘆同道中人，忽然想到昨天陸彌說高中時當過他的家教，疑惑地問：「咦，Juno 說你們這裡的人都很能吃辣的，你們不是高中就認識了嗎？你不是重慶人？」

祁行止聞言一頓，看了陸彌一眼。

陸彌原本覺得這是場尋常的對話，撞見他的目光，後知後覺地不自在起來。

她一點也不在乎被祁行止發現撒謊，現在這一刻的心虛，更多的是因為被抓包私下跟 Charlotte 聊過他。

祁行止卻很快垂下眼，神色尋常地低聲回答：「是。不過我不太能吃辣。」

Charlotte 了然，「這樣啊。我就說嘛，怎麼可能人人都能吃辣！」她又指著陸彌感嘆起來，「你不知道，Juno 吃辣的能力有多誇張！」

「嗯。」祁行止低低地笑了聲。

他拿鉛筆勾選完鍋底，又伸手將菜單遞給陸彌。

這幾天陪玩下來，陸彌已經摸清 Charlotte 的態度，她來重慶主要是為了嘗鮮，並沒有什麼偏好，所以把她沒見過的幾樣特色菜全勾了一遍，滿滿點了一長串。

出於禮貌，她點完又把菜單遞還給祁行止，說：「你看看要加什麼。」

祁行止低頭掃一眼，發現頂欄備註裡陸彌勾了「不加香菜」那一項，有些詫異，抬頭問：「不要香菜？」

陸彌怔了半秒，指指 Charlotte 說：「她受不了那個味道。」

祁行止沒說話，低頭繼續看菜單。

陸彌那股不自在的感覺更強烈了，總覺得該說一句關懷之類的話回去，禮尚往來。猶豫了一下，還是問：「要加嗎？不過我記得……你好像也是不吃香菜的？」

祁行止沒接話，眼睛掃到第三列，終於看到素菜裡有單點的香菜。

他勾上，叫來服務生下了單。

「那就單獨點一份吧，下在辣鍋裡，我們也不吃。」他輕描淡寫地說。

「……好。謝謝。」

陸彌喜歡吃香菜，幾乎可以說是「香菜腦殘粉」的程度。麻辣燙裡總是要單獨燙兩份，自己做小菜也永遠少不了拌香菜這一樣。

可惜從小到大都沒找到同道中人，即使能接受香菜的，也最多拿它當佐料。以前和蔣寒征在一起的時候，她閒得沒事就愛捉弄他，逼他一個聞到香菜味就打噴嚏的人吃自己做的拌香菜。蔣寒征一開始很抗拒，她也不說什麼，只裝作不在意的樣子淡淡地「哦」一聲，蔣寒征立刻就會服軟，苦著臉夾起香菜往下嚥，一口混著五六個小米辣椒包進嘴裡，寧肯辣死也要蓋住那股味道。

她看見蔣寒征辣得七竅生煙還笑著哄她時，又會很愧疚，覺得自己惡劣至極，就愛做這些事。

蔣寒征一隻手大得能遮住她整張臉，粗糙的食指和拇指輕輕按在她嘴角，幫她擺出笑臉，說：「這算什麼，我訓練的時候吃過的東西比這東西噁心幾百倍呢！」
陸彌白他一眼，繼續津津有味地吃自己的拌香菜，「不懂欣賞！」
蔣寒征中氣足得笑起來都像在唱音階，輕輕地揉她髮頂，一邊忍著香菜味一邊認錯，「是是是，我不懂欣賞！妳多吃點！」
陸彌晃腦袋把他的手甩下去，「哼」一聲不領情。
蔣寒征是個什麼都向著她的傻子。
而她一直是個不識好歹沒有良心的負心人。
生意火爆，菜上得慢，Charlotte 對防空洞串串的一切很好奇，從重慶防空洞的歷史到桌上搖籤筒的作用問了個遍，陸彌只能回憶著前幾天臨時搜尋的資料勉強作答。
幾個問題答下來覺得現學的東西快不夠用了，忽然想到祁行止高中時是個學神級的人物，這些邊邊角角的知識應該也瞭解不少，便打算眼神求救。
然而抬眼一看，祁行止專注地修著照片，根本沒關心她們的對話。
還以為他們科系的都用電腦修圖呢，怎麼也依賴手機ＡＰＰ？
陸彌急著轉移話題，便問道：「手機修圖是不是不太方便？」
祁行止聞言抬頭，「是，操作起來確實麻煩點。不過就剩兩張了，還好。」
陸彌又問：「你用什麼軟體修？」
祁行止答：「lightroom，她拍得很好，簡單調一下光線就好了。」

好吧，果然還是比她們美圖秀秀選手專業。

陸彌沒了可轉移的話題，只好乾點頭，繼續面對 Charlotte 的追問。

好在還沒說幾句，服務生就上菜了。

陸彌鬆了口氣，把大部分菜撥進中間的骨湯鍋裡，盡職盡責地跟 Charlotte 介紹著每道菜的名字。

介紹完，第一撥串串也燙熟了，陸彌正要開吃，祁行止放下手機，對她說：「修好了。總共十二張，都傳給妳了。」

「圖片有點大，可能要等一下，先吃吧。」

陸彌點點頭，也沒客氣，把辣鍋裡的東西撈了一大勺出來盛碗裡，頭髮往耳後一別埋頭吃起來。

這幾天她和 Charlotte 都是這樣，講過菜名就算她服務結束，兩人悶頭大吃，不需要多聊什麼。

祁行止看她辣得嘴唇通紅，卻越辣越過癮，額頭鼻尖不斷有汗珠沁出。

她皮膚本來就很白，汗珠和紅暈一起浮上來，襯得她的臉蛋像顆剛剝出來的荔枝。

他很快低下頭，拿筷子撥了半碟牛肉放在辣鍋的漏勺裡盛著，才夾了一塊鴨血放進自己嘴裡。

細膩爽滑，燙的時機也剛剛好。

是他來重慶這一個多月，吃過最好吃的一頓飯了。

辣鍋只靠她一人解決，陸彌碗裡堆成了小山，好不容易消滅完了，一抬頭，漏勺橫在紅油鍋上，新一輪又燙熟了。

轉頭一看，Charlotte 吃得不亦樂乎，顯然沒空照顧她。

那麼只能是祁行止了。

陸彌不禁看了對面的男生一眼，他專注地低頭吃著自己碗裡的東西，吃相斯文得有些漠然，好像這食物並不可口似的，與店裡熱火朝天的景象不相配。

她努力在記憶裡搜尋這張臉，想起的畫面卻寥寥。

南城的事情不過過去五年，卻好像上輩子一樣。

印象中，祁行止的個性是很冷漠的，只記得他很聰明、成績很好，是祁家人引以為傲的好孩子，卻和他的長輩們不親密，總是獨來獨往。

想到這，又看了看眼前滿滿的食物，陸彌心裡忽然一皺，記憶也跟著晃了晃，漏出星星點點的碎片。

祁行止正好抬起頭，撞見她探詢的眼神，頓了頓，說：「我們好像點多了。」

陸彌收回目光，「嗯」了聲：「慢慢吃吧。」

祁行止拿起大壺酸梅湯，問：「要加飲料嗎？」

陸彌搖頭，「不用了，我休息一下再吃，有點撐。」

祁行止沒說什麼，幫自己倒了一杯，又把 Charlotte 的杯子也加滿。

Charlotte 忙裡偷閒抬起頭來，嘴巴鼓囊囊小倉鼠似的，笑道：「謝謝！」

祁行止搖頭笑笑：「不客氣。」

或許是剛才吃得太猛，陸彌這時有點喪失食欲，索性拿起手機看照片。

店裡 WiFi 訊號不太好，照片檔案太大，這麼久了才傳過來五張。切換成流量，傳送速度還是沒有起色，大概是因為店裡人太多。

陸彌環顧四周，一塊又一塊的小方桌前擠滿了人，圍著熱氣大快朵頤。她愈發覺得胸悶，晃晃手機對 Charlotte 說「我出去找個訊號」，起身走了。

防空洞建在地下，出了門還要穿過一條約莫一百多公尺的隧道，走幾十級臺階，才是地面。

陸彌今天穿了件吊帶背心，外搭 oversize 的薄襯衫，剛剛吃串串時辣得出了滿背的汗，夜晚的風一吹，居然有些涼，不禁打了個哆嗦。

胸悶感在透氣之後不減反增，陸彌愈發覺得煩躁，左右環顧了兩眼，走進身後一間便利商店買菸。

其實她不常抽菸，對各種牌子也沒什麼認知，陸彌看著櫃檯下面一排排的菸，隨手選了一包綠白包裝、細長型的。

看起來順眼。

陸彌又買了支打火機，站在便利商店門口點菸。夜裡風不小，點了好幾次才點著，她不甚熟練地吸第一口，回憶著第一次抽菸時蔣寒征教她的，盡力把菸氣從鼻腔裡吐出來。還算成功。

陸彌總算感到一絲暢快，笑了笑，把菸夾在手裡，開始滑手機。

切換流量之後網路速度變得飛快，幾張照片幾乎同時傳來，響起一串提示音。

陸彌一張一張滑過去，每一張都不自覺地停留了好幾秒。不得不說 Charlotte 氣質奇佳，這些照片隨便挑兩張放社群上也不愁按讚數。

祁行止的技術很好，一樣的場景、一樣的燈光條件，他拍出來的照片，就是比那些千篇一律的網紅照耐看。

這兩個人，一個長得好一個審美好，還挺般配。

陸彌忽然想到，Charlotte 和祁行止應該是同歲。可惜她沒當月老的熱絡興致，不然還能幫他們牽牽線，反正日子無聊。

漫無邊際地想著，身後忽然傳來一句，「陸老師。」

回頭一看，祁行止正從臺階下走上來，步履穩重，拾級而上。

他的輪廓和臉龐漸漸清晰，身後防空洞的燈火襯得他身形單薄但挺拔，莫名顯出一股寂寥之感。

小帥哥長成了大帥哥，還是一樣養眼，陸彌想。

剛剛那一幕要是拍下來，剪進王家衛的電影裡應該毫不違和。

「怎麼出來了？」陸彌問。

祁行止說：「剛剛嘗了幾口紅油鍋，太辣了，出來買支冰棒。」

他走近了，陸彌才發現，他嘴唇果然微微腫起，兩頰泛起了紅暈，說話時也不像之前那麼平和淡定，眼神甚至有些躲閃。

看來這臉紅，半是辣的，半是因為覺得丟臉。

陸彌沒見過他這模樣，十分想笑，但又看祁行止強裝鎮定實在辛苦，好心地忍下來，全然沒看出他的異樣似的，說：「那你去吧。」

祁行止穩重地點點頭，步伐卻快，一陣風似的擦過陸彌的肩，走進便利商店裡。

陸彌看著他寬闊背影，竟瞧出一絲落荒而逃的狼狽，輕輕發笑。

手機提示音又響了一聲，還有一張照片。

陸彌點開一看，下意識絞起了眉。

照片裡的人，是她。

是昨晚在洪崖洞，她坐在路邊欄杆上等得耐心盡失，兩眼放空，就這麼被拍了下來。

祁行止還做了特殊處理，那一瞬間從她面前走過的幾個人全被虛化了，擦著她的輪廓，襯得她那一刻的目光更加空洞而呆滯。

陸彌不喜歡拍照，這麼多年僅有的照片就是畢業照、團體郊遊照之類的集體合照。

乍一看見自己，陸彌居然湧起一股吊詭的陌生感，好像和每天在鏡子裡看見的並不是同個人似的。

陸彌心中瞬間有些亂，說不清是因為對照片不滿意，還是對他抓拍她的行為不滿意。手裡的菸忽然燒著她的指頭，陸彌驚了一下，撣掉已經燃盡的菸灰，猛地吸了一大口。

祁行止從便利商店出來，多買了一支冰棒，輕輕碰了碰她的手臂，問：「妳要嗎？」

陸彌微微挪遠一步，搖頭道：「不用了，太涼。」

低頭一瞥，祁行止買的是老式的「祕製紅豆」冰棒，居然還在賣。小時候放暑假，她每天把院裡生活阿姨發的小麵包藏起來，和巷口的一個小胖子換五毛錢，每三天就能存到一塊五，再去偷偷買一根紅豆冰。

祁行止沒說什麼，就這麼靜靜地站在她身邊，隔著半步的距離，慢慢地啃冰棒。陸彌也靜靜的，隱約聞到紅豆的甜香。

兩人沉默了半晌，陸彌忽然說：「照片拍得很好看，Charlotte 肯定滿意，謝謝。」

祁行止說：「不用客氣，她本身就很有鏡頭感。」

陸彌笑一聲，問：「那你覺得她怎麼樣？要不要我幫你牽牽線？」

祁行止忽然轉頭看她一眼，目光沉沉的，頓了頓，又收回去，低頭說：「不用。」

陸彌嘆息：「那可惜了，我看她對你很有意思的樣子。」

祁行止不說話了。

陸彌繼續笑：「真不考慮考慮？我覺得你跟她還挺合適的，一靜一動，互補。而且你英文那麼好，也沒有溝通障礙……」

「陸老師。」祁行止出聲打斷她。

「……嗯？」陸彌聲音一斷，沒由來的有些慌張。

莫名的，她很怕他接下來要說的話。

印象中，這人話很少，偶爾認真說兩句總是語出驚人。

好在，祁行止只是問：「剛回國？」

陸彌心裡暗暗鬆了口氣，「嗯」了聲。

祁行止問：「怎麼來重慶了？」

陸彌說：「無聊，來玩幾天。正好接到個地陪的工作。」

祁行止又問：「接下來去哪裡？」

陸彌對他的盤問失去耐心，又隱約覺得他想問的並不是這個，簡略地說：「不知道。」

祁行止「哦」了聲。

沉默了幾分鐘，他終於問：「……不回南城嗎？」

陸彌呼吸一滯，她就知道他要問這個。

陸彌絞起眉，想到半個月前收到夏羽湖的郵件。

她再次後悔了，她不該以「看一看」的理由騙自己回國，不該回國了卻近鄉情怯轉而飛到重慶，更不該在偶遇祁行止之後還和他坐下來同吃這頓飯。

她想裝出無事發生的樣子把這個話題打太極揭過，一開口語氣中卻充滿不尋常的惱怒。

「為什麼要回？」她反問。

祁行止抿了抿唇，猶豫了半晌，說：「也是。」

一根紅豆冰啃完最後一口，他轉身離開。

陸彌以為他是回店裡去了，鬆了一口氣。

誰知道，他轉身將木棍丟進垃圾桶，又折回來，仍舊站在她身邊。

風將陸彌吐出的煙霧飄過來，味道很淡，並不刺鼻，反倒有股菸草的焦香。

祁行止就這麼靜靜地站著，沒有說話。

陸彌也由著他，一口一口吸著菸，彷彿身邊並沒有這麼個人。

等了一下，她忽然笑出聲，掏出口袋裡剛買的菸，伸到祁行止面前，問：「怎麼，站在這等我請你抽一根？」

她提著嘴角，原本是想開玩笑的，可只擺出皮笑肉不笑的僵硬表情，語氣也不客氣。

祁行止擺擺手，「我不抽菸。」

「哦，對，忘了，」陸彌恍然大悟似地收回手，笑嘻嘻地說：「年紀大了記性差，差點又帶壞小孩。」

祁行止看了她一眼，低頭說：「妳自己也不怎麼會抽，怎麼帶壞我。」

「……」

陸彌不想說話了。

和祁行止這樣的人打太極討不到任何好處。他看出陸彌抗拒、躲閃，但該問的還是會問；他也知道陸彌跟他漫無邊際地開玩笑粉飾太平，卻總要四兩撥千斤地繞回到正題。他既像堅硬的鐵板，又像柔軟的棉花，她不管怎麼用力，最終都落回陷阱。

陸彌將不悅明顯地寫在了臉上，祁行止終於晃了晃手裡的冰棒，說：「快融化了，我拿去給 Charlotte 吃吧。」

陸彌不說話，自顧自抽菸。

「晚上風涼，妳也別站太久。」

祁行止轉身走了。

陸彌盯著他的背影，在他身影快消失在臺階下的時候，出聲叫道：「祁行止。」

祁行止停住腳步，回頭看她。

還是那張沒有表情但好看的臉，挺秀的眉毛輕輕地擰著，是問詢的意思。

「我不上相，下次別拍了。」

說完，她沒看他的表情，轉身熄滅了抽完的菸。

第二章　她和祁行止

這頓飯最終是祁行止結的帳，陸彌回到店裡的時候，他已經在買單了。

Charlotte 沒受過搶單文化的薰陶，所以也沒怎麼推辭，只在道謝之後愉快地和祁行止約定了下次請回來。

陸彌聽見，提醒她：「Charlotte，妳明天的火車去成都。」

Charlotte 隨性得很，擺手道：「改票就好啦，我覺得重慶很有意思，正想多待幾天呢！」

說著，又問：「Juno，妳可以多陪我幾天吧？」

陸彌搖頭，「不巧，我明天也要離開重慶了。」

Charlotte 很驚訝：「為什麼？妳不是在地人嗎？」

陸彌面不改色地現編理由，「公司那邊有點事，要去北京出趟差。」

Charlotte 聞言垂下眉毛，「好吧，那我也沒必要改票了……」

陸彌見她神情失望，心裡湧出寥寥無幾的兩滴負罪感，好像對女孩扯了太多謊了……

她笑了笑，安慰道：「沒關係，如果有機會的話，我去成都找妳。」

說完，她又覺得無力，這話說得空乏，而且太不真誠。

她果然還是很不適合安慰人。

Charlotte 倒是很給面子地笑了，點頭道：「說好了！」

祁行止靜靜地聽完她們的對話，未置一詞。

三人一起走出門，陸彌提前叫好的車已經到達，司機腦袋探出窗催促說路邊不能停車。

Charlotte 有些意外，因為之前幾天她們晚飯後都是走回飯店的，當作消化。

陸彌神色如常，拉開車門請 Charlotte 坐進後座，又自己坐在了副駕駛座。

Charlotte 探頭出去和祁行止道別：「拜拜！謝謝你的照片，還有這頓飯！」

祁行止一直禮貌地等在車邊，聞言笑道：「拜拜。」

他又看了陸彌一眼，揮揮手說：「再見，陸老師。」

回到飯店，陸彌敷著面膜從洗手間出來，抬眼便看見占據整面牆的巨大落地窗外，隔著茫茫江水對岸的洪崖洞。

已經是深夜了，洪崖洞仍然亮著燈，但遊人已漸漸散去。沒了遊人擁簇，洪崖洞星星點點的燈火在夜裡閃著，像一座蜃樓。

Charlotte 盤腿坐在窗臺上滑手機，看見她出來，笑盈盈地舉起螢幕給她看，「Juno，看我新換的桌面！」

陸彌走近兩步看清了，是祁行止拍的照片。

她笑笑，說：「好看，這比網路上那些照片好看多了。」

Charlotte 不無得意地哼了聲，一面繼續欣賞著，一面嘀咕：「Juno，妳的朋友真的是個很優秀的攝影師……」

陸彌「嗯」了聲。

Charlotte 原本在自言自語，忽然轉了話題，抬起頭又問：「Juno，他真的是妳的學生嗎？」

陸彌頓了一秒，說：「當然。」

Charlotte 撇撇嘴，「一點也不像。」她學祁行止的語氣，費力地用中文說出了「老、師」兩個字，「雖然他這樣叫妳。」

陸彌解釋：「因為我只是他的家教，嚴格說起來，並不能算老師。」

Charlotte 問：「家庭教師？那妳教他什麼？」

陸彌說：「英語。」

Charlotte 恍然大悟：「怪不得他英文說得那麼好！除了妳，他是我來這裡後遇到英語說得最好的一個人了！」

陸彌笑了笑，心知 Charlotte 這句「除了妳」實在是此地無銀的恭維。

她搖搖頭，說：「並不是。在我做他的家教之前，他英文就已經很好了。」

Charlotte不太理解，疑惑地問：「那他為什麼還需要家庭教師？」

陸彌忽然被問倒了。

她怔了怔，扯扯嘴角笑道：「我也不知道。」

她笑得輕鬆，看起來不過是隨口略過了一個無關緊要、不值得深究的問題。

Charlotte也聳聳肩，玩笑著給出了刻板的答案，「好吧，反正你們亞洲的家長都喜歡幫孩子請家教。」

其實，陸彌是知道的。

二〇一二年夏，陸彌升學考結束。

她的分數不算高，但也不錯，不挑學校名氣的話，北京還是有很多學校可以報名的。

問題在於錢。

育幼院供她到十九歲念完高中，已經算仁至義盡。而院長林立巧雖然主動提出願意個人出資讓她讀大學，但省內和首都的開銷畢竟不同，陸彌如果報考北京的學校，她也愛莫能助。

天知道當時的陸彌哪來的一腔孤勇，五個志願全填了北京的大學，滑鼠一按斷了回頭路，還強著脾氣和林院長打包票說能用一個暑假存夠一年的生活費。

可她哪有什麼賺錢的辦法。

想去肯德基當櫃檯人員，等了好幾天連健康證名都辦不下來；想去補習機構當老師，升學考成績又不算突出，別人瞧不上。

折騰好幾天，最後還是林院長幫了忙。

「隔壁祁醫生的姪子剛考完國中，想找個家教練英語，妳要不要去試試？」林立巧是個瘦弱的中年女人，因為過瘦所以顯老態，四十歲出頭臉上就布滿了皺紋，看起來有些苛薄。但她說話總是輕輕柔柔的，說什麼都像在徵詢別人的意見。

這樣的機會陸彌怎麼可能錯過，但她興奮之餘還是留了個神，在腦海裡搜尋了一下「隔壁祁醫生的姪子」究竟是何許人也。

哦，那個小帥哥。這是她的第一個反應。

噢，這次的狀元，祁奶奶坐在院子口擇菜時都要說兩句她孫子多麼有出息。這是她想起來的第二件事。

想到這，她有了疑慮。

「是那個，祁……行止嗎？」她費了點力想起小帥哥的名字，問道。

林立巧笑說：「不然祁醫生還有哪個姪子？」

陸彌問：「他不是成績很好嗎？聽祁奶奶說他剛剛考了狀元，怎麼還需要家教？」

林立巧也被問倒了，想了想說：「詳細的我也不清楚，可能是精益求精吧。聽說那孩子很自律的，學什麼都很自覺！」

陸瀰問：「可他成績那麼好……我能教得了嗎？」

林立巧笑了，摸摸她的頭，安撫道：「沒關係，我是和祁醫生偶然聊起的，他說小祁想找個英語家教。我一聽，這不是正巧嘛，妳從小就英語最好，還得過演講比賽獎的……我沒記錯吧？」說到這，林立巧不太確定地頓了頓，「妳不用緊張，先去試試課。適合我們就去，不適合也沒關係，反正大家都同條街上住著的，妳跟小祁也熟，不要緊的。」

熟？她和祁行止可說不上熟。

雖然住在同條街上，但祁家搬過來才不到三年。況且，她和祁行止差了三歲，學校在一南一北兩個方向，平時根本毫無交集。

再說了，這位小帥哥高冷得很，她印象中唯一的畫面就是他單肩背著書包，面無表情地穿過小巷去等公車上學。

戴副無框的眼鏡，挺拔地站在公車站牌前，雕塑似的。

陸瀰心裡還是有點猶豫。

她都記不起這三年裡有沒有和祁行止打過一次招呼，現在就要裝熟人去當家教？多尷尬。

林立巧看出她的緊張，笑道：「沒事，妳要是願意呢，我就跟祁醫生說讓妳試教，不願意也沒關係，反正我還沒和他說呢。」

陸彌又糾結了兩秒，想到空空如也的口袋，還是點了點頭，「我想去。」

林立巧笑了，「嗯，那就好好備課！」

陸彌當然好好備了課，但不止於此。她還做了兩手準備。

第一手，她把高一英語課本翻了個遍，從單字到文法，從聽力到口語，排了個滿滿的課表。她自己高三備考時都沒這麼認真過。

但這第二手，就沒那麼光彩了。

林立巧沒有記錯，陸彌確實拿過英語演講比賽的獎，不過只有一次，而且只是市級比賽的二等獎。

這成績雖然也不錯，但對狀元同學來說，未免太沒有威懾力。

所以，陸彌做的第二手準備就是——花幾十塊錢在網路上買兩個假獎狀，幫自己弄了兩張省級一等獎的證書。

試教那天是週末下午。放了暑假，育幼院的小毛頭全跑出來玩，陸彌抱著證書穿過嘰嘰喳喳的小人堆，走到小巷另一頭。

總共幾百公尺的路，她居然出了一身汗，那兩張假證書的角也被她的手汗攥得黏濕濕的。

祁醫生家是獨棟，坐落在巷子最深處的轉角，在這一片普通住宅區算是很氣派的房子。可門鈴似乎壞了，陸彌按了好幾下，沒聽到聲音。

她退後兩步抬頭望了望，屋裡靜悄悄的沒人走動。太陽刺得她眼睛睜不開。

該不會第一天試課就被放鴿子？陸彌略有不安地想，猶豫著要不要開口叫人。

但是叫誰呢？這個時間祁醫生肯定在醫院，祁奶奶應該也不在家，她在家都會坐在院子裡的。

祁行止？她光在心裡默念這個名字就覺得夠陌生了。

陸彌在門口等了兩分鐘，還是沒見有動靜，轉身打算返回，身後忽然傳來鐵鏽擦過門閂的一聲，「吱呀——」

那門居然開了。

陸彌猛一回頭，祁行止穿著白色T恤站在門裡。

怎麼以前不覺得他有這麼高？才國三的男孩子，她就要微微抬起頭打量了。

他很瘦，肩下鎖骨一根筷子似的橫著，隔著T恤也能看得清清楚楚。鼻尖上有顆小小的黑痣，這是陸彌第一次發現。他還是戴著那副無框眼鏡，看起來卻不顯書卷氣，反而冷冷的。

視線再往下，陸彌才發現他手裡拿著半個檸檬，汁水流出來，在他腕骨處滴了下去。

看來剛剛是在廚房忙。

「你好，我是陸彌——」

「請進。」

兩人異口同聲。

陸彌愣了下，看見祁行止側身讓出了位置，點點頭走進去，「謝謝。」

「要……換鞋嗎？」

她話音剛落，祁行止已經彎腰打開鞋櫃，用另一隻乾淨的手拿出一雙女士拖鞋。不是涼鞋，但是是亞麻材質的，穿上去也很涼爽。

陸彌起身，看見祁行止已經走到開放廚房的流理檯前，在忙著什麼。他側身到水槽旁洗手，陸彌才看清那流理檯上是兩杯檸檬水。

祁行止端著檸檬水回身，走到她面前，遞給她，說：「抱歉，剛剛在切檸檬，沒有聽見妳敲門。」

陸彌心說，其實她並沒有敲門。

但她還是笑了笑接過杯子，那一瞬觸感清涼，將她等這幾分鐘的燥熱驅了個乾淨。

「謝謝。」

她喝了一口，發現裡面還加了蜂蜜，少量的，在檸檬的酸澀中沁出一絲絲甜。而且這水一點也不冰嗓子，喝下去只覺得涼爽。

還是個很細心的男孩子，陸彌想。

舊木樓梯「吱呀呀」的響，陸彌跟在祁行止身後上樓，才發現祁家這小洋房看起來大，可用面積卻不多。二樓的面積目測還不到一樓的一半，一左一右兩個房間，全都緊閉著門。

陸彌原以為這裡就是祁行止的房間，沒想到他不作停留，繼續往上。

三樓的面積又比二樓還小了一半，只能算個小閣樓。正對著樓梯是扇木門，祁行止將門推開。

這是個幾坪的小房間，窗邊貼牆嵌著一張極寬敞的書桌，右側置放單人床，床對面釘了一排櫥櫃，櫥櫃前架了臺老式電風扇。

午間陽光下，灰塵在空氣中緩慢浮動，使這整潔的陳列更顯古舊，舊得發靜。

陸彌看著井井有條的小空間，心想會不會太整潔了？一點也不像青春期男孩子的房間。

嘖，閣樓上的天才少年。

「請進。」祁行止說。

陸彌聞言踏進門，才看見門邊的牆上嵌了個小籃網，籃網正下方擺著個垃圾桶，與書桌隔著兩三公尺的距離。

陸彌很快反應過來這是做什麼用的，心裡不禁笑了。

看來無論多高冷的男生都有把所有垃圾當籃球扔的習慣。而且這位小祁同學更有儀式感一些，還特地裝上了籃網。

「請坐。」祁行止的聲音把陸彌從故作老成嘲笑小男生的心理活動中拉了出來。

他從床底拖出一張折疊凳，展開了放在自己身後，把有靠背的椅子讓給了陸彌。

從她進門到現在，祁行止的一切舉動都紳士而從容，一點也不像學生面對老師的樣子。

……雖然她也算不上什麼老師。

但陸彌還是覺得有些丟臉，這位資優生表現得過於淡定了，反倒襯得她侷促，很沒有為人師表的威嚴。

陸彌定了定神，決心擺擺老師的架子，於是斂著嘴唇高冷地點了個頭，施施然坐在了椅子上，輕聲說：「坐吧。」

她把懷裡抱著的東西放在書桌上，一邊裝作認真整理的樣子，一邊狀似隨意地問：「我找你家長瞭解過情況，聽說你主要想提高聽力和寫作能力？」

祁行止說：「嗯。」

陸彌輕輕看了他一眼，又說：「剛好，我這方面比較有心得。我準備了兩個提案，一個呢，就是老方法，直接練習精聽，我每週陪你聽兩份試卷，難度會很高，聽完我們一起逐字逐句地磨，然後從聽力教材中直接選一個話題寫作文；第二個會比較有意思一點，隔週我們看一次英文電影，無字幕版的，看完一遍我可能會隨機點播某一片段請你重複一次。這個方法短期內對於分數的提高可能沒有第一個方法明顯，但長期來看對你英文水準的提高很有幫助。你覺得哪一種更好？」

問完，陸彌等著祁行止的答案，心裡不自覺地猜測他會選擇哪一個。

照理說像他這樣的資優生都很在意分數，而且都是做題狂魔，應該會選第一個提案；但他看起來又不太像一般的資優生，說不定就愛迎接挑戰，做高難度且有趣味的事情。

她怎麼也沒想到，祁行止頓了兩秒，回答的是：「隨便。」

陸彌僵了兩秒，疑心自己聽錯了。

這人木著一張臉嘴巴一張一合，說的是「隨便」？

多麼不資優生、不主動、不自律的答案！

祁行止看了看她手下壓著的厚厚一疊教材，說：「老師，我看您準備得很充分，就按您說的來吧。我都可以。」

他的目光只是短暫地在被陸彌手腕壓著的那證書上掠過了一秒，卻莫名讓陸彌很心虛。她輕咳了聲，才皮笑肉不笑地說：「……我還以為你會有自己的想法。一直聽說你在讀書上很有主見也很自覺的。」

她語氣裡有意外和不解，還有一點試探性的揶揄。

可祁行止似乎一點也不在意，只說：「我相信老師。」

陸彌沒話說了，想了想，說：「那我們就第二種吧，一週電影一週聽力，輪換著來。」

祁行止點頭：「好。」

陸彌把證書收進資料夾，轉而拿出準備好的試卷和MP4，說：「那今天先聽聽力吧，我瞭解一下你的水準。」

其實陸彌在來之前就瞭解過了。

南城考試是級分制度，而祁行止作為狀元，每一科的級分當然都是滿分，這就意味著，英語一百二十分的試卷，他至少拿了一百一十六分。

為了給這資優生一個下馬威，她準備的是當年升學考的英語聽力題。

MP4不能外放，祁行止戴著耳機伏在桌前，專注地聽著聽力。

陸彌原本想擺出專業的架勢，所以跟他要了他平時的英語試卷，打算分析分析失分處。可不知怎的，也許是因為祁行止的失分處實在太少，她的注意力不自覺地被身邊這位資優生吸引。

他有勾勾畫畫的習慣，但落筆很少，每題只在關鍵的兩三個單字下畫橫線。他答題的時候不寫ABCD，只在選項處隨意勾一筆。長對話有兩遍，他聽完第一遍就能選出答案，第二遍的時間也不浪費，直接讀下一題的題幹。

很「資優生」的習慣。

陸彌自己沒當過資優生，卻莫名覺得，祁行止這些小習慣，挺跩。

很快，祁行止就刷新了她之前的「瞭解」。

這份聽力是陸彌升學考時親自寫過的題目，她的成績是全對，不過有一小題是不確定亂猜的；祁行止的成績也是全對，而他顯然沒有猜。

陸彌頓時有些無措。她來之前做好了心理準備，狀元肯定有兩把刷子，但她畢竟多讀了三年書，而且好歹考上了大學，怎麼也不至於露怯。

現在看來，是她低估了這位狀元。

陸彌沮喪地想，這份時薪高達六十元的工作就要飛了。

淡定淡定，不要像沒見過世面似的。她瘋狂對自己心理暗示，然後扯出個比哭還難看的笑，哈哈道：「哇，你滿分欸！」

用力過猛，原本想營造出「溫柔學姐鼓勵學弟」的和諧氣氛，最終卻表現出了「幼稚園老師哄小孩」的效果。

祁行止還沒說什麼，陸彌自己先掉了一地雞皮疙瘩，恨不得找個地洞鑽進去。

房間裡僵了半分鐘，祁行止淡定地開口：「這份題目我做過。」

陸彌：「……」

一時間，她不知是該感謝祁行止對她的智障語氣視而不見還是該慶幸原來他是做過才能得到滿分。

她反應了一下，問：「你才剛考完高中，怎麼想著做升學考的題目？」

祁行止說：「無聊。」

陸彌：「……」

如果不是他的表情實在很誠懇，陸彌幾乎要懷疑他是在委婉地暗示她——妳太菜了，教不了我。

這天快聊不下去了。

陸彌笑著點了個頭，一邊在心裡不斷對自己說「淡定淡定資優生腦子都有病」，一邊拿出自己整理好的聽力原文想把這堂試教課拉回正軌。

然而視線一偏回到那兩張假證書上，陸彌心裡那根弦還是「啪——」一聲，斷了。

如果祁行止只是個普通的準高中生，她還不至於過不了自己心裡那關，因為她會真心誠意地教，也有信心能提供幫助；可現在看來，她的英文水準根本無法當他的老師。這種情況下，她要是拿假獎狀騙了人，會真的於心有愧。

她做了個深呼吸，把所有資料攏在一處，然後微笑著看向祁行止，認真地問：「你為什麼想找家教？」

祁行止表情忽然僵了一瞬，沒接上話。

陸彌有些意外，怎麼這個問題會讓他這麼慌張？

頓了好幾秒，祁行止說：「我……想提高一下英語水準，聽說高中英語比國中難很多。」

真不會撒謊，陸彌腹誹。

見她不接話，祁行止表情更僵了，指著陸彌手下那證書又說：「我也有參加那個比賽的打算，所以想提前積累。」

陸彌：「……」

這下陸彌更肯定了，這位資優生請家教一定有其他的原因。

她笑了笑，索性攤牌，椅子一轉面對著祁行止，說：「小祁同學。」

距離倏然被拉近，祁行止感受到她的動作帶來輕微的熱浪拍在他耳邊的那一瞬便不自覺握緊了筆。側身對著她仍然覺得慌亂，喉嚨裡悶出「嗯」一聲。

陸彌直接問：「你請家教，是不是有別的原因？」

祁行止不說話，背卻越繃越僵。

陸彌笑了，看著挺能藏事的人，怎麼這麼禁不住問？果然還是國中生呀。

陸彌又說：「除了想學英語、想提高成績之外的原因。」

祁行止手裡抓著筆，空寫了兩下，還是沒說話。

陸彌等了一下，嘆道：「好吧，祕密交換！」

她拿起那兩張證書，大喇喇地笑說：「這兩個獎狀是假的，我買的。這個比賽我只拿過市級二等獎。」

她腳輕輕一蹬，滑輪帶著椅子後退，與祁行止隔開距離。離遠了才發現，小祁同學耳廓都紅透了，臉卻還是白白淨淨的。

「反正我也不是真正的老師，只是升學考完了賺個外快而已，你要是真有祕密我也不會告訴別人。」陸彌心情終於放鬆下來，有商有量地說著，「而且，我已經告訴你我的祕密，作為交換，你也告訴我你的？」

祁行止靜了兩秒，默默地說：「我早就發現了。」

「所以妳這個不算祕密。」

陸彌：「……」

她僵了半分鐘消化這個消息，無語道：「……你有沒有聽過一個詞叫善意的謊言？」

祁行止終於動了動，放鬆肩膀垂下手臂，偏頭看了她一眼，然後起身走到櫥櫃旁，拉開最右側的推拉門，裡面是一整架的書，還有各種獎盃、證書。

祁行止取了三張證書出來，遞給陸彌。

陸彌接過一看，上頭赫然寫著——「星火杯全國中學生英語演講比賽 國中組 省級 特等獎」。

三張除了年份，一模一樣。

祁行止說：「妳買的這兩張章在左下角，正規的應該在右下角。」

陸彌：「……」

祁行止又說：「妳被騙了。」

陸彌：「……」

房間裡陷入寂靜，灰塵在陽光下飛舞起來。

陸彌心中萬馬奔騰，可她來不及心疼那幾十塊錢，先猛地拽住了祁行止的手腕，認真地說：「打個商量。」

祁行止手一抖，聲音也跟著抖：「……嗯？」

陸彌問：「不管出於什麼原因，你是不是就想找個家教？」

祁行止頓了頓，點了個頭。

「我當！但是——」陸彌豪氣十足地拍了板，「你能不能把這事忘了？」

空氣中浮動著夏日躁動的灰塵，老式電風扇「吱呀呀」地轉，陸彌耳邊的碎髮被吹到臉上，搔得有些癢。但她顧不上了，她目不轉睛地盯著祁行止，企圖以眼神恐嚇他忘記這件令她丟臉的窘事。

可她怎麼看見……他好像想笑？

陸彌面子掛不住，咬著牙問：「成交嗎？」

祁行止終於還是沒笑出來，他斂了斂唇角，點頭道：「好。」

交易達成，陸彌鬆開手，「那行吧，上課。把這聽力原文重複一遍。」

她情緒轉換得太快，一副無事發生的樣子，祁行止看得目瞪口呆，終於忍不住，連同之前那個被生生咽回去的笑，輕輕地笑出了聲。

陸彌聽見了也裝沒聽見，把試卷往他那邊一挪，自己戴上耳機又分一邊給他，正經道：「專心點。」

兩個小時，他們完成了三份聽力的精聽和複述。

讓陸彌略感寬慰的是，祁行止也沒到成神的地步，第三份試卷他錯了一題，複述的時候也不算百發百中。

這讓陸彌澈底放了心。就算她不能作為老師指教一二，當個學姐打打輔助還是綽綽有餘的。六十元一小時的薪水，她拿著也不算心虛。

到了下課時間，陸彌爽快地收拾東西打算走人，看到那兩張假證書，自嘲地笑了笑，問：「這個需不需要給祁醫生看，證明一下我的資質？萬一他覺得高中畢業生不夠格呢。」

祁行止搖頭，「不用。我決定了就行。」

這話又勾起陸彌的興趣了，她看著祁行止那張波瀾不驚的俊俏的臉，猶豫了一下還是忍不住，湊近了點，問：「欸，你到底為什麼想請家教？我看你也沒期待能在課上學到什麼。」

真想趁暑假更上一層樓的話，怎麼會找她這個半桶水的高中生？

距離驟然被拉近，祁行止看見陸彌右眼下有一顆小小的、褐色的痣。

她的瞳孔也是褐色的，鬢邊的碎髮好像也是。

他原本不打算回答的，他一向是很能藏事的人。可看著眼前清淺的褐色，他鬼使神差地開口，說：「我三伯他們要去旅遊。」

陸彌沒反應過來：「……啊？」

祁行止沒解釋，只是迅速地垂下了眼。

褐色很好看，他想。比黑色淡一點，又或者淡很多，卻不像棕色那樣厚重、黃色那樣焦枯的顏色。

清淡的、輕盈的、讓人忍不住細看的褐色。

「哦，祁醫生打算全家一起去旅遊，你不想去？」陸彌反應過來，自動補全了前因後果，問。

祁行止說：「嗯。」

陸彌不解，她長到十九歲就沒出過南城一步，所以才鐵了心想去北京念大學。她問：「幹嘛不去，旅遊不好玩？」

祁行止說：「我不喜歡。」

陸彌聳聳肩，沒再追問，「所以你就找個要上家教課的理由留在家裡？」

祁行止點頭。

陸彌又問：「那你為什麼不乾脆報個補習班？上大課應該比請家教便宜吧，而且肯定教得比我好。」

祁行止又掀起眼簾看了她一眼。

她的話突然變多了，他心說。剛剛除了上課，她一句多餘的話也沒說。

但他還是回答了，說：「補習班人很多。」

陸彌明白了，資優生果然怪癖多，喜靜大概是其中尤為顯著的一項。她點點頭，表示理解，「好吧。」

「那我們就確定啦？一週三次課，二、四、六，下午兩點到四點？」臨走前，陸彌在他的計算紙上留下自己的電話。

祁行止看一遍，記住，點點頭：「嗯。」

「你有ＱＱ——」陸彌剛要問，忽然又住了嘴，心道還是不要加學生的ＱＱ好友好了，免得給他上網的藉口。而且他房間裡也沒有電腦，一看就是不常上網的。

陸彌寬於律己寬於待人地長到十九歲，人生信條是對所有人和事都別上心，一切隨緣，吃飽就好。

但在這一天，她決定做一個負責一點的老師。

畢竟一小時六十塊的薪水對她來說實是鉅款，這學生認真又聽話。

於是她轉而說：「算了，我回去直接加祁醫生的好友好了，讓林院長傳給我。」

祁行止沒說話。

「反正發薪水的又不是你。」陸彌玩笑道。

祁行止起身要送她出門，陸彌連忙擺手，「別麻煩了，你去寫作業吧。我自己下樓，會把門關好的。」

祁行止說：「我要出門買書。」

陸彌聽了，也就隨他去。

祁行止替她推開門，下樓時自然地走在她身前。陸彌看見他的白色Ｔ恤背後汗濕了一塊，這才想起剛才電風扇一直放在她側後方，每次她偏頭講題的時候，他就吹不到了。

陸彌心中有些愧疚，懊惱自己都當老師了還這麼粗心。

換鞋的時候，祁行止靜靜地站在一旁等她。頎長的身體背對著西斜的太陽，籠下一片陰影。

已近傍晚，盛夏的熱浪依舊威嚴。只是彎腰換個鞋的功夫，陸彌就淌了兩行汗。她直起身，看見祁行止臉上仍是乾乾淨淨的，一滴汗都不流，光看臉誰能想到他熱得背後都快濕透了？

她猶豫了一下，問：「你吃不吃冰棒？我請客。」

祁行止有些意外，一時沒說話。

陸彌可沒工夫和他客套，叫她請客，那是比小行星撞地球的機率還小的事情，要不是現在被愧疚感突襲，她才沒那麼大方。她沒耐心地催著問：「吃不吃？」

祁行止點頭，「嗯。」

陸彌輕車熟路地帶他去巷口那家雜貨店，又輕車熟路地要了兩根祕製紅豆。伸長了手臂從冰櫃最底部拿出冰得最足的那兩支冰棒，她才想起來問：「紅豆口味，可以嗎？」

祁行止說：「隨便。」

陸彌放心了，把另一支冰棒遞給他，說：「我可不是貪便宜哦，而且這也不是最便宜的，只是最好吃。」

祁行止接過，「謝謝。」

陸彌沒跟他多聊，擺擺手就往回走了，「拜拜，你去買書吧。我回家了。」

「拜拜。」

祁行止看著她的身影轉進紅星育幼院。

他其實沒有書要買。至於為什麼找了個藉口跟出來，他也不知道。

只是鬼使神差的，她發出了邀請，他就答應了。就像剛剛很多次，她問了問題，他就回答了。

冰棒拿在手裡傳來陣陣涼意，一點一點驅散他心裡的不平靜。

祁行止開始在腦海裡搜尋「陸彌」，和先前一樣，一無所獲。小巷裡每天來來往往那麼多人，他眼前只看路，心裡只想自己的事，從沒留意過誰是誰。

他有些沮喪，從來不知道自己的記性這樣差。

後來祁行止才明白，記憶這東西很奇怪，需要時機和天意。有的人擦肩而過千千萬萬次也不曾被注意，可某一天，她忽然停下腳步，撞進了他的視線。

就再也沒被忘記過。

祁行止最終還是去書店轉了一圈，帶回兩本沒見過的奧林匹克數學習題集。回家的時候，三伯祁方斌下了班，奶奶也從老年大學回來了。

一根紅豆冰仍舊被他拿在手裡，滴得全是水。

祁方斌看見，意外地問：「怎麼買了冰棒不吃……不對，你不是不吃零食的嗎？」

「三伯。」他叫了人，然後低頭換鞋，邊說：「陸老師買的。」

祁方斌反應了一下子，才想起他說的「陸老師」是紅星育幼院裡最大的那個女孩子，叫陸什麼？他又忘了。反正是個拗口的名字。

「哦，林院長推薦來幫你補習的那個女孩子是吧？」

「嗯。」

祁方斌問：「怎麼樣，課上得好嗎？」

祁行止換上拖鞋，抬頭說：「挺好的，陸老師答應以後每週上三次課，同樣的時間。」

祁方斌很驚訝，前幾天祁行止主動提出要找家教他就夠驚訝了。他原本以為，以祁行止的個性和成績，一定挑不到滿意的老師的。沒想到第一位試教的就敲定下來了。

祁方斌笑道：「這麼快？看來林院長推薦的很不錯。」

祁行止說：「嗯，陸老師人很好，教得也很好。」

祁方斌哈哈大笑：「你這孩子，真不懂事。人家小陸就是剛升學考完的學生，你叫姐姐、學姐，都行，叫老師人家會不高興的，女孩子都怕被叫老。」

會不高興嗎？祁行止想了想，好像沒有。

相反，陸彌似乎一直在把自己往「老師」的身分中套，好像是因為這樣才能心安理得地拿薪水——「一小時六十塊」，她提起了好幾次。

再說了，她看起來並不比他大。

他沒由來地又想到那褐色的瞳孔，以及瞳孔下褐色的淚痣。

嗯，不能叫她姐姐，祁行止暗暗做了決定。她一點也不像姐姐。

「來來來，今天吃魚！」奶奶端著長盤子從廚房裡走出來，一抬頭也看見他手裡濕噠噠融了快一半的冰棒，「怎麼我們阿止今天也想到買零食吃啦？是不是太熱了，我早說你別住閣樓上，裝不了空調……」

祁行止把紅豆冰放進冰箱冷凍層，上前幫奶奶端菜。

「不是我自己買的，陸老師買的。」

番茄蛋湯翻出漂亮的花形，他端著經過奶奶身邊，像是在回答她的問題，又像是自言自語般輕聲說。

「陸老師是誰呀？」奶奶錯過了剛才的對話，一邊盛飯一邊問。

日頭漸漸落下，窗外燃起火燒雲，映紅了整片天空。

「是我的家教老師，以後她每隔一天就來上英語課。」祁行止坐在靠窗的老位置，輕聲回答。

不知什麼時候，窗外的雲霞偷偷爬上他的臉頰。

第三章　夏雨將至

二〇一八年，夏。

凌晨兩點，飯店房間裡一片寂靜。

陸彌盤腿坐在窗邊，一偏頭，眼前便是一覽無遺的兩江全景。對岸的洪崖洞仍然亮著燈，但沒了遊人簇擁，星星點點，像是一座蜃樓。

她盯著自己那張被抓拍的照片發了很長的呆。

真難看，她心裡暗罵。

在國外獨居幾年帶來的後果是，她似乎對自己的長相越來越陌生了。乍一看見照片，只覺得不盡人意。

記憶中，她應該比這要好看一點的。

陸彌心裡沒來由地躥出一團火，也說不清是對祁行止，還是對她自己。

她把手機扔一邊，打開擱在腿上的筆記型電腦。

這是她第二次點開夏羽湖的郵件。

總共兩張圖片。

一張病危通知書，一個病床上形容枯槁面色可怖如骷髏的老人。

那是蔣寒征的母親。

陸彌目光閃避，手指反射地蜷縮了一下，滾動滑鼠迅速滑下一截頁面。

那張照片被滑過，她像溺水得救了的人一樣，垂下頭來大口呼吸著空氣。

頁面底端，夏羽湖還留了一句話——「陸彌，妳但凡還有一丁點兒良心」。

夏羽湖的話沒有說完，甚至連個句號都沒有，就像是匆忙之間隨意敲下了幾個字。

但是妳看，她的用詞多斟酌啊，「但凡」、「一丁點兒」，連兒化音都沒落下，真可謂「字字珠璣」。

陸彌怔怔盯著那一行灰色的字，眼睛酸澀，兀自冷笑一聲。

她點開寄件者資訊，過去兩年裡，夏羽湖極富耐心地堅持傳這樣的郵件給她。

有時一週好幾封，有時一個月只有一封；有時是蔣媽媽的病歷，有時是她做檢查時的照片，更多時候，是她躺在病床上了無生氣的模樣。

陸彌看著照片裡的老人一天比一天更憔悴，也一天比一天更陌生。

她和蔣寒征的媽媽其實只見過兩面。

第一次是蔣寒征拉著她去逛街，碰到蔣媽媽在商場買東西，「婆媳見面」的副本從天而降，陸彌侷促得很，只躲在蔣寒征身後僵硬地扯起嘴角打了個招呼。

第二次，老太太哭得昏天搶地，站起來第一件事是一個箭步衝到陸彌面前甩了她一巴掌。

老人已經傷心得體力透支，用盡全身力氣打了這一巴掌之後連話都說不出來，跌坐在地，一雙眼睛鮮血般通紅，目眥欲裂地牢牢盯著陸彌，像要把她撕碎。

老人家的眼神憤怒而絕望，空張著嘴說不出話，陸彌卻彷彿聽到了她說的話。

她說的是——害死蔣寒征的人是她。

沒能救回蔣寒征的人也是她。

她要說的話和夏羽湖寄來的郵件其實是一樣的，她們都想控訴她，都想讓她心懷愧疚，想讓她永遠記住——

蔣寒征對她那麼好。

蔣寒征對她那麼好。

她卻想忘記他。

房間裡的中央空調發出一聲運轉的悶響，床上熟睡的 Charlotte 翻了個身。

陸彌從思緒中抽回神，關閉了郵件畫面，又打開網路銀行，木然地輸入蔣媽媽的銀行帳號，轉帳五萬元。

她等著手機「叮咚」一聲響，簡訊傳來扣款提醒，餘額只剩兩字頭的五位數。

又等著筆記型電腦的螢光微弱下來，直至澈底黑暗。

眼前恢復一片漆黑，陸彌終於得以喘息片刻，摸索著走下窗臺，躺上床，用被子裹住自己。

第二天睡到自然醒，陸彌帶 Charlotte 去吃正宗的板凳麵。

晨間空氣清新，瀰漫著不知名的淡淡花香，Charlotte 不知怎麼突發奇想，問：「Juno，妳可以教我一句重慶話嗎？」

陸彌一愣，問：「妳想學什麼？」

Charlotte 說：「都可以！我只是忽然想到，來重慶這麼多天，我還不會說一句重慶話呢。」

陸彌心道失策，之前做攻略時只瞭解了重慶的歷史和相關典故，方言這塊卻落下了。她原本以為 Charlotte 連普通話都說不好，應該不會對重慶話感興趣的。

可對重慶方言，她除了那句已經被玩成梗的「你啷個勒個耶」，其餘的幾乎一無所知。天降難題，她腦子飛速轉動，忽然福至心靈，想到昨天晚上吃串串，祁行止稱呼店裡服務生為「孃孃」。

她之前也聽說過，重慶人喊女性長輩，都叫「孃孃」。

祁行止那幾聲，叫得還有板有眼，很地道的樣子。

只有兩個音節，應該不難發，陸彌在心裡默念了兩聲，把握著語調，教Charlotte說：「嬢嬢。」

Charlotte笨拙地重複了一遍，「嬢……嬢」，又問：「這是什麼意思？」

陸彌說：「大概就是『阿姨』的意思，等等見到麵店老闆娘，妳就可以這麼喊她。」

Charlotte又學了好幾遍，頗有些「魔音繞耳」的意思，笑道：「好！」

她們來得晚，馬路旁已經坐了一排客人。陸彌和Charlotte各要了二兩豌雜麵，擠了擠還是坐在馬路牙子上，面前支個塑膠板凳放著碗，就這麼津津有味地吃起麵來。

Charlotte現在拿筷子已經比第一天熟練很多，吃得滿頭大汗，很過癮的樣子。身邊的客人們都輕鬆談笑著，混雜方言與普通話，陸彌也被感染，笑著問：

「Charlotte，妳第一站為什麼選了重慶？」

Charlotte想了想，回答：「不知道啊，我在網路上查了很多城市，覺得這裡最美，就來了！」說著她笑起來，「現在看來我的直覺沒有錯！」

她還直起身朝陸彌比了個讚，又問：「Juno，妳一定很喜歡妳的家鄉吧？」

陸彌儘量笑得真誠：「當然。」

Charlotte似乎想和她多聊聊這個話題，但陸彌回答得十分簡略，Charlotte看了她一眼，又轉回頭去繼續吃麵，沒再說什麼。

陸彌被她看得心虛，忽然有些後悔當時多此一舉說自己就是重慶人。現在看來，

Charlotte 其實並不在意她的導遊是不是當地人。

有那麼一瞬間，她想乾脆說實話，畢竟這幾天和 Charlotte 相處得很愉快，也算是朋友了。但轉念又一想，Charlotte 都快走了，何必再節外生枝，反正她這幾天地陪當得也不賴。

陸彌經歷這一番心理活動，又成功把心裡那一點過意不去的良心壓了回去。

在「放過自己」這方面，她一直很有天賦。

十點半，陸彌準時把 Charlotte 送到重慶北站。

暑假，候車廳裡人很多，Charlotte 仍舊穿得性感火辣，惹得路人頻頻回頭。

陸彌連帶著被打量進去，不悅地擰了擰眉。Charlotte 自己卻不在意，笑得更加風情萬種，拍拍陸彌的肩，爽朗道：「Juno，開心一點！」

陸彌苦笑，玩笑著退了兩步離她更遠，打趣道：「舞臺交給妳，不搶妳的風頭。」

Charlotte 哈哈大笑，上前抱了抱她，語氣正經了些，在她耳邊輕聲說：「Juno，謝謝妳，我在重慶玩得很開心。」

陸彌回答：「不用謝，我多拿小費也很開心。」

檢票口開放，陸彌目送 Charlotte 走上手扶梯，最後道了別，拖著自己的行李箱來到候車大廳。

她抬頭看著那塊巨大的螢幕，在密密麻麻的車次資訊中盲選下一個目的地。

「武隆」二字跳進眼簾，陸彌想到前幾天做攻略時查過重慶周邊旅遊地，仙女山似乎是個僻靜的地方。

她懶得再斟酌選擇，快刀斬亂麻打算去武隆。

可再仔細一看，重慶到武隆的列車最早一班在四十分鐘後。

陸彌不想繼續等，打開手機查了查周邊，很快找到一家租車行，毫不猶豫地拖起行李箱走出火車站。

送Charlotte進站的這半小時下了場雨，地上坑坑窪窪的，陸彌一手拖著行李箱一手拿著手機導航，走走停停。

行李箱滾過小坑，濺得她小腿上全是泥點。

濕而黏膩，還有小石片劃過的刺痛，繼而到來的是輕微的癢。

天氣濕熱，像把人悶在蒸籠裡，這是最難熬的季節。

陸彌抬手抹了把額前的汗，消耗盡最後一點耐心，一鼓作氣地拖著行李又走了三百多公尺，終於找到街角一家破落的店面。

烏漆嘛黑的招牌已經看不出原本的顏色，依稀認出四個紅字——「雷哥車行」。

陸彌擰著眉，警戒心極強地判斷著這家店是否合法。

一個打赤膊的男人走出來，他個子瘦長，四肢細得像棍子似的，肚子卻圓鼓鼓，肥肉亂顫，看起來十分詭異。

男人嘴裡叼了根菸，見她停在店門口，吹了聲口哨問：「美女，租車啊？」

陸彌往店裡看了一眼，空曠的庫房停了兩輛車，一輛少了兩個輪子一輛缺了後半邊車門，怎麼看都是已經報廢的樣子。

她猶豫了一下，點頭「嗯」了聲。

「行，跟我來！」男人丟了菸頭，用腳踩滅，自顧自往店裡走。

穿過黑漆漆的店面，到了後院，陸彌才看見幾輛好的車子。

「就這幾輛，妳看看吧。」男人做生意的態度並不熱情，抖著腿又新點了一根菸，熟練地吞雲吐霧，「租金都差不多，我們這主要是修車的，沒什麼好車可租。」

這家車行從裝潢到老闆的態度，看起來十分不正規，如果是在以前，出於安全考慮陸彌一定會轉頭就走。

但現在，悶熱的天氣消磨著她的耐心，懶於追根究底的劣根性再次發作，她只想快一點離開這座蒸籠似的的城市。

陸彌看了看眼前的四輛車，最終選擇了看起來最新的那輛白色BorgwardBX5。

「就它吧。」她伸手一指，說。

「行。」

這麼一下子功夫，那老闆又抽完了一根菸，嗦嗦嘴角仍然叼著那半截菸頭，點了點頭，

「來簽合約。」

陸彌在國外的時候自駕旅遊過幾次，在租車避雷方面也算有經驗。

她那時候經濟條件不算很好，所以在這種大額開銷上都很謹慎，會仔細閱讀合約，生怕哪裡疏忽了被人擺一道。

可這「雷哥車行」的租車合約總共就半頁紙，老闆本人手上沾著機油簽了個髒兮兮的名就把合約連著車鑰匙一起丟給她，說：「交一千押金就行了。」

陸彌心裡雖累，但還是問了句：「沒有其他條款？」

男人愣了下，把嘴裡的菸頭吐出來，問：「什麼條款？」

陸彌耐著性子解釋：「比如，如果車子中途壞了。」

「壞了我修。」老闆似乎沒什麼耐心，擺擺手說：「修好了我覺得厲害，更高興。」

「……」

陸彌不得不懷疑這老闆怕不是菸抽多了把腦子抽壞了。

「妳放心，本來就是破車，沒幾萬塊錢，我用不著坑妳。」

老闆十分江湖氣地放了話，一摸口袋，又要拿菸的樣子。

陸彌懶得再多說，也覺得他那菸燻到不行，拿起鑰匙點了點頭，「行。」

「租金怎麼付？」她問。

「隨便。」老闆已經一個滑步溜進車底去了。

「……」

陸彌吃力地找到了牆上舊得快脫落的付款碼，付了一千塊之後，拖著行李箱走回後院上了車。

車行後院裡雜物堆積，地面泥濘，陸彌坐在車上擦了擦小腿上的泥點，又翻出藍牙音箱隨意播了首歌，然後一腳踩下油門飛快駛出後院。

後視鏡裡出現兩道長長的車轍，車窗上打下細密的雨點。

又是一場夏雨將至。

長度超過五百公尺的標準馬路在重慶是不存在的。

陸彌跟著導航一路往城外開，只覺得自己彷彿在爬山路，右腳在剎車和油門間來回切換，簡直快要抽筋。

車行老闆話說得倒是誠實，這車表面看起來完好，但不知道已經跑了多少公里，性能奇低，尤其是油門，「靈敏」得過分，剎車距離很短。

陸彌小心翼翼地開著，雨卻越來越大，車輪容易打滑，她不得不在路邊找了個安全的位置停下，坐在車裡等著雨停。

雨點砸在擋風玻璃上，又密又急。手機鈴聲忽然響起，陸彌掃了螢幕一眼，是半個月前新加的ＨＲ[1]。

回國前陸彌在網路上投了幾封簡歷，也參與了幾場線上面試，全是私立教育機構的職位。她在國外做了幾年筆譯，算是工作經驗豐富，但都是接案，沒能積累下穩定的人脈。且因為大學沒念完，回國找工作多了一道門坎。更何況她念的是英語系——如今，還有比英語更不值錢的嗎？

再加上教育機構競爭激烈，海外經歷也通貨膨脹，陸彌投的簡歷大多石沉大海，流程走到最後的只有這一個。

半個月前已經收到ＨＲ的 offer call，陸彌以為這次是走完流程的正式 offer，哪知接起電話，對方上來就劈里啪啦地道了個歉，說主管卡著ＨＣ[2]，無法發 offer 了。

語氣匆忙，也說不上誠懇。

說完靜了兩秒，沒聽見陸彌的聲音，對方不耐煩地問了句：『陸小姐，聽得到嗎？』

陸彌回過神，壓著心裡的火氣，問：「可是之前不是已經確認發 offer 了嗎？」

ＨＲ『嘖』了聲，愈加不耐煩：『這個我剛剛解釋了，確實是因為ＨＣ不夠。』

陸彌質問：「那你們這樣不是浪費我的時間嗎？我拿到了你這邊的 offer 就沒有再看其他機會了。」

---

1 ＨＲ：Human Resources，人力資源，指負責人力資源管理的職位人員或是部門人員。

2 ＨＣ：Headcount，指招聘的名額。

HR：『不好意思陸小姐，之前我也不知道是這個情況。抱歉。』

陸彌心頭火起，又知道再爭辯下去不過是聽這HR講幾句陰陽怪氣的話，悶聲默了兩秒，「啪」地掛了電話。

用力稍猛，手機砸在副駕駛座門上，又彈回座椅，發出重重的一聲響。窗外的雨勢不見減弱，密密麻麻的雨滴砸在車頂，又搥進陸彌心裡。

陸彌越想越覺得煩躁，回國後好像沒有一件順心的事。

她再一次罵自己——幹嘛要回來？

蔣寒征他媽死了就死了，和她有什麼關係？

好像她真的會為蔣寒征傷心一樣——沒良心的人裝什麼癡情怨女啊陸彌。

雨刷停了很久，擋風玻璃前已經形成一道厚厚的雨幕。

陸彌呆愣地看著水流，不知過了多久，也不管這雨大不大了，拉下手剎握緊方向盤打算繼續開。

踩下剎車打轉方向盤，車頭剛轉出一點，迎面忽然駛來一隊摩托車，挾風伴雨呼嘯而過，還放著震天響的搖滾音樂。

「嘩——」一聲，隔著好幾公尺也有水滴濺起砸在陸彌車窗上。

陸彌一驚腳下分了力，車輪打滑。她感覺到車子在往斜後方退，慌忙踩住剎車，兩手死死把著方向盤。

車子停下來，她連忙拉起手刹，往後視鏡裡一看，就差十幾公分，車子就要倒進路邊田埂裡去了。

她長長舒了口氣，那該死的摩托車隊還沒走完。他們車子間距隔得遠，跟在後面的車也不像前面幾輛騎得那麼快。

重點是，這些雨天飆車的神經病，居然沒一個來跟她道歉。

幾天的陰沉情緒積下來，終於找到發洩的出口，陸彌狠狠砸了兩下方向盤，巨響之下那車隊最後的兩個人終於被驚動，停了下來。陸彌隨手抓起放在副座的黑傘，氣勢洶洶地推門下車。

「你們怎麼回事啊？大雨天飆車！」她大著聲嚷了句。

兩人穿著專業裝備，戴著安全帽，一黑一藍，看起來身高腿長的。

被她這麼氣勢洶洶地一吼，兩人明顯愣了下。藍色那個先回過神來，走到她身邊，說：「……您有什麼事？」

說著，伸手拉起安全帽鏡片，「我們這不算飆車，速度已經很慢了。」

「這還不叫飆車？你們剛剛差點把我的車衝下去！」

這人一雙劍眉上揚，眼睛還有些遮瞳，看起來凶，脾氣倒還挺好，聽完她怒火中燒的譴責，無奈地笑了聲解釋道：「……這真不是飆車，時速還不到五十公里呢。我們本來是要去跑山的，下雨只能往回走了。」

陸彌火力全開，冷笑一聲：「那我還得誇你們有安全意識？」

那人擰擰眉，臉冷了些：「不用您誇，我們確實挺有安全意識。您別故意誣賴假車禍就行。」

陸彌氣不打一處來，「我誣賴假車禍？我跟你要錢了嗎？我要你們道歉！我的車剛剛差點翻下去！這麼大的人了連道歉都不會？」

那人面不改色地聽完她這一通控訴，等了兩秒，問：「您剛起步打方向燈了嗎？」

陸彌：「……」

她真的忘了打。

剛剛在氣頭上，以為自己全占著理，趾高氣昂地一番教訓。

現在……

陸彌恨不能找個地洞鑽進去。

那人輕笑一聲，倒也沒見得意，平靜地說：「妳沒打方向燈，我們沒減速。雖然做得都不對吧，但您也不至於這麼大火吧？」

陸彌頓了頓，抬頭看著他的眼睛，乾巴巴道：「對不起。我剛忘了，跟你們道歉。」

那人似乎被她乾脆的態度驚著了，怔了兩秒，才呆呆點頭，擺了擺手，「……好吧，沒事，我們也會小心的。」

他轉身要走，卻見穿黑色騎行服的同伴走過來。

「沒事了，走吧……」他剛要喊同伴回去，卻見對方直接走到暴躁姐身邊。

陸彌看著迎面走來這人，也是不明所以。

該不會被反陷害吧？

這麼想著，那人走到她面前拉起安全帽鏡片，問：「妳租的車？」

……怎麼又是他。

陸彌看著眼前一身黑色裝備的祁行止，一時不知該感嘆這幾天吊詭的巧遇還是驚訝他表面這麼沉靜的人居然會玩跑山這種極限運動。

她沒回答他的問題，反而問：「你還玩摩托車？」

祁行止上下打量她身後的車，繼續問：「妳在哪租的車？要去哪？」

連環兩問使陸彌徹底沒了假客氣的耐心，斂斂唇說「自駕遊」，轉身要上車。

祁行止跟上兩步繼續問：「仙女山？」

陸彌不知祁行止怎麼變得這麼沒有分寸，她都表現得這麼不悅了，他為什麼還刨根究底問這麼多？她愈發冷了臉，一言不發地拉開車門。

「妳這車不安全。」祁行止二話不說抓住車門，微微擰著眉說：「這個天氣也不安全。」

他身高腿長的，站在她車門旁和她說話，頗有居高臨下的氣勢。

陸彌抬頭看著他嚴肅的神情，不知怎地笑了聲，輕輕說；「小祁同學？」

祁行止表情鬆動，擰著的眉也跟著鬆下來。

陸彌繼續笑著，問：「你管得會不會太多了？」

祁行止一怔，又絞起眉，仍說：「真的不安全。」

陸彌沒了假笑的興致，冷著臉挖苦道：「不安全又關你什麼事呢？再說了，一個雨天飆車的人跟我討論安不安全，不覺得好笑嗎？」

身後那位小藍同學表情精彩地看戲，到這時還插了個嘴，舉手道：「欸姐姐，講道理，我們真的不算飆車！」

陸彌白了他一眼，繼續與祁行止對峙。

可祁行止不說話了。

他沉著臉默了很久，忽然伸手攥住陸彌小臂，說：「下車。」

陸彌一驚，「你幹嘛？」

她的反應不可謂不激烈，因為今天這個祁行止實在太突破她的認知了。摩托車跑山、刨根問底，現在還直接上手了？

這哪裡還是她印象中那個高冷紳士的小祁同學？

祁行止一手把著車門一手拉起她，語氣不容置疑，「下車。」

陸彌沒掙扎兩下，就被他牽著手腕拉下車帶到副駕駛座，然後整個人塞進去。

祁行止又走回駕駛座旁，摘了安全帽丟給一旁看好戲的小藍，說：「幫我把車停路邊，我明天來開回去。」

小藍一臉看熱鬧不嫌事大的表情，比了個「ＯＫ」，抱著安全帽轉身走了。

祁行止上車，先是仔仔細細地把手剎、方向盤、油門、腳剎、儀錶板全部檢查了一遍。

陸彌莫名其妙被塞到副駕駛座，心裡本就堵了口氣，又見他這麼謹慎，忍不住開口嘲諷了一句：「弟弟，你駕齡才幾年啊就敢上路？」

祁行止沒理她，繼續檢查著。

陸彌又說：「這車不好開，還是換我來吧。你才幾歲啊，駕照考過了沒？」

祁行止檢查完，扣好安全帶，轉頭深深地看了她一眼，說：「我有賽車執照。」

陸彌：「……」

祁行止按下手剎，「開車技術跟駕齡也沒有必然的正相關，最重要的還是要謹慎。」

他又緩緩地拉下拉杆，打了方向燈。

「比如，路邊停車後，起步要打方向燈。」

陸彌：「……」

車子上了路，陸彌不得不承認，祁行止開車比她穩。

情緒漸漸平復下來，陸彌看了目不轉睛朝前看的祁行止一眼，忽然覺得尷尬，調整一下坐姿，找話閒聊：「你還玩賽車？」

祁行止說：「嗯。」

陸彌說：「看不出來。」

祁行止頓了頓，「……嗯。」

陸彌又問：「玩多久了？」

祁行止說：「大學開始。」

陸彌：「……」

很明顯，祁行止不想和她聊天。

陸彌識趣地閉了嘴，盯著擋風玻璃前頭發呆。車子開得太穩，很快她的眼皮就上下打架，陸彌輕輕將腦袋靠在窗邊，沉沉睡去。

陸彌醒來的時候，雨已經停了。

她迷迷糊糊睜開眼，轉頭就看見車窗外「雷哥車行」那慘澹的招牌。

雖然剛醒，但腦子還算清明，陸彌猛地轉頭往駕駛座一看，祁行止還坐在那裡。

陸彌問：「你……等多久了？」

祁行止說：「剛到。」

陸彌還沒鬆下氣，又想到更關鍵的，忙問：「你怎麼知道我是在這租的車？」

祁行止聽了，冷笑一聲「一猜就是他」，拉開門下了車。

陸彌反應了幾秒，見祁行止已走進那黑黢黢的店裡去了，連忙跟著下了車。

剛關上車門，身後傳來摩托轟鳴聲。

回頭一看，剛剛那位小藍馳騁而來，車頭一轉長腿一支將車停在她身後，摘下安全帽同她打了聲招呼：「Hello！」

陸彌看見他還是不免尷尬，扯扯嘴角點了個頭。

小藍倒是隨和，又自我介紹了句：「我叫肖晉，老祁的朋友。」

陸彌點點頭，「你好，陸彌。」

「知道。」肖晉笑了笑，說：「剛剛眼拙沒認出來，現在想起來了。」

陸彌沒明白他話裡意思，這人以前就認識她？

剛要問，祁行止從店裡出來，冷著臉問肖晉：「雷哥人呢？」

肖晉聳聳肩，「我哪知道，我不是一直跟你在一起嗎。」

祁行止單手叉著腰，滑著手機，「電話也不通。」

肖晉仍坐在摩托車上，一腿支著，一手抱著安全帽，優哉遊哉的樣子，「急什麼，大概去接孩子放學了，等等就是。」

祁行止絞著眉，似乎很不耐煩。這倒讓陸彌好奇了，什麼時候見過祁行止這麼急躁的樣子？於是她不作聲，默默看著。

肖晉也不知是被什麼東西戳中了笑點，嘴角一直掛著笑，下車走到祁行止身邊，勾著他的肩膀說：「你第一天知道他這些車爛？以前也沒見你這麼惱火啊。」

祁行止冷冷瞪他一眼，「我以前沒說過他？」

肖晉撇撇嘴，「行行行，說過。您熱心市民一直關心交通安全。是吧？」

最後這句，是朝著陸彌問的。

陸彌忽然被點到，怔了怔沒說話。

祁行止用手肘捅了肖晉一下，走下臺階到陸彌身邊，「進來坐吧，等那老闆來。」

祁行止和肖晉顯然都是這裡的熟人了，祁行止直接繞到櫃檯後面拖了椅子給陸彌坐，肖晉則輕車熟路地取了紙杯到飲水機處接水。

「給。」肖晉接了第一杯水，遞給陸彌。

「謝謝。」陸彌接了，端在手裡沒喝。

「你喝不喝水？」肖晉又問祁行止。

祁行止不理他，擰眉盯著手機，表情嚴肅。

肖晉自己灌了杯涼水，也拿出手機，嘆道：「別看了，他那手機跟磚頭沒什麼差別。」

見祁行止不搭話，肖晉也不再討沒趣，轉而滑起自己的手機。

「我靠，這幾個人真不要命啊，雨剛小點又往山上跑？」肖晉看到車友群組裡的訊息，感嘆道：「眼看就要起霧了，天再一黑，能看得清個鬼。」

祁行止聽了，終於開尊口，說：「你說得像有多惜命。要不是林晚來不批准，你會不去？」

肖晉「嘖」一聲：「行，你現在精神不正常我不跟你計較。」

說完默了幾秒，又像氣不過似的，還是開口說：「你這種單身狗思考就是狹隘，我跟你說啊，就算林晚來不攔著我，我也不會去的。知道為什麼？因為我們有另一半的人就是比你這種千年的單身狗惜命！說了你也不懂！」

祁行止斜睨他一眼，沒再說話。

陸彌端著杯溫熱的水，默默看著兩個男生鬥嘴，心裡不禁好笑。尤其是今天這個祁行止，和她印象中的太不一樣了，簡直像隻炸了毛的刺蝟。不說話的時候氣場冷得方圓半里凍成冰，一開口更是無差別掃射，誰和他搭話都只有被嗆的份。

正當這時，雷哥回來了。

還有個瘦瘦高高的男生，穿了件灰不溜秋的校服，單肩挎著個包，瀏海留得老長遮住眼睛，手插口袋跟在雷哥後頭，滿臉寫著全世界都欠他錢。

之前肖晉說雷哥去「接孩子」了，陸彌還以為那孩子是個學齡前小孩，現在看，這男孩子起碼已經念國中了。

這麼大還需要接？陸彌心裡留了個疑影。

雷哥看起來情緒不好，低眉垂眼地進屋，發現靠在櫃檯前的兩個男生，也不驚訝，問：「你們怎麼來了？」

肖晉一臉看熱鬧不嫌事大的笑容，「老祁找你算帳了。」

雷哥納悶地抬眼，這才看見屋裡還有個人，見是陸彌，也就猜到了是什麼事，點點頭，淡定地說：「哦，是妳啊。車壞了？」

陸彌說：「沒有。」

祁行止語氣極冷：「你知道車壞了還往外租？」

兩人異口同聲，雷哥擰起眉，「到底壞了沒？欸不對，你們認識啊？」

祁行止不答他的話，走到店門口指著那輛車說：「那剎車都鬆成那樣了，碰到下雨，我開都打滑。這你都敢往外租？」

雷哥擺手一笑，「沒那麼誇張，還能開兩年，又不用它跑山飆車。」

祁行止冷哼一聲：「巧了！還就有人敢用它往山上開。」

陸彌：「……」

他說這話時並沒看著陸彌，但莫名的，陸彌就是覺得像學生時代被老師訓了一樣，如坐針氈，甚至還想認個錯。

雷哥聽了，驚訝地回頭看了陸彌一眼，「妳啊？這車妳都敢開著往山上跑？」

他也有點急了，兩步走到陸彌面前說：「我那合約上還特地加了一條這車不適合越野上山，妳沒看到？再說了，我也跟妳說了這車性能不好啊！」

陸彌：「……」

那黑乎乎的合約看起來開玩笑似的，她怎麼能想到上頭還有那麼貼心的注意事項？

雷哥繼續感嘆：「妳還真是傻啊！還好妳沒上山，不然我這店都要賠沒了！」

雷哥越說越激動，唾沫橫飛，還混著濃重的菸味，陸彌不禁擰起眉。

今天到底是什麼日子。

先是被中二摩托少年發現不遵守交通規則，又是被曾經的學生訓，現在連這個租車行老闆也要語重心長地教訓一句「妳真傻」。

陸彌心情疲憊，又覺得這際遇滑稽，一時啼笑皆非，說不出話來。

正沉默著，剛跟在雷哥身後的那少年忽然冷冷嗤了聲說：「賠？你這破店賠個屁。」

他低著頭，聲音也不大不小，剛好屋裡四個人都能聽到。

雷哥聽見，立刻變了臉，凶神惡煞地伸手指著那少年，用方言罵道：「你給老子滾上去寫作業！」

少年毫不畏懼，勾起唇角一笑，把書包卸下來拿在手裡，拉開拉鍊往下倒，幾支筆、幾本嶄新的本子「嘩啦啦」掉出來，還有幾張破破爛爛的鈔票。

「哪來的作業？」少年吊兒郎當，眼裡寫滿挑釁，「老子兩個月沒上過課了。」

「你跟誰裝老子！」老雷暴怒，抬手就要搧他耳光，陸彌隔著兩步都能感覺到他凌厲的掌風。

好在祁行止動作更快，上前一步攔住他，擰著眉說：「事情一件一件解決。」

肖晉也上前搭住那少年肩膀，輕描淡寫地說了句：「行了，別故意說混帳話氣你爹了。」

那少年面對雷哥張牙舞爪，卻很聽祁行止和肖晉的話，乖巧地低著頭，沒再火上澆油。

陸彌不知道這幾個人之間有什麼淵源，也沒看熱鬧的心情，走到雷哥面前說：「這車我不租了，怎麼退款？」

雷哥被兒子氣得喘粗氣，喉嚨管風箱似的「呼呼」響，緩了兩秒才抬頭看陸彌一眼，拿出手機說：「算了，妳也沒開多久。加個好友帳號吧，我等下把押金退給妳。」

陸彌點點頭，俐落地在他手機上添加了自己的好友，轉身要走。

「等一下。」祁行止又攔住她。

陸彌不耐煩地回頭，「還有事？」

祁行止問：「妳去哪？」

陸彌語氣平平，但絕對說不上和煦，「需要向你報備？」

祁行止凝視著她，默了很久，沉沉地嘆了口氣，說：「……我想知道。」

陸彌怔了。

祁行止頓了頓，撇開眼神，又吐出一句：「不安全。」

陸彌失笑，「現在既沒下雨，我又不會再開車上山，有什麼不安全？哦，天黑不安全？我又不是十幾歲小女孩，你不用操這個心。」

祁行止垂著眼，沒說話。

陸彌不等他回答，擺擺手道了別，走到車後面拿行李。

陸彌也不知道要去哪裡。

原本打算在仙女山待幾天就去北京入職，現在工作沒了，也沒了遊山的興致。

這一趟回國，就像個笑話似的，晃了這些天，好像在躲什麼，又像是在找什麼，可最終連個目的地都沒有。

可她原本是打算回來就不再離開的。

正恍神，忽然一隻有力的手幫她抬起行李箱。

祁行止握著拉桿，說：「等等吧。」

陸彌擰眉，「等什麼？」

祁行止不看她，「等雷哥把錢退給妳。」

這理由蹩腳得陸彌忍不住笑出聲來：「怎麼？你朋友還會騙錢？」

她收斂笑意，冷著一張臉抬頭問：「祁行止，你到底想幹嘛？」

將暗未暗的夜空中有細細斜斜的小雨飄下，擦過陸彌的臉頰，祁行止微微低頭看著她。

她明明是在生氣質問，眼神卻仍然是空的，好像站在她面前的無論是誰都不要緊，她都會擺出這副表情。

在他的記憶裡，陸彌不是這樣的。

祁行止頷首，張了張嘴，聲音乾澀，「等雷哥把錢退給妳。」

陸彌不幹，她伸手去搶箱子，「用不著。」

祁行止並不讓步，但也不說什麼，只是迅速把箱子拖到自己身後。

兩人正僵持著，車行裡忽然傳來爭吵聲，接著是一陣劈里啪啦的聲響。

祁行止往回看了一眼，又對陸彌說：「等妳想好要去哪。我送妳。」

說完，他拖著她的行李箱往回走，長腿一邁腳步跨得很大，頭也不回，像是生怕她搶了行李箱就跑。

陸彌望著他背影空張了張嘴，說不清是憤怒還是震驚，半晌沒說出話來。

祁行止說得沒錯，她不知道要去哪。

店裡已經是一片狼藉。

那架本來就缺胳膊少腿的破車不知是被老雷還是小雷卸了最後一扇車門，此刻橫屍地面，混著書本、水杯和一地的零件，場面有些慘烈。

祁行止見狀，一言不發，只抬頭盯著小雷看了一眼。

小雷仍是氣鼓鼓的，胸口起起伏伏喘著粗氣，但被祁行止這麼一看，卻沒再發作，梗著脖子杵在原地。

雷哥也攥著拳頭僵了半天，才哼一聲背過身去，從褲子口袋裡掏了根菸出來。

「哎，小帆還在這呢，抽什麼菸。」肖晉說。

雷哥動作一滯，頓了幾秒，正要把菸往回收，雷帆哼了聲道：「用不著，老子自己抽的菸不比他少！」

「你再跟我老子老子地說一句！」老雷一點就著，揚著巴掌回身又要跟兒子幹仗。

祁行止揚手攔住他，又回頭冷著臉訓了雷帆一句：「不會說人話就把嘴閉上！」

雷帆果然立刻噤了聲，委屈兮兮地看了他一眼，低下頭去。

老雷見狀，重重「哼」了一聲，把被祁行止抓住的手臂抽出來，狠狠一甩，背過身道：「你們趁早把這畜生帶走！老子眼不見為淨！」

祁行止和肖晉交換了眼神，問：「想好了？」

老雷頭也沒回上了樓，留下句：「有什麼好想的！來討我命的畜生，死在外面最好！」

鋼製舊樓梯被他踩得「吱呀」響，祁行止等他上了樓，才回頭問雷帆：「你知道你爸說的是什麼意思吧？」

雷帆低著頭：「知道，他要把我打發到北京去。」

說完，又囁嚅著補了一句：「不回就不回，這破地方老子早就不想待了……」

肖晉一巴掌呼在他後腦勺上，「誰教你這麼說話的！老子老子的，毛長齊了嗎就老子！」

雷帆吃痛地捂住腦袋，嘀咕道：「還不是跟那個老東西學的……」

祁行止不跟他多嘴，把他拉到一旁問：「知道夢啟嗎？」

雷帆說：「知道啊。祁哥肖哥你們不都在那裡兼職嗎。」

祁行止又問：「知道夢啟是做什麼的嗎？」

雷帆這次沒有那麼對答如流了，他支吾了一下，還有些不自在地撇開眼神，低聲說：「不就是……好學生上課的地方。」

「不對。」祁行止說：「夢啟的學生除了成績之外，更突出的共同點是他們在某些方面或多或少有一定的天賦……或者說，異常。並且，他們的家庭大多無法負擔正常的教育費用。」

雷帆微微瞪圓了眼睛，聽得很認真。

祁行止回以他同樣認真的視線，問：「聽明白了嗎？」

雷帆顯示點了點頭，又怔怔地搖頭，「我爸……老東西，要送我去夢啟？」

「嗯，」祁行止說：「想去嗎？」

雷帆微微低下頭，聲音愈發的小，「可我沒有天賦……祁哥你不是知道嗎，我在我們班倒數的。」

祁行止輕輕笑了聲：「可你夠異常啊。」

雷帆猛地抬頭，撞上祁行止玩笑的目光，又心虛地縮回去。

「行了，別矯情，你爸把你那獎盃都放積灰了，你以為是因為什麼？」祁行止輕輕揉了把他的腦袋，指向櫃檯後面的壁櫥上，那座已經瞧不出光澤的金獎獎盃。

那是雷帆四年級時，參加重慶市中小學生奧林匹克數競賽拿回來的獎盃。

「那都是小學的事了……」雷帆囁嚅著。

祁行止不接話，又問了一遍：「想去嗎？」

雷帆默了很久，才緩緩抬起頭，閃爍著目光問：「祁哥，那是個好地方，對吧？不然，你和肖哥也不會在那裡。」

祁行止想了想，慎重地回答：「我認為還不錯。」

雷帆長長地舒了口氣，點頭道：「那我想去。」

祁行止咧嘴笑了，「好。我帶你去。」

這邊說完，他手裡仍緊緊握著陸彌行李箱的拉桿。回頭看了一眼，陸彌抱臂站在車行門口，背對著他。

不知是感受到他的目光還是什麼，陸彌忽然回身，對上他的視線，一絲停頓也沒有，走上前亮起手機，面無表情道：「錢到帳了。能把我行李箱還給我了嗎？」

祁行止問：「想好去哪了嗎？」

陸彌深吸一口氣，像是在提醒自己保持耐心，才說：「祁行止，我再說一遍，我沒有義務告訴你我要去哪裡。」

祁行止無意識地摩挲了一下手指，低頭說：「我不會跟蹤妳，也不會問妳之後去哪。但現在，妳要去哪，我送妳。」

說完，他又將行李箱握緊了點。打定主意無賴到底，乾脆轉身到椅子上坐下了，「想好了告訴我。」

「那你送我去機場。」陸彌看著他在椅子上坐定，腦子裡嗡嗡響，突然做了決定。

祁行止頓了頓，看著她問：「國際還是國內？」

陸彌說：「國內。」

祁行止眼神變得遲滯，盯著地面呆了一下，站起身說：「好。」

雨越下越大，在車窗上形成一道簾幕。

祁行止專注地開著車，陸彌專注地盯著雨的形狀變化，誰都沒有說話。

直到車子停在航廈大樓門口，陸彌彎腰去解安全帶。

祁行止忽然問：「陸老師，妳為什麼來重慶？」

陸彌感到十分莫名，不解地看了他一眼，說：「盲選的。聽說這裡挺好玩。」

祁行止抿嘴笑了笑，「是。」

陸彌不知道他這沒頭沒腦的問題是什麼意思，但既然都要告別了，也就做做樣子，笑了笑說：「謝謝你送我，拜拜。」

祁行止按開後行李箱，問：「需要我幫妳把行李箱拿下來嗎？」

陸彌搖頭，「不用，也沒多重。」

祁行止點點頭。

陸彌下了車，搬下行李箱後站在車窗前再次和他告別：「拜拜。」

祁行止頷首：「再見，陸老師。」

回程的路上，雨已經停了。

祁行止將車開得飛快，靈巧地穿梭在這座鋼鐵森林一般的城市中。

來時開了快一個小時，回程卻只用了三十分鐘。

把車直接開到車行後院停好，下車就看見肖晉在院子裡踱著步和誰講視訊電話。

看他那上了天的顴骨和不要錢的笑容就知道，對面的人一定是林晚來。

祁行止時常覺得戀愛這件事很奇妙，他在競賽營剛認識肖晉的時候，對方看起來明明是個眼睛長頭頂的酷哥；也說不清轉變發生在什麼時候，總之某一天肖晉就基因突變似的，從人變成了狗。

還是條不值錢的哈士奇。

祁行止本想繞開他上樓，卻剛好碰到他掛了電話回頭。

肖晉揚眉：「喲，回來得還挺快。」

祁行止「嗯」了聲。

肖晉問：「姐姐走了？」

不知是不是祁行止敏感，總覺得他說這話時故意加重了「姐姐」兩個字。

祁行止擰眉，「你喊誰姐姐。」

肖晉巒不在乎地笑了聲：「誰比我大我喊誰姐囉，你以為我跟你似的沒禮貌。」

祁行止：「……」

肖晉又問：「她去哪了？」

祁行止說：「沒問。」

肖晉「嘖」了聲對他豎起大拇哥，嘆道：「說不問就不問，君子！」

祁行止自嘲地笑了聲，本來不想說話的，抬眼看見肖晉身邊小桌上放著幾罐啤酒，改了主意，上前扣開一罐。

肖晉同他碰了個杯，眼睛一轉故意說：「唉，想女朋友了……」

祁行止：「閉嘴。」

肖晉噗嗤笑了聲，不再玩笑，問：「你每年放假都往重慶跑，不會就是為了能碰見她吧？守株待兔？」

祁行止聞言頓了頓，沉默半晌，灌了一大口酒，才說：「應該不是吧。」

「我不知道她會不會回來，也不知道她會來重慶。」

畢竟，重慶對於陸彌來說應當只是個可有可無的旅遊城市。

就像她自己說的，只是「聽說挺好玩」的一個地方。

肖晉思考跳躍，也不知想到什麼，忽然一驚，道：「我靠！她回國來重慶會不會就是因為你啊？你不是一直都喜歡重慶嗎，有沒有跟她說過？」

祁行止無語地看了他一眼，甚至懶得評價這個荒唐的假設。

肖晉卻莫名相信直覺，說：「大膽假設小心求證嘛！你就說，你以前有沒有跟她提過重慶？」

祁行止隨口回答：「可能有吧。」

肖晉一拍板，「那不就是！」

祁行止懶得聽他的謬論，喝完最後一口酒撂下句「下次有分組作業別找我組隊」，揚手將易開罐丟進垃圾桶，轉身上了樓。

第四章　紅豆冰

二〇一二年，夏。

家教課上到第二週的時候，陸彌收到了錄取通知書。她是紅星育幼院這麼多年第一個北京大學生，林院長心情大好，說要為她辦一桌升學宴。

陸彌對升學宴不感興趣，但她確實破天荒地感受到強烈的喜悅。是那種，必須要和別人分享才能完全釋放的喜悅。

而最終分享她喜悅的人，是祁行止。

說來奇妙，在女生上廁所都要結伴同行的年代裡，一週前的陸彌還是個獨來獨往的怪胎，現在，她居然有一個能稱得上是「朋友」的人了。

每週三次的家教課創造了難得的機會——至少在陸彌看來是這樣，她從來沒有這樣直接的和一個人交流過。

而且，在陸彌心裡祁行止是世界上最好的交流對象了。他會認真傾聽妳說的每一句話，會做到約定好的所有事，雖然話不多，但總能及時給予回饋。

陸彌喜歡「人狠話不多」的人。

因此，儘管他們目前是師生關係，陸彌已經把祁行止當作人生中的第一個朋友——擁有一個性格穩定智商超群的朋友，恐怕是她十九歲這年最大的收穫了，陸彌想。

而陸彌和祁行止分享喜悅的方式是，再次斥鉅資，一次性購入了兩根祕製紅豆冰。

她拿冰得結霜的冰棒先碰了碰祁行止的手臂，然後才遞給他，說：「我考上大學啦！請你吃冰棒！」

祁行止這人，雖然還不到十六歲，但全身上下都寫著「冷靜」和「無情」，話不多說一個字，眼皮不多掀一下。也許將他從頭到尾榨乾淨了，能榨出兩滴鮮活的人樣來——一滴是一句「謝謝」，另一滴是嘴角輕輕牽動一下，做出個比哭還難看的笑。

就像現在，祁行止面無表情地接過冰棒，又面無表情地啃了一口，然後嘴邊肌肉輕輕往上一牽，吐出四個字：「謝謝。恭喜。」

陸彌：「……」

陸彌失望地擺擺手，「行，狀元只認清華北大，我這小破學校入不得祁小同學法眼。」

祁行止有些慌了，僵直地抬頭看著她認真說：「……不是。我是真的恭喜妳……考上北京的大學。還有……」說著，他舉起手上的冰棒，「謝謝妳請我吃紅豆冰。」

數學天才是不是都有強迫症？

比如現在，祁行止手裡的冰棒和他的嘴角高度齊平，分毫不差，這種詭異的平衡襯得他臉上那僵硬的笑容更嚇人了。

陸彌噗嗤一笑破了功，「算了你別笑了，好醜。」

祁行止嘴角迅速下降，抿成平平一條直線。但他的目光仍然認真地看向陸彌，語氣也同樣真誠：「我是真的恭喜妳。」

「我知道！」陸彌輕鬆一笑，翻起備課資料，正準備開始上課，大約是太過興奮，心靜不下來，她忽然又想到什麼，轉身饒有興味地問祁行止道：「欸你是不是真的只知道清華和北大啊？別的學校，看都懶得看的那種？」

祁行止頓了頓，像是在仔細揣摩她的問題。

然後，他認真地回答：「不是。」

陸彌撇嘴，表示不信，便問：「那你要是考上復旦，會開心嗎？」

祁行止說：「不會。」

陸彌一拍掌：「哈！那不就是！還不承認！」

祁行止被她的動作嚇得愣了下，然後才輕輕笑了聲，也不出聲反駁。

陸彌有一搭沒一搭地摳著自己錄取通知書的角，又問：「那你想考哪？清華？」

祁行止輕聲說：「嗯。建築學院。」

這是陸彌第一次聽祁行止說起他的夢想。她忽然想到之前他壁櫥裡一閃而過的那些模型，激動地拍了一下椅背：「哦對！你是不是還收藏模型！」

祁行止微怔，問：「妳怎麼知道？」

「我上次看到了！」陸彌翻了個白眼，「就是你揭發我那兩張證書的時候。」

祁行止失笑：「……我差點忘了。」

陸彌沒好氣，「丟臉的不是你，你當然不記得。」

祁行止笑了笑，起身拉開壁櫥門，向她展示了完整的模型收藏。

陸彌一眼看見最頂層一個閣樓樣式的模型，起身指著它問：「我能看看那個嗎？」

祁行止抬手將閣樓模型取下來，遞到她手裡。

「唔……有點眼熟。」陸彌仔細端詳著這比她手掌大不了多少卻精巧繁複的模型，嘟囔了一句。

「這是洪崖洞。」祁行止說。

「對了！我在網路上看過，」陸彌恍然想起來，「《神隱少女》的原型，對吧？」

祁行止點點頭。

陸彌忍不住一直盯著那模型看，心中驚嘆這手藝真精巧，小窗、雕欄，不過米粒大的景致，全都清晰可見、栩栩如生。

「手也太巧了……」陸彌感嘆。

祁行止見她目露驚豔，不知怎的，邀功似的主動開口說了句：「這是，我搭的。」

陸彌瞪圓了眼，看了看手中模型，又看了看祁行止，目光漸漸往下，定格在他自然垂落的雙手上。

好吧，他的手指修長且骨節分明，的確是很適合做手工藝的樣子。但陸彌還是有些難以相信，這年頭居然還有十幾歲的男孩子願意安安靜靜坐下來做木工。

天才果然不一樣。

陸彌佩服地點了點頭，問：「你去過重慶啊？」

祁行止目光微微一滯，說：「去過很多次。」

很奇怪，他一碰到陸彌表達欲就激增，控制不住地想多說幾句，於是又道：「……以前，我爸爸是個地質學家，他經常帶我去重慶。」

話題突然轉到祁行止的父親，陸彌微怔，想起林院長說過，祁行止的父母都已經去世了。她謹慎起來，繞過傷心事，笑著問：「那你肯定很喜歡重慶吧？」

「嗯，」祁行止輕聲說：「重慶有很多有趣的建築。」

陸彌玩笑道：「可惜了，清華不在重慶。」

祁行止笑了，道：「沒關係，有很多機會可以去的。」

陸彌點點頭，不再接話，盯著手裡的模型看得入迷。

那小窗比米粒大不了多少，人的手又那麼大，是怎麼做出來的呢？她心裡不住地驚奇。做這東西應該很費功夫，幾小時一動也不動地悶坐著，倒是很適合祁行止的個性。她又想。

祁行止一直站在她身邊，安靜地等她欣賞完這件模型。窗前陽光透進，她褐色的瞳孔更清澈了，形成琥珀一樣的顏色。她看得很仔細，似乎想上手摸一摸，卻又克制著，像是怕弄壞一件藝術品。

可這不過是他閒來沒事做的一件消遣罷了。

祁行止忽然有些懊惱，應該給她看上個月最新做的那件的，那才是他最滿意的作品。

陸彌透著陽光觀察模型顏色的變化，祁行止看著陽光下的她。誰都沒有說話。

也不知過了多久，祁行止發覺自己的目光居然定格在陸彌的耳垂下，她頸側的皮膚幾乎白得透明。意識到這一點，他慌忙低下頭，開口道：「……重慶還有很多好吃的。以後妳要是去重慶，我請妳吃東西。」

他忽然出聲，陸彌嚇了一跳，回神後才笑道：「好啊，我可不會客氣的。」

祁行止斂著笑意點頭。

「哎呀要上課！」陸彌這才想起正事，一看耽誤了快半小時，連忙拉著祁行止坐下「嘩啦啦」翻起文件。

陸彌緊趕慢趕，還是沒能在四點前完成今天的教學任務。

「哎看什麼模型嘛……」陸彌懊惱地翻了翻那最後一份聽力，「算了，這個留給你當課後作業吧。」

祁行止接過聽力考卷，沒說話。

其實，可以加課的。他在心裡說。

「我會跟祁醫生說的，今天的課只收九十分鐘的錢。」陸彌一邊收拾書包一邊說。

「其實可以……」

「陸彌──！」

樓下傳來洪亮的聲音，打斷了祁行止的提議。

陸彌探頭到窗前一看，擰起眉嘟囔了一句，「怎麼還找到這來了。」

祁行止聞言，也忍不住好奇起身看了一眼。

一個平頭男生站在小巷裡，皮膚黝黑，一口大白牙亮得晃眼。看見陸彌，更加興奮地揮舞著手臂，又叫：「陸彌！快點下來！」

陸彌「啪」地關了窗，低頭抿著唇，加快了收拾書包的速度。

祁行止默默看著，心裡猜想，陸彌也許並不歡迎樓下這個男生。

於是他問：「……是妳朋友？」

陸彌沒好氣道：「我沒朋友。」

祁行止：「……」

陸彌把書包一背轉身要出門，手都搭在門把上了，還是氣不過似的，回頭凶巴巴地對祁行止問了句：「你們男的是不是有發情期啊？」

祁行止被她粗放的用詞嚇了一跳，身體不自覺地後仰了一下。

在陸彌灼灼的目光裡，他咽了咽口水，謹慎地回答：「應該……不是。」

「算了！你又不懂。」陸彌擺擺手又走了，嘟囔著：「看我想個辦法讓他降降溫。」

這次祁行止沒有跟下樓去送她，直到聽見樓下大門合上的聲音，他才探身看向窗外。

那個男生殷勤地跟在陸彌身邊，又是伸手想替她背包又是用手掌幫她搧風的。陸彌腳步越走越快，他也緊緊跟著。

夏日的午後，他們的影子很短，短到陸彌一轉彎，祁行止就什麼也看不見了。

蔣寒征一直跟著陸彌到了紅星育幼院門口。

院子裡小朋友們圍成個圈在玩遊戲，沒看見他們。陸彌往裡看了一眼，又往外退了兩步，板起臉回頭對蔣寒征道：「你還要跟我進育幼院？」

「妳讓我進當然更好啊。」蔣寒征笑道。

陸彌翻了個白眼，「我走了。別再來找我。」

「欸欸欸別啊！」蔣寒征連忙攔住她。

「你還要幹嘛？」陸彌把手一甩，抱著胸問道。

蔣寒征被她這麼一吼，目光頓了頓，人高馬大的男孩子看起來居然委屈兮兮的，輕輕開口問：「明天畢業聚餐，妳去不去？」

陸彌好笑道：「蔣學長，我們班畢業聚餐，關你什麼事？」

「我受邀赴宴啊！」蔣寒征一臉驕傲，「我帶你們班籃球隊拿過兩年冠軍，深受愛戴的好不好！也就妳，對我沒好臉色……」

陸彌沒耐心地打斷他的話：「我就是這麼沒禮貌，你既然知道，就別來煩我。」她話說得狠，蔣寒征卻還是笑得寬厚，「可我只喜歡妳啊。」

陸彌倒吸一口涼氣，蔣寒征這人能把「喜歡妳」這話說得像家常便飯一樣——甚至在她沒有主動和他說過話的情況下。

陸彌絞起眉毛，一時不知該說什麼。

「陸彌姐姐！」院子裡的小毛頭們解散了，跑出來便看見陸彌，和她身邊這位人高馬大、長得還不賴的哥哥。

八卦是人類的天性，小朋友們看見蔣寒征眼睛都亮了兩分，立刻牽著陸彌的衣角扭扭捏捏地問：「陸彌姐姐，這個哥哥是誰呀？」

是個絕世傻子。陸彌心道。

蔣寒征倒是主動，蹲下身摸了摸小蘿蔔頭的腦袋，十足親和地做了自我介紹：「你們好呀，我叫蔣寒征，是你們陸彌姐姐的朋友。」

小孩裡面有大膽的，眼睛滴溜一轉問：「是……男朋友嘛？」問完也不等回答，自己捂著臉便嘿嘿笑起來。

陸彌氣得腦袋快冒煙，拎著那小孩後領把人揪出來，「不是。不准亂說話。」

陸彌凶起來，小蘿蔔頭們都怕她，正要跑，正好林立巧從院子裡走出來，看見一群人圍著，笑著問道：「怎麼這麼熱鬧？玩什麼呢？」

小孩兒們立刻又活絡起來，那個膽大的指著蔣寒征道：「院長老師！這是陸彌姐姐的朋友！」

「朋友」，簡簡單單一個詞，小朋友嗲著嗓子一講，不曖昧也變曖昧了。

蔣寒征上前朝林立巧微微鞠了一躬，道：「老師好，我叫蔣寒征，是陸彌的同學。」

林立巧一向和藹，又見他為人禮貌，長得也不賴，笑得便更意味深長了些，斜眼笑著看了陸彌一眼，「陸彌，怎麼同學來了也不讓人進去喝杯水？」

陸彌滿腦袋問號，不知該怎麼解釋，蔣寒征又主動道：「沒事老師，我就來遞個話，這就走了。」說完，他又看了幾個小孩一眼，笑道：「哥哥請你們吃霜淇淋，好不好？」

育幼院的小孩怎麼抵擋得了霜淇淋的誘惑，立刻異口同聲地回答：「好——」

林立巧連忙出聲拒絕，「欸欸欸不行，怎麼能讓你破費。」

蔣寒征爽朗道：「沒事！老師，也沒幾個錢。」說著，已經牽起了兩個孩子的手。

林立巧無奈，只能推推陸彌，道：「妳趕緊跟人家一起去呀。」

陸彌抿著嘴，淡淡道：「我等等把錢轉給你。」

蔣寒征笑說不用，領著孩子們走了。

待他們走遠，林立巧嗔怪地拍了下陸彌的手腕，「妳怎麼回事，跟妳同學也這麼沒禮貌。」

陸彌懶得和她多說，轉身想走，卻被林立巧拉住，湊近了問道：「等等，我問妳呢！這男孩子跟妳……看起來關係不錯啊？」

陸彌無語，問：「哪裡看出來的？」

林立巧言之鑿鑿：「妳那麼跟人說話，人家對妳脾氣還那麼好！」

陸彌說：「我那麼跟他說話是因為他煩，至於他為什麼那麼好脾氣妳去問他，反正在我這我只覺得他更煩了。」

「妳這孩子！」林立巧先是怒了句，又給個甜棗，輕聲道：「現在也可以談戀愛了，我看那小夥子端端正正挺不錯的，可以試試。」

「我不喜歡，怎麼試？」陸彌一甩手，不和她廢話，轉身進了院子。

陸彌回屋裡，攤開了備課筆記本。今天是週六，下次上課就是兩天後了，她打算帶祁行止讀一首英文詩。

至於是哪一首，她還沒選好。

筆記本上謄抄著她上週末去網咖謄抄來的幾首詩，陸彌輕輕地一首一首念過去，難以抉擇。

這幾首詩都很美，但又有些曖昧。

雖然她只是想幫助祁行止拓展一點閱讀視野，順便進行一些「美的教育」，但萬一被家長知道了呢？總歸是不太好，祁醫生看起來可不像是喜歡讀詩的人。

陸彌閒閒地翻著書頁煩惱著。

唉，這些西方詩人，浪漫得有些過頭。

「陸彌——」樓下又傳來蔣寒征的聲音。

陸彌懶得理，拿著筆記本起身坐到床上，離窗子遠了點。

「明天聚餐，我來接妳！」蔣寒征聲音洪亮得嚇人。

眼前字母亂了，陸彌讀不下去了。

「五點，我就在這裡等妳！別忘了！」蔣寒征說完，樓下又不知哪個小蘿蔔頭跟著起鬨，嘰嘰喳喳重複著「別忘啦別忘啦」。

陸彌「啪」一地合上筆記本，拉起被子往腦袋上一蒙，隔絕了樓下的吵鬧。

第二天下午四點，陸彌提前出了門。

到餐廳的時候，只有班長夏羽湖和另外幾個女生在忙著布置。

「陸彌，妳怎麼來得這麼早？」夏羽湖看見她，笑得極燦爛，甚至親切地起身迎接，「來，妳坐這！」

說來奇怪，很長一段時間陸彌在班裡不過是個可有可無的透明人，長相普通、成績普通、勤奮普通，甚至連脾氣也很普通，不算友好，也不算沒禮貌——這樣的同學是最容易淹沒在人群中的。

說不清是在什麼時候，也許是高二籃球賽蔣寒征跟她要了一次水之後，夏羽湖對她便忽然關照起來。她的關照很熱情，從一起吃飯到一起上廁所，惹得陸彌避之不及。

陸彌被安置在圓桌最中間的位子，如坐針氈，想起身換個位，又被夏羽湖按著肩膀坐回去。

夏羽湖笑咪咪的，「妳就坐這，等等有驚喜喲，不用謝我！」

陸彌心裡有種不祥的預感。

果然，半小時後，同學們陸陸續續來齊，蔣寒征在眾人起鬨聲中閃亮登場，帶著一臉新郎官謝客的喜慶微笑著坐到陸彌身邊。

「蔣學長遲到了！有人等了好久呢！」夏羽湖率先開腔。

「我的錯我的錯，下一場夜宵我請客！」蔣寒征向來好脾氣，樂呵呵地應了話，眼睛卻看向陸彌，低聲問，「怎麼沒等我？」

陸彌不想理他，頭一撇，轉到一邊去喝飲料。

「欸欸欸，怎麼還說悄悄話呢！當我們不存在嘛！」不知又是哪個多事的男生起鬨。

夏羽湖忙接腔：「人家一對的說點悄悄話怎麼了，你這個單身狗就別多嘴了！心不心酸吶！」

陸彌忍無可忍，抬頭瞪了夏羽湖一眼。夏羽湖卻彷若沒看見，笑容燦爛得有些刺眼。

蔣寒征端起杯子敬大家，很有老大哥的做派，「來來來喝酒！恭喜學弟學妹們順利畢業，前程似錦！男生喝酒，女生飲料啊，都注意點別亂灌！我先乾！」

一個男生看見陸彌臉黑，反而不依不饒，道：「征哥，就你自己喝啊？咱們金童玉女怎麼樣也該一起喝一杯吧！」

人群中立刻有男生接腔：「就是啊！陸彌，妳不能光刺激我們這些單身狗吧，一定要喝一杯！」

「喝一個，喝一個！」

「交杯酒，交杯酒！」

夏羽湖倒了杯可樂塞陸彌手裡，「哎呀別害羞啦，都畢業了還怕什麼？」

「就是就是，喝一個，喝一個！」

經歷三年苦讀的學生們在這個暑假終於迎來了夢寐以求的自由，好像蓄積已久的大壩終於開閘洩洪，他們迫不及待地擁抱作為成年人的權利。喝酒、起鬨、大聲喊出從前不敢說的話，好像越大膽、越「社會」，就越自由。

有目標的順理成章開始戀愛，沒目標的，就像夏羽湖現在這樣，不遺餘力地撮合所謂的「金童玉女」。

「金童玉女」，好像每一所學校都有幾對這樣的人，他們在眾人八卦的目光中自動結為一對。比如陸彌和將寒征，除了將寒征莫名而直白的示好外，他們唯一的交集，不過是高一英語演講比賽上的一次合作。

起鬨聲愈演愈烈，陸彌的忍耐也到了極限。

她把夏羽湖塞過來的杯子往桌上一放，冷冷問：「誰告訴你們我脫單了？」

幾個起鬨的男生臉色瞬間變了，氣氛逐漸尷尬，蔣寒征笑意僵在臉上，頓了兩秒還是開腔打圓場，笑道：「就是嘛，你們別亂說，胡鬧！」

空氣靜了幾秒，不知是誰小聲嘟囔了句：「真掃興……」

緊接著便有人小聲附和，「就是，不就開個玩笑……」

陸彌氣不過，正要開口，卻被蔣寒征擋住半邊身子，拉了拉手腕。

「別再說了啊，再說我就更追不到了！」蔣寒征笑嘻嘻道。

男生們笑得賤兮兮，「征哥，你飄了啊——」

陸彌聽不下去，無語地看了蔣寒征那雀躍的後腦勺一眼，轉身離席。

陸彌走到老師桌邊，一一敬了酒，又到甜點檯，拿了個最大的麵包，走到餐廳門外站著啃。

麵包很硬，並不好吃，陸彌越啃越覺得憋悶，既心疼自己交的班費，又氣那些口無遮攔的人。

學生時代，很多人愛開這樣的玩笑，誰和誰在一起啦，誰和誰天生一對啦。但從中能得到樂趣的，只有那些看熱鬧的人。被圍在人群中間取樂起鬨的人，和動物園裡的猴子沒什麼差別，從尷尬無奈到憤怒無助的心情，別人是理解不了的。要是不配合，還會被賞個白眼批評一句——「開不起玩笑」。

這王八蛋的邏輯。

陸彌愈發覺得委屈，尤其是想到自己是交了錢來聚餐的——就好像自己把自己賣了。麵包卡在嗓子裡，陸彌猛烈咳嗽起來，打算買瓶水喝。

一抬眼，卻在街對面的書店裡看到熟悉的人影。

盛夏的夜裡熱浪滾滾，人聲嘈雜。

祁行止穿著白色T恤站在書店門口的報刊攤前，側身看著一本雜誌，安靜得像一幅畫。

陸彌也說不清究竟是為什麼，但很奇妙的，那一角白色T恤落入她眼簾的時候，她就靜下來了。

所有的委屈、煩悶，在那一瞬間煙消雲散。她心裡甚至跳過了「他怎麼在這裡」的疑問，開始猜測他在看什麼書。天才該不會這時候也在看數學題吧？

在她還沒意識到的時候，陸彌已經輕輕揚起嘴角，邁上前打算喊他。

「祁——」

「陸彌！」

她的腳步還沒邁出去，就被後一步出來的蔣寒征牽住手腕。

陸彌猛地回頭，剛剛壓下去的煩躁「騰」地又竄起來，她將手一甩，絞眉問：「又幹嘛？」

蔣寒征垂著眼簾，「對不起，剛剛他們玩笑開得太瘋了。」

陸彌冷哼一聲：「你對不起什麼？我看你聽他們開玩笑聽得挺開心的。」

蔣寒征聲音愈發小，「對不起，我知道妳生氣了……」

「你明明可以否認。」陸彌聲音冷硬，「一句話的事，只要你否認了，他們就不會起鬨了。」

蔣寒征聽了，抬頭欲言又止地看著她，頓了好久才說：「可是我喜歡妳啊。」

陸彌一時語塞，說不出話的同時腦袋突突疼。

蔣寒征太直接，又太坦誠，恨不得把「我喜歡妳」寫在臉上，展示給太陽看，說給風聽，在陸彌回過神之前，就讓全世界知道了。

可陸彌向來是個很有自知之明的人，她心眼小得只夠裝下自己，無福消受這樣坦蕩的愛意。

陸彌盯著蔣寒征的眼睛看了看，終於嘆了一口氣，輕聲說：「我不喜歡你。」

蔣寒征明顯怔了一下，卻很快笑起來，低頭道：「我知道。」

陸彌不解地追問：「那你為什麼還要這樣？」

蔣寒征不回答，反問：「那妳有喜歡的人嗎？」

陸彌恍了下神，說：「……沒有。」

蔣寒征問：「那我為什麼不能等等呢？」

陸彌再次語塞。

「如果妳有了喜歡的人，我絕對不纏著妳。但妳現在沒有，為什麼不能讓我等等呢？」蔣寒征認真地說：「萬一，我只是說萬一妳以後有一點喜歡我了呢……」說完，他又笑著拍了拍她的肩，道：「沒關係的，陸彌。妳就讓我等等吧，我不著急。」

陸彌張了張嘴，欲言又止，不知該說什麼。

「妳肯定不讓我送妳回家……」蔣寒征自嘲地笑了笑，「妳路上注意安全，我要進去了，還答應了請客吃宵夜呢。」

他說完便擺擺手轉身走了，背影高大挺拔，看起來坦蕩又灑脫。

陸彌怔在原地良久，直到看不見他的身影，才長長地鬆了一口氣。

她緩過神來，急忙轉頭往街對面看。

祁行止已經不在那裡了。

陸彌心裡忽然湧出一股悵然若失的失落，怔了怔，還是邁開腳步，向那邊走過去。

她走到剛剛祁行止站的地方，拿目光在書攤上掃了掃，一眼便看見一眾花花綠綠的雜誌中間，一本淺綠色硬殼、素淨得格格不入的《萬物靜默如謎》。

陸彌心中著實吃了一驚。

這是她高中三年裡「蹭」了無數遍的書。

中學旁的書店裡，辛波絲卡的詩是很不賣座的。陸彌也因此有機會時不時來翻幾頁，直到她把所有的詩都讀完了，這幾本孤零零的詩集還是一本都沒賣出去。

祁行止居然也在看這個……

「又是妳？」陸彌還沉浸在訝異中，書店老闆搖著蒲扇走過來，一把收起那本詩集，嫌棄道：「妳平時偷偷在裡面看看也就算了，還擺出來浪費我攤上的位置？」

老闆把書往收銀檯後面的櫃子上隨手一塞，嘟囔道：「看妳是個學生……」

陸彌看著那書被極粗暴地塞進兩本地攤小說中間，不知怎的腦海中忽然閃過剛剛祁行止側身而立靜靜翻書的畫面，意識還沒回籠，已經開口道：「這書我買了。」

老闆狐疑地抬頭看了她一眼，硬邦邦撂話：「六十八。」

陸彌被這鉅款砸回了神，才反應過來自己剛剛說了什麼。

老闆沒耐心地問：「買不買？」

陸彌心裡一邊痛罵昨天非要請小毛頭吃冰害她賠進去一百塊的蔣寒征，一邊強裝鎮定掏出了錢包，抽出一張鈔票按在桌上，「買。」

夏夜的風並不能帶來絲毫涼意，陸彌承受著肉疼和炎熱的雙重煎熬，一邊在心裡痛罵蔣寒征，一邊又止不住地想到另一個人。

怎麼這麼一下子人就不見了……

「……我們蕾姐哪裡不好？」

「你不要敬酒不吃吃罰酒……」

「……」

經過某一條黑黢黢的小巷時，裡頭忽然傳來零碎的聲音。

陸彌頓住了腳步。

側身往裡一瞥，三個人影。兩個披著髮的女生，站在巷子中間；另一個身影明顯高些，背靠牆站著，被那兩人形成合圍之勢。

而這個高個的影子，怎麼看怎麼眼熟……

「我不認識妳。」

那身影一開口，陸彌就更確定了。

「現在不就認識了？」一個女生嘻嘻笑著說。

祁行止說：「抱歉，我記性不太好。要認識一個人恐怕沒那麼簡單。」

「那就加個好友，慢慢認識。」女生拿出手機，陸彌借著螢幕的光看清了她濃厚的妝容和緊繃在肩上的吊帶。

陸彌大概確定了，這兩位八成是附近高職的女學生。那所高職在她們學校一向很出名，最出名的就是不論男女都愛來這邊認識「好學生」。

祁行止這般姿色，被盯上不讓人意外。

「我不用手機。」祁行止說。

「你什麼意思？」大姐大似乎火了，聲音拔高兩度。

祁行止頷首，「字面意思。」又往前走了半步，道：「麻煩讓讓，我要回家了。」

「讓你媽讓——」

「幹嘛呢！」陸彌看足了戲，抓準時機閃亮登場。

她在巷口路燈下的明處站著，忽然出聲嚇了兩個女生一跳。但等她們看清了她的樣子，見不過是個孤零零的女生，便毫無懼色，怒道：「妳誰啊，多管什麼閒事！」

陸彌心裡琢磨著，面對這些小太妹，最重要的是氣勢，拿出成年人的氣勢來就贏了一半。於是她不疾不徐地朝她們走去，邊走邊道：「我是他家長，你們把我家孩子堵巷子裡是想幹什麼？」

也不知是驚訝的還是故意配合，祁行止喊了她一句：「陸老師。」

那兩個女生半信半疑地打量她，但氣勢明顯不足，「就妳這樣子……老師？」

陸彌冷哼一聲，拿出手機，「妳們不是要加好友嗎？加我的怎麼樣，我有的是時間跟妳們聊。」

她走到祁行止身邊，輕輕牽住他的手腕。

一個女生目光定在她手上拎著的書，仔細看了兩眼，倏然皺起了眉，同另一個耳語了幾句。

陸彌見狀乘勝追擊，迅速換了張惡人臉，凶狠道：「問你們話呢！啞巴了？」

那女生明顯被她一嗓子吼得哆嗦，咬著牙罵了句髒話，目光在他們二人中間來回逡巡，終於牽著另一個的手跑了。

「妳等著！」跑路前還不忘撂狠話。

「再敢纏著我們家孩子下次我直接報警了！」

陸彌不甘示弱地對她們的背影喊，被祁行止拽著手腕拉回來，「好了陸老師，她們不敢真的怎麼樣的。」

那兩人走遠了，陸彌冷靜下來，也鬆了口氣。說實在的，一對二，對方還是戰鬥經驗豐富的太妹，她這個「成年人」可沒什麼勝出的把握。

她瞥了手上的袋子一眼，沒想到是這本書幫了大忙。

還好她買的是詩集不是什麼娛樂雜誌。

她回過神來抬頭看了祁行止一眼，他倒是淡定，還是那張泰山崩於前都面不改色的臉。

「她們誰啊？」陸彌問。

「不知道。」

「不知道就堵你？」

祁行止點頭，「嗯，剛剛碰到的。」

「……行吧。」陸彌無奈地點了點頭，表示理解，「男孩子在外面要保護好自己。尤其是你這種。」

「……」祁行止噎了兩秒，說：「陸老師，就算妳沒來，我也不會有事的。」

「喲，是嗎？」陸彌嘲諷地哼了聲，「就你那不會轉彎的腦子，打算怎麼甩掉她們？你總不會要跟她們動手吧？」

「……不是。」祁行止失笑，「我有我的辦法。」

陸彌全然不信，擺擺手不屑道：「你能有什麼辦法。」

祁行止無奈地笑了聲，也不再與她糾結這個話題了。靜了兩秒，忽然問：「妳不去聚會嗎？」

陸彌狐疑：「你怎麼知道我聚會？」

祁行止頓了一下，說：「我剛剛在書店看到了。」

「哦，看到了不知道打招呼，沒有禮貌。」陸彌故意找碴。

祁行止：「……」

「行了，回家吧。」陸彌走在他身前兩步。

「陸老師。」祁行止忽然叫住她。

「嗯？」陸彌回頭。

「妳……想喝飲料嗎？」

陸彌擰了下眉，沒反應過來，「……嗯？」

祁行止上前兩步，走到她身邊，輕輕一笑：「就當是謝謝妳替我解了圍。」

書店旁就是一家飲料店，陸彌和祁行止一起往回走。

祁行止不挑，於是陸彌點了杯一樣的蜜豆奶茶給他。

祁行止原本站在她身後靜靜等著付錢，見她和店員叮囑多一份紅豆，冷不防評價了一句：「妳真的很喜歡紅豆。」

陸彌說：「甜的啊，誰不喜歡。」

祁行止失笑：「好吧。」

飲料做好，陸彌回身遞給祁行止，說：「上去吹一下冷氣吧，喝完再走……」話還沒說完，她忽然揪住祁行止衣角，側身往他身後一躲。

祁行止驟然僵住。

陸彌抓著他腰間的衣服，半蹲著躲在他背後，額頭幾乎抵在他肩下，輕而密的呼吸似有若無地敲在他的背上。

「走了沒走了沒？」陸彌問。

祁行止向街對面望去，餐廳門口簇擁著一大群少年少女，熱熱鬧鬧地向十字路口的方向去了。

祁行止說：「走了。」

「呼——」陸彌鬆了口氣，起身看了一眼，確定蔣寒征一行人走遠了，才澈底放鬆，

「走吧，上樓。」

祁行止強作鎮定：「……嗯。」

陸彌覺得他表情不太對，上下打量了一眼，才發現他腰間衣服上一小塊水漬，是剛才她拿飲料碰到的。

「噫——不好意思，」陸彌忙抽了張紙去擦，「我沒注意……這飲料很冰，你怎麼也不說？」

祁行止說：「沒關係，就一點。」

陸彌十分抱歉，又反覆幫他擦了幾下。

祁行止看見她指尖變得紅紅的，把衣角拉回來拽在自己手裡，道：「沒事，夏天很快就乾了。」

飲料店二樓有一整面落地窗，靠窗的位置視野極佳，樓下的車水馬龍、人來人往，湊成一幅不錯的夜景。陸彌悠哉地吸著飲料放空了看風景，這樣的時刻對她來說很難得。

祁行止不自覺地拿吸管戳著飲料裡的珍珠，心裡猶豫了幾遍，還是問：「陸老師，剛剛那個……就是那天在樓下叫妳的人？」

陸彌側頭，「嗯。」

「那妳為什麼要躲他？」

陸彌哼了聲：「因為煩。」

祁行止頓了頓，想緊接著問一句「為什麼煩」，又覺得這樣問了恐怕煩人的那個會變成自己，於是欲言又止半天，硬是把那話生生咽回去了。

陸彌看著他笑起來，想了想，忽然問：「哎，你有喜歡的女生嗎？」

祁行止心跳漏了一拍，兩秒後才回答：「沒有。」

「也是，你一看就沒有。」陸彌毫不意外地點了點頭，玩笑道：「你就跟電影裡那些科學怪人一模一樣……智商高、住閣樓、不說話。你該不會也跟科學過一輩子吧？為人類社會奉獻終身什麼的。」

祁行止：「……」

「嘖，我這輩子還當過天才的英語老師，真想不到。」陸彌搖搖頭，嘖嘖嘆道。

祁行止見她說得有鼻子有眼，不禁失笑，道：「陸老師，我沒有不說話。」

陸彌「嘁」了聲：「別扯了，你一天能說幾句話？」

祁行止說：「我跟妳已經說了很多話了。」

「行行行，我的榮幸！」陸彌笑著把飲料舉過去和他碰杯，「謝謝您賞光和我說話。」

祁行止抿抿嘴，不再反駁，一邊笑一邊和她碰了碰杯。

陸彌的飲料很快見底，她晃了晃杯子，有些意猶未盡。

祁行止問：「要再來一杯嗎？」

陸彌忙搖頭，「老師占學生便宜這種事一次就夠了，讓院長知道了我還要不要繼續打工了。」

祁行止笑了笑。

「欸，我再問你個問題啊。」陸彌閒下來，又覺得無聊了，一手撐著腦袋，另一隻手的手指有一下沒一下地叩著桌面。

「嗯。」

「你說你以後要是有了喜歡的人，萬一、只是萬一啊，萬一她不喜歡你怎麼辦？」

祁行止偏頭看了她一眼，她一雙眸子亮晶晶的，似乎很期待他的答案。

但他只能抿抿唇，說：「不知道。」

因為確實不知道。這個問題已經擺在他眼前了。

「這怎麼不知道……你就想像一下、設想一下？」陸彌的好奇心被吊起來，她似乎迫切的想知道祁行止會怎麼做。

蔣寒征那個傢伙會「等等」，祁行止這麼聰明，肯定和他不一樣。

祁行止沉吟一下，低聲說：「這要分很多種情況……」

陸彌絕倒，這人怎麼做什麼事都像在解數學題一樣？

「那你說，都有什麼情況啊？」她問。

「比如，我有多喜歡她、我有沒有能力和資格喜歡她、她為什麼不喜歡我……之類的吧。」祁行止嘗試列舉，但沒說幾句，就草草含糊過去了。

陸彌：「……」

好像得不到期待的答案，陸彌放棄了，擺擺手，從袋子裡拿出剛買的書，遞給祁行止，「喏，送你的。」

祁行止看見熟悉的封面，怔了怔，問：「……妳怎麼買了這本書？」

陸彌自然的把他的話理解成「這本書很貴，妳怎麼捨得買」，於是聳聳肩，滿不在乎道：「今天心情不好，所以要花錢發洩一下。」

祁行止翻開書封，問：「這是，送我的？」

「是啊。」陸彌點頭，「禮尚往來嘛，作為老師，我可要送點精神食糧。」

祁行止分明從她的表情裡看出了一絲肉疼和「裝闊」的虛勢，忍不住笑得放肆了些，點頭把書放進自己書包裡。

陸彌敏銳地質問：「你笑什麼？」

祁行止忙搖頭，壓著嘴角把笑意忍回去，一本正經地舉起飲料，在她的空杯上碰了碰。「沒什麼，謝謝陸老師。」他將杯口放矮了些，輕輕一碰，微笑道：「乾杯。」

回家的路上，祁行止走在陸彌身後半步的距離，路燈將兩人的影子拉得很長。

他發現陸彌走路很快，雙臂擺動、兩腿邁著，腦後紮的那個馬尾也左右晃著，很急很快的，而且一點也不吃力。

「欸對了，」陸彌忽然停住腳步回頭道：「下週林院長幫我辦升學宴，你來吃飯吧？」

祁行止也跟著停下來，仍舊與她隔著半步，消化一下這突然的邀請，點頭道：「好。」

陸彌這才發現他落在後面，擰眉道：「哎你怎麼走得這麼慢？」

祁行止：「……」

「長兩條這麼長的腿當裝飾用？趕緊跟上！」陸彌朝他擺了擺手，催促道。

祁行止無奈，只得跨一步跟上去。

他走在她左側，發現他們長長的影子中間還空著一段窄窄的距離。

他把原本拎在左手上的書袋轉到右手上，影子間的空隙就被填滿了。祁行止低頭看著，將這個畫面一幀一幀定格在腦海裡。

月亮作證，我牽過她的手了。

唯一有些遺憾的是，月亮也不能讓時間永遠停在此刻。

「陸老師。」祁行止忽然覺得嗓子癢癢的，開口不知道說什麼，便叫她。

「嗯？」

祁行止聲音裡含著止不住的笑意，「妳怎麼走慢了。」

陸彌抬頭白他一眼，「還不是為了等你？長兩條腿也不知道幹什麼用的……」

「哦。」祁行止笑著，「謝謝。」

陸彌嗤了聲：「神經。」

祁行止又拿手裡的袋子輕輕碰了碰她手臂，說：「乾杯。」

陸彌終於破功，噗嗤笑出聲來，朗聲問：「祁行止，你是不是有病？」

陸彌的升學宴定在週日中午，林院長雖然有心辦場大的，無奈財力實在有限，就在育幼院的院子裡擺了兩桌，讓小蘿蔔頭們吃個盡興。原本還邀請了老師的，但不知是因為陸彌這個學生太過不起眼，還是老師們實在太忙，最終六科老師一位都沒來。

儘管如此，林立巧還是盡心地自掏腰包買了件新裙子給陸彌，又叮囑她今天打扮打扮，大學生了該愛美些。

祁行止比約定時間早十分鐘等在巷口，然後看見一襲白裙、長髮飄揚的陸彌。她朝他走來的那半分鐘裡，夏風、陽光、樹蔭，都是過客。

陸彌笑著問：「你怎麼這麼早到？」

祁行止頷首：「剛到。」

「快點來。」陸彌說：「我們育幼院雖然窮，但老師做菜還挺好吃的。要是去晚了肯定沒了，那些小鬼可不跟你客氣。」

育幼院就在同一條巷子斜對面，走兩步便到。剛要邁過門檻，祁行止忽然聽到身後有人叫了一句：「小彌！」

他明顯感覺到身邊的陸彌腳步一僵。

巷尾走來一個身材矮胖的中年男人，穿著黑藍條紋的polo衫，領子沒形地塌在脖子邊；下身是件西裝褲，看起來沒有熨過，腰胯處皺巴巴的；褲管也有些長，堆在一雙棕色皮鞋上。

那人走近了，祁行止才看清他的長相。頭頂鋥亮，少得可憐的幾根頭髮往前梳，反而顯得頭頂更禿了；綠豆眼、蒜頭鼻，一直咧嘴笑著，露出一排黑黃的牙齒。

祁行止從不評價他人的外貌，但這次他幾乎是下意識在心裡嘀咕了一句，這人真醜。他醜得讓人無法想像他曾青春年少過。

「小彌啊，升學宴都不喊舅舅來？」中年男人笑得極猥瑣，靠近了能聞到他嘴裡混著食物味道和菸草味道的糜爛臭味，祁行止保持著教養，沒有後退，反而反射一般不動聲色地往前挪了挪，將陸彌微微擋在身後。

他不知道自己為什麼要這麼做，好像只是出於直覺。

「舅舅還包了紅包呢，不要？」男人伸手遞過來一個薄薄的紅包，又白了祁行止一眼，問：「這又是哪個？我姐又善心大發上哪裡接的小孩？」

「舅舅。」陸彌叫了聲，沒有接紅包，「他不是育幼院的，是我學生。」

「他是隔壁祁醫生的姪子。」她冷冷地說。

第五章　今日北京，晴，29℃

祁行止始終記得第一次見到林茂發時的場景，甚至把每一個細節都記得清清楚楚。林茂發穿成什麼樣，長得什麼樣，說了什麼話，又是用怎樣的眼神看著陸瓕，他都記得很分毫不差。

那是他第一次認識林茂發，說不清為什麼，出於不得體的外貌歧視也不是不可能。總之，十六歲的祁行止對這個醜得出眾的中年男人產生了極強的戒備心。

即使在知道他是育幼院林院長的親生弟弟之後。

而後來發生的事情證明，他的直覺是對的。

樓下那架破破爛爛的老鐘敲響了整點，發出滯澀遲緩的聲音，聽起來很有「身殘志堅」的意思。祁行止盯著天花板上一圈水漬發呆，心道雷哥買的是什麼好鐘大晚上的大家都睡了還報時。

手機忽然亮了一下，他滑開來看，才發現已經是凌晨一點。

段采薏傳來訊息，說：『意向電話打過去了，她好像挺感興趣。』

祁行止心下一動，回覆：『好，謝謝。』

段采薏很快回過來：『你怎麼這麼晚沒睡？』

祁行止：『處理事情。』

段采薏傳過來一個可愛的屁桃貼圖，緊接著又跟了句：『祁神可別這麼努力了，給別人留一條活路吧。身體健康最重要。』

祁行止掃了一眼，不知該怎麼回覆，半分鐘後打了『謝謝』兩個字傳過去，便把手機關上，起身下床。

今晚他實在睡不著，索性去把停在路邊的摩托車騎回來。

凌晨時分，還在街上開著車穿梭的就只有計程車司機。祁行止坐在後座，和司機用方言寒暄了幾句，便沉默地看著窗外的街景。

他對重慶的一切都熟稔於心。

從念大學開始，每個寒暑假他都到這裡來長住，有時候是和老師同學們一起做社會實踐、專題研究；有時候只是單純地待一段時間，畫畫、拍照，或者騎著摩托車往在山上飛馳。

祁行止是對自己很誠實的人。對自己的夢想、人生和心意，都很誠實。比如他從小嚮往重慶，這些年重慶就成了另一個故鄉；比如小時候與模型道具為伴，長大後建築便成為他終身的事業。

再比如，很多年前有個人住進他心裡，還沒負責任就跑得沒影沒邊，可祁行止也無法騙自己將心裡的位置騰出來了。

凌晨兩點，飛機降落在首都國際機場。

手機恢復訊號，陸彌連忙打開信箱查收新郵件。

登機之前她接到一通電話，是北京一家名叫夢啟的教育機構打來的。

深夜十一點多打電話的ＨＲ，陸彌很難不認為她是騙子。本來都要掛電話了，可對方態度禮貌、措辭專業，陸彌猶豫了一秒，就聽下去了。

這一聽，便心動了。

飛來北京本來就是臨時做的決定，她現在一存款不足二舉目無親，找工作的確迫在眉睫。

雖然事先對這家教育機構沒有任何瞭解，但ＨＲ說是在人才庫裡撈到了她的簡歷，陸彌也沒懷疑，畢竟是海量投遞。而且電話那頭的女士談吐不凡，簡練完整地介紹了情況——夢啟是一家以國中生和小學生為主的私立教育機構，需要一位有海外經驗的英語老師。

沒有比這更適合她的工作了。

陸彌確定了郵件中的線上面試時間，點下「接受面試邀請」，一顆懸著的心像終於有了個暫歇的地方，落下來靠了靠。

她看著手機上的時間，不禁苦笑，這公司是什麼魔鬼作息，這個時間ＨＲ還在工作。無奈她現在也沒有別的選擇了。

夢啟、夢啟……怎麼感覺有些耳熟？

顧不得那麼多了，陸彌晃了晃昏昏沉沉的腦袋，拖著行李箱走出機場大廳。

這曾經是她滿懷憧憬也無比熟悉的城市。

她和將寒征騎著自行車穿過長安街去看過升旗；和室友們夜探過圓明園，翹著二郎腿坐在大水法邊評價「清華不怎樣北大也就那樣」；也曾經繞著三環跑了一整圈找一家冷僻的書店，就為了幫某個「不肖弟子」買生日禮物。

陰差陽錯，本以為再也不會踏足的地方，居然就這樣回來了。陸彌有些哭笑不得地發現，這居然是她第一次造訪北京的機場。

沒有落腳的地方，沒有可聯絡的朋友。陸彌一隻手肘撐在行李箱拉桿上，訂了最近的一家飯店，又叫了輛車，看著螢幕上的深夜計費肉疼得厲害，心想明天面試一定要好好表現，最好一次通過順利就業。

面試安排在第二天上午十點半，以視訊形式。

陸彌早早起了床，把塞在行李箱裡快一個月的衣服拿出來熨平整，又化了個簡約而不失精緻的妝，坐在電腦前等待。

她很久沒用中文面過試了，很難不緊張。

十點二十八分，面試官提前兩分鐘進入會議室。

陸彌心裡為這家教育機構加了一分。

等看清面試官的長相，這分又往上加了一點。

面試官是個很年輕的女孩子，披肩長髮，皮膚白皙，一雙杏眼又大又亮，掛著溫和友好的笑容。

這笑容使陸彌心裡的緊張鬆下去了些，扯扯嘴角笑回去，卻發現面試官的表情有了微妙的變化。

她的笑滯在嘴角，微微睜圓了眼，定在那，看向陸彌的表情，似乎有些驚訝。

陸彌懷疑是視訊卡住，於是出聲道：「您好？能聽得到嗎？」

面試官很快回了神，笑笑道：『您好，我是夢啟教育的段采薏。方便的話我們可以開始面試了，請妳先做個自我介紹吧。』

陸彌隱隱覺得哪裡不對勁，但還是微笑著點了點頭，按照打好的腹稿開始自我介紹。

面試流程很簡單，自我介紹後面試官詳細盤問了陸彌的過往經歷，又問了幾個專業問題，最後回饋環節，面試官介紹，夢啟和其他教育機構有些不同，這裡的孩子大多有一定的天賦，但同時也因為家境貧寒且父母疏於照顧，或多或少有些性格上的問題。

面試官很周到地表示，如果陸彌介意的話可以直接提出來。

陸彌的確有些驚訝，但面試官的坦誠和專業讓她覺得這個問題並沒有那麼難以接受。更重要的是，現在的情況並不允許她挑選工作。

整場面試規範且順利，但陸彌總覺得這位面試官有些心不在焉，好像比起她的回答，她的專注力更放在陸彌的臉上。

終於，在說明面試結果三天內給出後，這位面試官猶豫了一下，開口問：『不好意思，陸小姐……方便的話，我可以問妳一個私人問題嗎？和面試無關。』

陸彌有些意外，但還是點頭道：「好。」

『妳是不是南城人？』

陸彌一驚，狐疑地看了她一眼，說：「……是。您……認識我？」

段采薏像是鬆了一口氣，微怔後扯扯嘴角笑道：『我就說……妳看起來很眼熟。我也是南城人，可能是念中學時見過。』

陸彌心中起疑，不動聲色地觀察著螢幕裡年輕女生的臉龐，她確信自己記憶裡沒有這張臉。於是她笑了笑，問：「是嘛，好巧。您是哪個學校畢業的？」

段采薏頓了頓，答：『南大附中。』

陸彌笑道：「哦，那可能是的。真巧。」

段采薏點點頭，說：『那我們今天的面試就到這裡吧，感謝妳的時間。有消息的話，我會在三天內聯絡妳。』

陸彌說：「好的，謝謝。」

合上電腦，陸彌在腦海裡搜尋「ㄉㄨㄢˋ ㄘㄞˇ ㄧˋ」這個發音的名字。這個名字很好聽，也絕非大眾，如果有印象的話，她該能立刻想起來的。

但陸彌的記憶裡沒有這個人。

而且，南大附中是整個南城市乃至全省首屈一指的升學高中，而陸彌高中時念的是按地區劃分的普通學校。

南大附中，是祁行止的學校……

想來想去，居然還是繞回祁行止身上。

陸彌不想再糾結下去，索性又打開電腦開始尋找其他工作機會，反正這個職位看樣子是沒機會了。

電腦螢幕自動彈出今日天氣提示，效果做得很精緻，跳出一座動畫的紫禁城，右上角頂著一輪小太陽——今日北京，晴，29℃。

陸彌伸手拉開桌邊的窗簾，陽光慷慨地照進整間屋子。烈日灼灼。

退出會議室後，段采薏盯著電腦螢幕發了半晌的呆。直到電腦黑下去，她看見螢幕中自己呆滯的臉，才如夢方醒般抓起手機。

點開祁行止的聊天室，劈里啪啦地打了一大段話，倏地又頓住，按住刪除鍵全部清空。猶豫了一下，還是撥通了對方的電話。

『喂？』電話撥通，祁行止那邊有些吵。

「嗯……祁神？」段采薏清了清嗓子，先問：「你在機場嗎？」

『對，馬上登機。有什麼事嗎？』祁行止說完，忽然想到什麼，直接問：『面試結束了？怎麼樣？』

段采薏抿了抿唇，沒有回答他的問題，反問：「這個陸彌，是妳以前那個家教老師對嗎？」

祁行止默了兩秒，說：『是。』

段采薏說：「可你跟我說她是個翻譯，還是個很優秀的口語老師。」

祁行止聞言擰了擰眉，把手機換了一邊，問：『這和她曾經是我的家教老師衝突嗎？』

段采薏沒說話。

祁行止說：『妳剛剛親自面試了她，我說的對不對，妳心裡應該有判斷吧。』

段采薏悶了一下，說：「……可你沒跟我說她大學肄業。」

她的語氣令祁行止愈發不舒服，頓了頓，說：『我也從來不知道夢啟有不招大學肄業者的規定。』

段采蕙安靜了很久，不知該說什麼，只覺得心裡不是滋味。偏偏這時候室友還從她身後經過，照例打趣了一句「又和妳家祁神打電話吶」。段采蕙心裡莫名生出一股委屈，悶聲道：「……沒想到你也是會走後門的人。」

祁行止原本想掛電話，冷不防聽見她這麼一句，眉頭擰得更深，心中生出些無言以對的疲憊感。沉沉嘆了口氣，冷聲問：『妳到底想說什麼？』

短短幾句話的時間，段采蕙的心情在訝異、不解、委屈之間輪了個遍，聽到他這麼嚴肅的一問，居然有些火大，輕輕嗤了聲，回答道：「沒什麼，就是沒想到，你也是會徇私的人。」

祁行止揉了揉眉間，懶得揣測這位一向坦蕩爽朗的老同學今天這番陰陽怪氣的火是怎麼回事，便說：『趙學姐把招聘交給妳負責，我只是推薦了一個候選人。面試官是妳，最終做決定的也是妳，我不會再過問。』

段采蕙沒說話。

祁行止也不再等她回覆，說了句『我要登機了』，便掛了電話。

段采蕙聽著電話裡的忙音，心中更加不是滋味。「騰」地站起來，椅子拖出一聲巨響，拿起水杯接了杯涼水，「咕咚咕咚」一口灌了個乾淨。

室友被她這陣仗嚇了一跳，狐疑道：「怎麼了，跟妳家祁神吵架了？」

段采薏不耐煩道：「沒有。」

另一位室友默默聽了半天的熱鬧，這才從書堆裡抬起頭，笑問：「不會是他又掛妳電話了吧？」

段采薏捏著水杯，氣得咬牙，但礙於面子，硬是冷著臉沒說話。

室友繼續看熱鬧不嫌事大，喟嘆道：「我早就說嘛，雖然說女追男隔層紗，但妳也太倒貼了，效果適得其反。祁行止那種人，肯定是見多了對他死纏爛打的，妳對他來說啊，說不定只是個號碼牌呢。」

這室友的性格一直悶悶的，與段采薏開朗活潑的個性相差了十萬八千里。又因為成績相近，大學四年裡各種獎學金評選、學科競賽、創業比賽兩人都是死對頭。段采薏看不慣她為人不磊落期末考試連個資料都藏著掖著，她看不慣段采薏仗著家境殷實為人張揚，借著祁行止的事明裡暗裡嘲諷她也不是第一次了。

段采薏自詡坦蕩磊落，不喜歡和心眼多的人打交道，也從來不把她的嘲諷放在心上。可今天這一句，卻是實實在在在她心裡割了個傷口。

段采薏死死捏著杯子，捏得指尖泛白，才忍住和她扯頭髮打一架的衝動，撂下句「我出去走走」，推開門走了。

八月底，暑氣難消。段采薏漫無目的地在操場上走了一圈又一圈，還是沒能將室友那句「妳對他來說只是個號碼牌」甩出腦袋裡。

其實她知道，什麼「祁行止見多了死纏爛打的」，都是信口胡謅。

恰恰相反，這麼多年，真正在他身邊「死纏爛打陰魂不散」的，只有她而已。

祁行止雖然長得好看又成績逆天，但偏偏個性像木頭一樣，不瞭解他的女生也許會見色起意主動一兩次，可但凡瞭解些內情的，就知道，他這個人，實在是冷漠到了無趣的地步。學校裡的女孩子都有傲氣，敢向他示好的身邊也不乏追求者，何必在他這一棵樹上吊死？

說起來，要論「招蜂引蝶」，還是他那位好友肖晉更勝一籌，可人家恨不得把「有老婆，勿擾」寫臉上，讓人知難而退。最終，學校裡這兩個最引人注目的男生，反而是最無人問津的。

只有段采薏，從高中起眼裡就只有祁行止，一副「不撞南牆不回頭」的架勢。

段采薏總想，祁行止從生下來開始能稱作「朋友」的女生一隻手就數得過來，她還是其中資歷最老的那一個。雖然他現在是塊木頭，但只要她在他身邊等著，總能等到他開竅那一天的。

這條路嘛，長是長了些，但好在一眼望去盡是坦途，沒有南牆可撞，只要堅持到底就行了。

可現在，南牆回來了。

南牆叫陸彌。

一想到這，段采薏便胸悶氣短，腳步也愈走愈快，兩條手臂快速擺動著，像個風車成了精在操場上滾著。

陸彌、陸彌……怎麼還是她？段采薏忿忿想著。

陸彌、迷路……行止……靠，想著想著居然覺得這倆人連名字都配好了似的，故意氣她。

段采薏終於忍不住朝著夜色仰天嚎了聲，「煩死了——！」

月影重重，樹影稀疏，沒人在意她到底煩什麼。

段采薏第一次見到祁行止，是高一開學的時候。心高氣傲的段大小姐國中會考只拿了榜眼，忿忿了一個暑假，連老爸安排的歐洲遊都沒去，悶著自學了兩個月，只想著開學考試一雪前恥。

萬萬沒想到，開學考試成績下來，她還是第二名。

開學分班集合那天，段采薏特地配了副新眼鏡，拿著座位表搜尋那位傳說中的「祁行止」。

她的目光在座位間一寸一寸地搜索，最後，在教室最角落靠窗的位子，她看見一個盯著窗外發呆的少年。

段采薏自小熟讀各類言情小說，看見祁行止的那一刻，她想，見了鬼了。言情小說居然是真的。

段采薏盯著祁行止看，一時忘了神。

一個衝撞的身影將同時發著呆的他們都扯了回來。

新班長是個文弱的男生，戴著鏡片堪比啤酒瓶底厚的眼鏡，矮矮瘦瘦，看起來小雞崽似的。他一個人抱了一大疊學生手冊，手冊上還摞著全班的制服，就這麼顫巍巍地從教室後門走進來。

沒人往後看，也就沒人起身幫忙。

班長走到祁行止座位旁走道的時候，因為視野盲區，踢著了桌腳，整個人往前傾，眼看就要摔個狗吃屎。

「喂——」

段采薏驚呼，反射地伸手去扶。

但她離得太遠了。

就在她閉眼不敢看這慘烈現場的時候，意料之中的慘叫聲並沒有響起來，只有制服袋子「嘩啦啦」落地的聲音。

她睜開眼，看見祁行止站起身，微微躬著背，一隻手拎雞崽似地拎住了班長那筷子似的手臂。而班長驚魂未定地僵在原地，半晌沒緩過來。

同學們聽見動靜，紛紛回頭看。吵吵嚷嚷的教室裡，段采薏卻無比清晰地聽見了祁行止說的第一句話——

「沒事嗎？」

清清冷冷的聲音，卻不讓人覺得冷淡，反而有種沉穩的、令人安心的力量。

段采薏想，十幾歲的時候，沒有人不喜歡祁行止。

誰會不喜歡聰明謙遜，長得又那麼好看的少年？

可後來，她不是十幾歲了，她還是喜歡祁行止。

李碧華說：「當初驚豔，完完全全，只為世面見得少。」可她後來見過很多很多的世面了，還是覺得，高一那年望著窗外發呆的少年，是這一生最驚豔的。

——雖然她「這一生」才二十幾年。

但矯情就矯情吧，她願意為祁行止說這麼矯情的話。人是多麼狂妄自大的動物，誰不為愛人說幾句「永遠」和「此生」？

段采薏高中喜歡祁行止，是以「次次要和他爭第二」的方式，可惜三年來，只有高一期末考試那一次贏過。升學考之後她天不怕地不怕，雖不至於拿大聲公昭告天下「我喜歡祁行止」，但也鄭重其事地摺了小星星、做了小模型，挑選了一個月光皎潔的夜晚，告訴對方——「祁行止同學，我喜歡你。我可以做你的女朋友嗎？」

祁行止不意外，也沒猶豫，回答她：「抱歉，我不打算戀愛。」

段采薏回家發了兩天大小姐脾氣，又自己想通了——只是「不打算戀愛」，不是「不喜歡妳」。

這說明她還有希望，只要等。

這一等，從南城等到北京，從附中等到清華，等來了一堵南牆。

段采薏不知繞著操場走了幾圈，回過神來，操場上的人漸漸散了。

抬頭望月亮一眼，一把月光灑下來，也是清清白白的，和她升學考結束表白失敗的那晚一樣。

段采薏仰頭望著，直到脖子都痠了，才低下頭，心底做了決定——

看在月亮的份上，不能就這麼打了退堂鼓。

哪怕真是南牆，也不過是磚砌泥縫的，先撞一撞再說！

陸彌在飯店裡住了整整一週，每天伴著飛機的轟鳴聲起床入睡。終於，在她耐心快要耗盡幾乎想一紙訴狀告那黑心的夢啟虛假招聘騙取求職者勞動成果的時候，收到了官方寄來的 offer 郵件。

而過去一週裡，她經歷了兩場追加面試，完成了一張深夜寄來的詭異英語試卷，就差沒就地考雅思口語了。

那位名叫段采薏的面試官看起來明明是個嬌憨可人的小女孩，搞起事來卻一點也不手軟，面試一輪比一輪更嚴肅，那張深夜寄來的試卷，八成也出自她的手。

說不清為什麼，也許是因為「找工作」的現實壓力，也許是「遇強則強」的勝負欲，陸彌居然極有耐心地完成了這一週的魔鬼面試。

陸彌看著 offer 郵件裡寫明的薪資待遇和各項福利，在心裡算了一筆小帳。薪水不算高，尤其對北京這個城市來說。但陸彌對此有心理準備，她搜尋過夢啟，這是一家慈善機構，全靠私人贊助，而其最大的贊助商就是創始人。正職員工數量極少，大多是志工。陸彌看到這些消息的時候幾乎懷疑其真假——這年頭，居然還有人在做這樣的事。

好在夢啟為所有老師提供食宿，條件不會太好，但對陸彌來說，有個不會被打擾的單人房就夠了。

第二週週一一早，陸彌乘公車搖搖晃晃地從城東來到城西，跟著導航走在鮮有人煙的馬路上。

夢啟選址在昌平，幾乎快到了延慶，不知是不是也和「資金緊缺」有關。陸彌看著手機地圖裡，大片的綠地間擠出這一條窄窄的小馬路，不覺失笑。

走了快一公里，首先聽見的是一陣嬉笑聲。陸彌看見在馬路轉角處一片圍欄裡，十幾個孩子跑在綠茵上，追逐一顆髒得已經看不出原本顏色的足球。

陸彌看了漸漸高升的太陽一眼，第一個反應是——真不嫌曬。

又看了手機導航一眼，才反應過來自己走到了夢啟的後門——還要多繞六百多公尺。

陸彌繞過綠茵場的時候留心觀察了幾眼，心裡納悶，夢啟從選址到薪資水平到機構淵源處處透著缺錢，居然能建這麼大的綠茵場。

綠茵場前有兩棟樓，看起來也都修繕得很完備，甚至很有建築美感。陸彌默默記著，心裡又攢了些疑問。

快繞到正門的時候，陸彌收到段采薏的訊息，她問：『到了嗎？』

陸彌回覆：『快到了。』然後加快了腳步。

段采薏果然早已等在門口。

夢啟的大門做得很「低調」，磚紅色的院牆中間開了個兩扇小門，左側牆上題著幾個字——「夢啟俱樂部」，門邊有個小小的警衛室。

但陸彌倒覺得這門設計得耐看，磚牆配木門，掩著靜悄悄的一個院子，像古時候的書院似的，看起來是個讀書的好地方。

段采薏穿著一件修身的黑色連身裙，腳踩一雙經典的黑色馬蹄扣樂福鞋。披著亞麻色過肩長髮，耳垂上綴著的兩粒珍珠是全身唯一的亮色。

很簡單，但經典而耐看的打扮。

陸彌極快地打量她一眼，心裡仍小小地為這女孩的容貌驚豔了一下——說不上多美，但一切都恰到好處，從五官到這一身打扮，讓人很舒服。

陸彌實在很難把這麼溫和的女生和壓力面試裡那個板著臉的黑面神聯想到一起。

段采薏倒是十分友好，率先笑著和她打了招呼：「學姐好。」

陸彌怔了怔，心裡愈發搞不懂這是什麼路數。面試的時候就快把「妳不行」寫臉上了，這時居然這麼親切地叫「學姐」？

她扯了扯嘴角，正經道：「您好，我來入職。」

段采薏點點頭，做了個「請」的手勢，笑道：「跟我來。」

陸彌跟在段采薏身後一步的距離，隨她繞過了第一棟大樓，穿過一個小小的花壇，走進第二棟大樓。

這樓外表看起來精緻，進到裡頭才發現設施老舊。牆面上有筆畫痕跡、有腳印鞋印，大理石地板也泛著舊舊的灰黃色。

陸彌一邊走，一邊默默記著各個房間上的牌子，有教師辦公室、器材室、檔案室、電腦機房……很亂的樣子。

這是棟四層的矮房，陸彌跟著段采薏沿著走廊盡頭的樓梯而上，直到四樓，走進一間掛著「校長辦公室」牌子的房間。

「學姐好。」一進門，段采薏朝著窗邊辦公桌前的女人叫了聲。

陸彌默默打量，這位女士年紀約莫四十出頭，一雙眼睛很大，炯炯有神，看起來精神飽滿、十分幹練，穿著卻很隨意，簡單的一件白T恤，不施粉黛，也沒戴任何首飾。

「這是新入職的陸老師，」段采薏指了指陸彌介紹道：「就是我跟妳說的，專業能力非常強的那位。」

被叫做學姐的女士站起身來，笑得很溫柔，打趣道：「喲，還真走完了妳那機場面試？我還怕人家投訴我們呢。」

陸彌心道，確實差點想投訴。

中年女人朝陸彌點了點頭，正式介紹了自己：「妳好，我叫趙婉，是夢啟的創始人。妳叫我 Jennifer 就好。」

陸彌心裡略一吃驚，這還真是「校長」本人。一個大學生模樣的老師帶著入職第一天的她，居然直接見到了創始人本人，夢啟的人事結構還真是簡單得有些過分了。

她笑了笑，微微頷首道：「您好，我叫陸彌。」

Jennifer 抿抿嘴，笑道：「久仰大名。」

陸彌點了點頭，心裡卻隱約覺得這四個字有什麼不對勁。

入職第一天的程序很簡單，段采薏帶著陸彌填了幾張表格走完了人事流程，又帶她熟悉一下夢啟的環境，最後一個環節就是打理宿舍了。

「我們這裡，老師和學生住一起，妳不介意吧？」段采薏問。

「不介意，」陸彌很誠實地說：「只要是單獨的房間就行。」

段采薏輕聲一笑，沒說話，帶她穿過那片綠茵場，走到另一邊一棟三層樓的樓房旁。

「夢啟總共只有四十二個學生，四人一間，住在二、三樓；住校的正職老師加上妳是五個，都住在一樓。」段采薏指了指最裡面的那間房間，「那一間就是妳的。」

陸彌點點頭，問：「妳住哪裡？」

段采薏笑了聲，擺擺手，「我不住這。」

陸彌疑問地「嗯」了聲。

段采薏側過腦袋輕輕瞥了她一眼，又轉回去不看她，說：「我還要讀研究所，住學校。」

陸彌點點頭，原本她不會多關心別人的，今天也不知怎麼的，順著嘴就問下去：「妳在哪個學校？」

段采薏笑說：「五道口職業技術學院。」

段采薏臉上掛著自嘲的笑，是那種，輕鬆而淡然的自嘲——只有能在「職業技術學院」前加上「五道口」三個字的人才會擁有的那種淡然和篤定。

陸彌的表情瞬間僵了一下，並不是因為段采薏這份似乎意有所指的「自嘲」，而是因為，從好幾年以前，提到「清華」，她就只能想到那一個人了。

她不禁想起段采薏說她是南大附中的學生，該不會……總不至於那麼巧？

兩秒後，她心中的預感得到了證實。

「陸老師。」熟悉的沉穩的聲音在身後響起，似乎隔著一段距離，那聲音的主人罕見地大聲說話。

陸彌和段采薏同時僵住。

她回頭，看見祁行止穿著一身白色的運動短袖和短褲，從綠茵場那頭，躍步跑來。

「祁哥！」陸彌還沒反應過來，又看見祁行止身後還跟了個瘦得長桿一樣的小孩，跑起來兩條筷子腿就像踩著高蹺似的。

這不是雷哥車行裡那個和自己老爹吵架的中二病嗎？

夢啟……夢啟……怪不得她一直覺得這個名字耳熟。

一切都串起來了……為什麼段采薏會叫她「學姐」，為什麼 Jennifer 說「久仰大名」，看來都和祁行止有關。

陸彌大腦當機，一時竟不知道自己此刻應該是什麼心情，只怔怔地站在原地，直到祁行止站定在她身前，她甚至沒空發現今天這副打扮的祁行止和平時有多不相同。

而祁行止就這麼站在她面前，沒有說話。

「祁哥！」雷帆氣喘吁吁地跟上來，大喇喇搭住祁行止肩膀，正要說什麼，看見陸彌的瞬間眼睛瞪得很圓，「……怎麼是妳？」

陸彌心情複雜，她也想問——怎麼是我。

怎麼遇見你的，又是我。

段采薏狐疑地問雷帆：「你們認識？」

候。

祁行止問陸彌：「安頓好了？」

兩人異口同聲，雷帆空張了張嘴，看了祁行止一眼，忽然覺得這不是個回答問題的好時

陸彌心裡天人交戰，想到剛剛簽下的工作合約，艱難地點了個頭，說：「差不多了。」

祁行止朝她身後看了一眼，問：「行李呢？」

陸彌垂下眼，說：「還在飯店。」

祁行止點點頭，說：「我陪妳回去拿。」

陸彌下意識想拒絕，祁行止卻一點空隙也沒留，轉身又對雷帆說：「你跟我一起去，做苦力。」

雷帆笑嘻嘻：「沒問題呀！」

陸彌：「……」

這兄弟倆，倒是安排得圓滿。

她不想當著段采薏和雷帆這兩個陌生人的面和祁行止矯情地推辭來推辭去，於是輕輕點了點頭，對段采薏道了謝，說：「那走吧。」

第六章　夢啟

臨近晌午，小轎車迎著太陽駛在空無一人的街道上。雷帆坐在副駕駛座，被盛夏的陽光曬得刺眼，想伸手去拉遮光板，奈何這車裡實在安靜得可怕，明明坐了三個人，卻只能聽見空調悶沉的聲音。

雷帆小心翼翼地抬起手拉下遮光板，被這安靜得詭異的氣氛嚇得不敢發出一絲聲音。微微轉頭瞟了後座的陸彌一眼，她面無表情地坐著，轉頭看窗外風景；收回眼神的時候又順便掃了駕駛座上的祁行止一眼，他也面無表情，手扶方向盤淡定地開著車。

雷帆想到十分鐘前段采薏提出要和他們同行被祁行止拒絕後的陰沉臉色，心裡止不住地猜測。

這三人，一定有事……

終於，他被車內壓抑的氣氛悶得受不了了，「嘿嘿」乾笑兩聲，沒話找話地說道：「欸祁哥，沒想到你球踢得這麼好。」

早晨雷帆看見祁行止穿著一身運動服來和他們踢球的時候，是十足吃了一驚的。他從來不知道祁行止還會踢球。

祁行止轉頭看他一眼，笑了笑：「嗯。」

雷帆又說：「以前你不是不喜歡這種出汗多的運動嗎，怎麼今天來跟我們一起踢球了？我從沒見過你穿球衣和短褲呢。」

祁行止又笑了笑：「我也不知道，可能今天心情好。」

雷帆看了後座那位黑臉的女士一眼，聽著祁行止發自內心的愉悅輕笑，心道見了鬼了，心情好是這個氣氛？

他不敢說，也不敢問。

工作日上午，超市裡人很少。

陸彌推了個購物車走在最前面，完全將身後兩人當空氣。雷帆不知道這位黑臉大姐究竟是何方神聖，只能唯唯諾諾地跟著。再一看身旁的祁行止，倒是一派淡定，還十分有閒情地走走停停，挑揀著超市貨架上的各類物品。

祁行止停在一處貨架前，手裡拿著兩盒不同牌子的蚊香，仔細比對著。

雷帆看見陸彌快轉彎了，連忙提醒：「欸，她都走到那了！」

祁行止選定了一個牌子才抬起頭來，快步向前跟上。

雷帆下意識想跟上，看著祁行止和陸彌並肩的背影，卻鬼使神差地，頓住了腳步，依舊遠遠地跟著。

「陸老師。」祁行止把蚊香丟進陸彌的購物車裡。

陸彌輕輕地「嗯」了聲，頭也沒回。

轉彎後走到貨架另一面，祁行止突然伸手停住購物車，說：「教師宿舍的蚊子很多，買個蚊帳吧。」

陸彌看了剛剛他丟進購物車裡的蚊香一眼，沒說什麼，在貨架前停住，挑選起蚊帳來。

祁行止說：「單人床，一點五公尺寬，兩公尺長。」

陸彌沒有回應，一邊挑著，一邊漫不經心地說：「這一個禮拜，我面了三場試，做了一份晚上十點寄來限時第二天早上十點交的試卷，才拿到夢啟的offer。我一開始還納悶這是什麼路子，剛剛看到段采薏看你的眼神，突然就想明白了，原來是小妹妹亂吃飛醋。」

她的話題轉得太快，祁行止先是微怔，聽完，抿著唇未置一詞。

陸彌這才回頭看了他一眼，笑道：「怎麼，你不知道？」

祁行止看了看她，說：「知道。」

蚊帳樣式都差不多，陸彌看了半天，還是決定選貨架頂層最便宜的那種。微微踮了踮腳，發現完全搆不著，也不自不量力，回頭對祁行止說：「幫我拿——」

她話沒說完，祁行止已經上前半步，抬手將那盒蚊帳取下來。

他沒有避諱，直接將她籠在身前。

卻也沒有再進一步，另一隻左手始終規規矩矩地垂在身側。

氣息靠近的時候，陸彌下意識想從他左手邊的空隙裡往外挪一步，但祁行止動作很快，她僵住的那一霎，祁行止已經取下盒子，退開了身。

「我高中就知道，也高中就拒絕了。」祁行止低頭把購物車裡的東西擺了擺正，抬頭看著陸彌，淡淡地說。

他語氣輕描淡寫的，眼神卻牢牢地抓著陸彌。

陸彌這才發覺今天的祁行止有什麼不同了。穿著白色球衣和運動短褲，一向整齊的頭髮因為運動顯得有些亂，整個人冒著一點躁動的熱氣。

陸彌像被什麼東西忽然灼了一下，有些不自在地撇開眼神，笑道：「高中不開竅，到現在還不開竅？」

祁行止笑了聲，沒回答，點了點購物車裡的東西，問：「還有什麼要買的嗎？」

陸彌如釋重負般，想也沒想便搖頭，「沒有了。」

祁行止點了點頭，「那走吧。」

陸彌手上突然空下來，落後半步，看著前方推著車的少年的寬闊背影，總覺得有哪裡不對勁。

祁行止和雷帆一人拎著一個大袋子走在前頭，陸彌手裡拿著剛剛手疾眼快留下的發票，按數額轉錢給祁行止。

手機轉完帳，一抬頭，看見雷帆把兩個袋子放進後座，又繞過車尾坐進後座另一半位子。

陸彌頓了頓，上前坐進副駕駛座，邊扣安全帶邊問：「這車沒後行李廂？」

祁行止還沒說話，雷帆笑嘻嘻地探出個腦袋來，說：「就這點東西，還放什麼後行李廂！」

祁行止笑了笑，附和道：「有道理。」

陸彌噎了一下，轉頭看窗外，「開車吧。」

現在這情景，尤其是她和祁行止中間這顆笑得過於燦爛的腦袋，未免太像一家三口的汽車廣告……

祁行止發動車子，問：「飯店在哪？」

陸彌說：「機場旁。」

「……」祁行止想了想，「那先送雷帆回去。」

陸彌問：「為什麼？」

祁行止笑了笑：「陸老師，人家才國二，還要上課。」

陸彌說：「……行。」

大概是因為雷帆真趕著上課，祁行止車速明顯加快，把雷帆送到，又俐落地掉頭轉向，往機場方向開。

陸彌原本想裝睡，腦袋在車窗上抵了十幾分鐘，實在睡不著，又直起身來，盯著前路發了好久的呆，才聚齊力氣似的，扯扯嘴角笑了聲，轉頭問：「哎，你為什麼拒絕段采薏？」

她沒等回答，又緊接著說：「我看她長得很漂亮，三場面試也看得出來專業能力強，而且明顯一顆紅心向著你。哪裡都挑不出來有什麼不好的，你幹嘛拒絕？」

祁行止張口剛要說話，她又打斷道：「雖然你小時候是呆了點，但現在都這麼大了，怎麼還這麼木頭一塊？我提醒你啊，太高冷可是要付出代價的。」

陸彌劈里啪啦一番輸出，終於覺得把這聊天調性定住了，才輕輕舒了口氣，眨眨眼，等著祁行止回答。

誰知，祁行止輕輕笑了笑，看了她一眼，說：「陸老師，如果妳不想和我說話，可以不說的。」

陸彌怔住了。

「不用每次都用催我戀愛的方法扯開話題。」祁行止淡淡地說：「我不喜歡Charlotte，也不喜歡段采薏。」

陸彌心裡「咚咚咚」地響，生怕他說出什麼更加讓她無法應對的話來。

好在他沒再繼續往下說了，只是自嘲似地笑了笑，指著導航上的紅點，問：「是這裡吧？」

陸彌點點頭：「嗯。」

車子停在飯店前院，陸彌說：「不用跟上來，我很快就收拾好。」

祁行止說：「好，不著急。」

陸彌回到房間，動作俐落地把所有東西收進行李箱裡，合箱拉桿正要走的時候，忽然頓了頓，從窗戶往下望，正好可以看見祁行止的車靜靜地停在樓下等著。

送她離開重慶的人是他，現在在北京等著她的人也是他。

回國不到一個月，陸彌原以為南城的人和事已經是上輩子的事情了，可是反反覆覆出現在她身邊、眼前，甚至心裡的，一直是他。

陸彌不相信巧合，可這些事情，到底從哪裡開始出了錯？

回去的一路上，誰都沒有說一句話。

到了夢啟，祁行止先下車拎上她的行李箱，二話不說地走在前頭。碰上幾個孩子，都笑著和他打招呼，再以好奇的眼神打量他身後這位面生的女人。

儘管已經瞭解過夢啟的學生多少和普通學生有些不一樣，但陸彌還是被這些孩子眼中流露出的戒備和審視嚇了一跳。

小的時候，育幼院的孩子們，包括她自己，看到陌生人也是類似的眼神。但這些孩子們的眼睛裡少了怯弱，多了質疑。不像國中沒讀完的孩子會有的眼神。

陸彌極力讓自己忽視這些眼神，跟著祁行止走到了宿舍。

房間門口放著他們在超市買的兩袋東西，祁行止回頭示意她開門。這門是密碼鎖，陸彌拿出手機看了上午記下的密碼一眼，輸入解鎖。

祁行止敞開門，直接進屋，推開窗戶透氣，打開吊頂的老式風扇，又拿出超市買的蚊香。

陸彌看他蹲下身，細細地將一盤蚊香拆成兩份。他的手指還是修剪得很乾淨，白淨的手背上露出明顯的青筋，拆蚊香的動作不急不徐的，將兩副蚊香完整地剝開來。

不知怎的，陸彌忽然想到那個夏天，祁行止坐在書桌前，身後的風扇「吱呀呀」地轉著，而他靜靜地拿銼子磨著一方胡桃木。

六年前的少年模樣與現在重合，連後腦勺的頭髮被風吹動的樣子都一模一樣。好像什麼都沒變過。

祁行止將蚊香燃上，幽香飄起。他把蚊香盤推到牆邊放好，一起身，便撞見陸彌發怔的眼神。

她很少這樣直白地盯著他看。

祁行止頓了頓，挪開眼神又去拿袋子裡的蚊帳，說：「我幫妳裝蚊帳。」

陸彌收回神，輕聲說：「好，謝謝。」

祁行止說得沒錯，這間宿舍裡的蚊子確實很多。陸彌起先坐在窗邊桌前翻看學生檔案，沒過兩分鐘，腿上被叮了四五個大包，只好把蚊香挪到床腳，又抱著幾冊檔案上了床，鑽進蚊帳裡。

她原本是想半坐著靠在牆上看檔案的，卻發現這樣會把蚊帳壓斜。陸彌強行靠了幾分鐘，卻總是能看見兩根支架變形，還搖搖欲墜地左右搖晃。

……好煩。

祁行止為什麼要幫她裝這個蚊帳。

陸彌又想到他離開前還特地叮囑「拉好拉鍊，晚上蚊子很毒」，語重心長的，像是在教育孩子。

……更煩了。

祁行止好囉嗦。

陸彌煩躁地蹬了蹬腿，改變了姿勢，趴在床上撐著手肘看檔案。

雖然之前已經有了些瞭解，但晚上跟 Jennifer 聊過、現在又看了學生檔案之後，陸彌還是被夢啟的「特殊」驚到了。

這裡既像個學校，又像個足球俱樂部，但更多的，像個育幼院——儘管孩子們都有爹有媽。

據 Jennifer 所說，她創辦夢啟的初衷是用有運動天賦而家境困難的孩子組建一支少年足球隊，能夠「衝出亞洲走向世界」的那種。然而，這個美好的願望以第一支球隊訓練兩年後慘敗韓國某中學校隊的結果畫上了句號——提及此處，Jennifer 心酸一笑，說：「國內的訓練體系和風氣暫時沒有辦法做到更好。」

但這場教育實驗已經開始了，孩子們也都培養出了感情，Jennifer 不忍心放棄，大刀闊斧地把夢啟由俱樂部改成了「托兒所」，接納全國有一定天賦而家境貧寒的孩子，替他們解決入學手續、帶他們見識最好的教育資源，並承諾一直資助他們讀完大學。Jennifer 說：「沒辦法，我不可能誰都收，沒那麼多錢。」

「更何況，並不是所有孩子都明白讀完大學有多重要。」Jennifer 又補充道：「之前有兩個女孩子，在我這裡讀完高中就走了，回老家打工，說北京回去的賺錢多，高中文憑也夠了。」

陸彌點頭表示理解，忽又想到一件事，問：「那雷帆呢？他是為什麼來？」

雷哥開著個車行，怎麼也不能算是「家境貧寒」吧。

「他走後門的，」Jennifer 玩笑了一句，又道：「他和他父親一樣，天賦很高的。」

他父親？雷哥？陸彌又驚了，夢啟的人怎麼個個都是有故事的同學。但她沒有再問，輕聲附和了一句：「是嗎。」

Jennifer 笑道：「妳很快就會發現的，不過他英語大概不太好，妳得費心。」

說到這裡，陸彌問：「對了，他們既然都要去學校上學，有專業的老師，那麼我教什麼？」

Jennifer 燦爛一笑：「隨便妳，口語、英文歌、國外的風土人情，甚至妳在國外的經歷，什麼都可以。放輕鬆，我們這裡沒什麼KPI。」

陸彌看見她不年輕的臉龐上已經開始出現皺紋，深深淺淺的，每一道都揚著隨和的微笑，也不自覺地跟著笑了笑。

原來是個理想主義者。

「小段還教過女孩子化妝呢，妳放心，教什麼都不算出格。」Jennifer說。

陸彌忽然心下一動，問：「那祁行止呢，他教什麼？」

Jennifer笑說：「他的課最受歡迎，珠心算、數學，還有木工。」

陸彌輕輕揚眉，說：「果然都是天才。」

和Jennifer聊到最後，陸彌心裡其實累積了很多疑問，但除了授課相關的，她一個也沒開口問。

比如，Jennifer哪來的資金支撐夢啟這麼多年的運轉，又是透過什麼方法解決了這些孩子的入學手續問題。

再比如，她提到雷帆父親時，為什麼臉上有一閃而過的不自然。

陸彌的第一節課安排在週三晚上，國中的孩子放學回來吃完晚飯之後，有一個小時的英語時間。以前這門課都是段采薏負責，但她馬上就要開始研究生課程了，精力有限，所以才需要招聘一位新老師。

她已經很多年沒有做口語老師的經驗了，於是查了整天的資料，又是強調趣味性又是要兼顧高級性，生怕天才們嫌棄她的風格小兒科。最後才想到個法子，準備了一份英文的心理測試，既能鍛煉口語、又還算新穎，說不定還能順便瞭解一下學生。

踏進教室後，陸彌先露出對著鏡子訓練了半小時的八顆牙標準笑容，又使盡渾身力氣把聲音放得親切溫柔，做了一番自認風趣幽默的自我介紹，正要把心理測試發下去，忽然教室最後有個男生問：「老師，妳的名字是怎麼寫的？」

陸彌頓了下，在黑板上寫下自己的名字，說：「對不起，老師差點忘了。我的名字是這麼寫的，彌是這個彌，可能有點不常見。」

「彌是什麼意思？」又有個學生問。

陸彌來不及從座位表上對應出他的名字，微笑著隨口答：「我也不知道，幫我取名字的人沒有告訴我這是什麼意思。」

「連自己名字的意思都不知道……」那男生一點也不避諱，笑著說了句。

陸彌心裡瞬間一僵，這的孩子比她預想的更「不尋常」。她原本以為這些另類的天才最多是不愛受拘束、不親人、喜歡挑戰高難度，現在看來，他們天生對人有非常強的戒備心和審視欲。

「老師，妳也是清華的嗎？」第一排忽然有個女生問。

陸彌看了她一眼，從座位表上對應到她的名字，向小園。她笑得甜甜的，坐得也比其他人規矩，陸彌鬆了口氣，心道這應該是個正常孩子。

她回答：「不是的。」

「那妳是哪個學校的？」向小園又問。

陸彌抿了抿唇，決定維護職業尊嚴，不向孩子說謊，如實道：「我沒有念完大學。」

「為什麼？」

陸彌說：「個人原因，屬於老師的隱私。這個可以不告訴你們的，對吧？」

「對。」向小園望著她笑，笑得更加甜美，「我們小段姐姐和小祁哥哥都是清華的，我還以為妳也是清華的。」

陸彌笑了笑，沒接話。低頭拿起那疊心理測試，問：「那我們現在可以開始了嗎？」

沒人接話。

陸彌走下講臺，「那我們就開始啦。」

「陸老師，妳聽過巴納姆效應嗎？」後座那個男生又問，這次陸彌找到了他的名字，龍宇新。

巴納姆效應，指人很容易相信一個籠統的一般性的人格描述，並認為它特別適合自己並準確地揭示了自己的人格特點，即使內容空洞。

陸彌臉色微僵，她當然聽過巴納姆效應。幾乎所有星座測試、人格測試的評論下，都會有人提到這東西，簡直是吵架寶典一樣的存在。

她扯扯嘴角，說：「不知道，你可以跟老師講講嗎？」

龍宇新侃侃而談，挑釁意味十足地解釋了一番巴納姆效應為何物，末了問了一句：「老師，那妳這個測試到底準不準呀？」

陸彌心裡一口老血噴上來，極力壓著脾氣，笑道：「巴納姆效應當然有一定的道理，但並不是放諸四海而皆準的。要是那樣的話，心理學不就成了一門偽科學嗎？」

「對呀，所以老師才需要證明巴納姆效應不適用妳的心理測試呀！」向小園笑咪咪地說。

陸彌看著小女孩圓圓的杏眼微瞇著，月牙似的，心中不禁絕倒，小小年紀，原來是個笑面虎。

二十幾個學生好整以暇地等著看新老師如何應對，陸彌全身上下都竄著股委屈的氣，恨不能摔卷子當場走人。但又強著面子，不肯這麼輕易認輸，臉漲出微微的通紅，在二十幾張稚嫩又狡黠的臉龐上來來回回看了幾遍，終於舒了口氣，微笑道：「既然這樣，那我們今天就改變主題，用英語討論一下巴納姆效應吧。」

「既然需要論證巴納姆效應是否準確，那大家就和老師來一起討論吧。」陸彌笑咪咪的在講臺前踱著步，以一種「應戰」的姿態說著，「前提是，都要用英文哦。」

「那麼老師先開始。」她折斷一根粉筆在黑板上寫下 Barnum Effect，「Barnum Effect refers to a common psychological phenomenon that occurs when individuals believe that personality descriptions apply……」

一小時的課準時上完，陸彌看了教室裡眼神充滿怨氣卻不再開口挑釁的小蘿蔔頭一眼，只覺得口乾舌燥，並無獲勝者的快感，她整理好那疊心理測試，說：「既然這次討論沒有結果，那麼我們下次繼續。」

「下課！」

她沒等大家完成「老師再見」的流程，大步邁出了教室。

回到宿舍，門一關，陸彌洩氣似的把一疊教材「啪」地甩在桌上，一手叉腰，氣得直喘氣。

不管是質疑她的心理測試，還是進入討論環節之後因為口語不佳而結結巴巴不開口，這群學生的態度始終只有一個——不配合、不歡迎、不尊重。

陸彌並不求學生的喜歡，因為她也不打算喜歡這些學生。她有教師的基本素養，卻不打算為自己上道德枷鎖——認真上課、傾囊相授是分內之事，其他的，看心情。

但這群天才對她並沒有基本的尊重，而陸彌甚至找不到原因。或許是出於天生的戒備心，或許是她和他們的「小段姐姐」、「小祁哥哥」不一樣，不屬於天才的行列，不同頻率所以無法共振。

又有兩隻蚊子繞在她耳邊「嗡嗡嗡」地叫，陸彌煩躁地揮手卻無法趕走它們，心裡的火愈燎愈大，連帶著桌角那盤蚊香也看得不順眼，踹了一腳並不解氣，還把一盤香灰踹灑了。

「靠！」陸彌忍不住罵出了聲。

房間裡沒有掃把，她又推開門去警衛大爺那裡借掃把。

繞過綠茵場、又穿過兩棟大樓，還沒到門口，遠遠地看見祁行止跨坐在摩托車上，段采薏站在他車邊，接過他遞來的安全帽，戴在自己頭上。

路燈下，祁行止支著一條長腿撐著摩托車，靜靜地等待著段采薏扣好安全帽上的安全帽。他還伸手指了指，似乎在提醒什麼。

這畫面很靜，和夜晚一樣靜，卻沒由來地撞了陸彌的眼睛一下。

陸彌腳步一頓，旋即就當沒看到，走進警衛室裡，問：「大爺，有掃把嗎？」

警衛梁大爺聲如洪鐘：「有啊！來，給！陸老師，屋裡髒啦？」

祁行止聞聲回頭，陸彌背對著他，並不理。

陸彌接過掃把朝梁大爺笑笑，「嗯，東西灑了。」

「陸老師。」祁行止翻身下車，差點沒站穩，兩步走進警衛室裡，「屋裡什麼灑了？」

陸彌看也沒看他一眼，說：「蚊香。」說完轉身便走。

祁行止等她走遠兩步，回頭隔著警衛室的窗戶對段采薏說：「抱歉，我先不回去了。妳叫車吧，我報銷。」

說完，他快步追上陸彌，把掃把拿在自己手裡。

「蚊香怎麼會灑？」祁行止問。

陸彌不答話。

祁行止又說：「上次我拆了幾副，都用完了？」

陸彌從喉嚨裡悶出個「嗯」字。

「那妳會拆嗎？會弄斷吧？」

陸彌：「……」

祁行止說：「我幫妳再拆幾盤。妳要是不會拆，都跟我說。」

陸彌倏地頓住腳步。側身仰頭看他，沒好氣道：「祁行止，你什麼時候變得這麼多話？」

祁行止神色如常，「只說了該說的。」

陸彌不理他，轉身越走越快。祁行止也不說什麼，長腿一邁，毫不費力地跟上。

「你是打算以後往家政方向發展？」

陸彌看著祁行止不緊不慢地把被她踢亂的蚊香灰打掃乾淨，又蹲下身熟練地幫她掰蚊香，連後背T恤隱約露出的脊骨都顯出一絲不苟的嚴謹，不覺好笑，冷不防地問了句。

祁行止抬頭看她一眼，笑出聲來：「不是。」

「那你幹得還挺熟練。」陸彌嘟囔。

「是因為妳不熟練。」祁行止說。

陸彌：「……」

屋裡打掃乾淨，陸彌抱著胸杵在門口，下逐客令的意思很明顯。

祁行止抿嘴笑笑，手搭在門把上，問：「今天第一堂課是不是不順利？」

陸彌忍不住翻個白眼，哪壺不開提哪壺。

祁行止看她靠在門上，明明是不耐煩，眼裡卻又透出些求知欲，輕笑道：「陸老師，妳想出去吃個燒烤嗎？」

陸彌歪了下腦袋，看著他。

祁行止一本正經地說：「我餓了。」

陸彌頓了下，「哦，原來剛才是要去吃燒烤。」說著她想了想，然後轉身往外走，「走吧，正好我也餓了。」

其實不餓，被那群小鬼氣飽了。

但就是想看看來自清華的「小祁哥哥」和「小段姐姐」都吃什麼，是不是連宵夜都和他們凡人不一樣。

祁行止的摩托車還停在警衛室旁。

陸彌看見後視鏡上掛著的安全帽，是剛剛段采薏戴的那一頂，白色的，看起來用了很久，有些劃痕。她頓了頓，伸手去取。

「等一下，」祁行止打開車廂，拿出一頂新的安全帽，「妳戴這個吧。」

陸彌問：「為什麼？」

「那頂用了很久，很多人戴過了。有點髒。該換了……」祁行止說著忽然挪開眼神，支著腿扶穩車把往前看，「上車吧。」

陸彌沒由來地笑了聲，邊坐上車邊問：「你這車還載過很多人？」

祁行止說：「也沒有，有時候院裡需要幫忙，順路稍一稍。也帶小朋友坐過。」

陸彌把手搭在他肩上，笑著揶揄了句：「哦，怪不得『小祁哥哥』這麼受歡迎。」

她說「小祁哥哥」的時候，故意重音頓了頓。祁行止無奈地嘆了聲，問：「坐穩了？」

「嗯。」

「那走了。」

夜深了，路上人和車都少，只有風。

祁行止帶著陸彌往繁華處開，一路上的風景也越來越熟悉。在北京念大學的時候，陸彌常和室友在這一片晃。

車子最終停在一條嘈雜的小吃街邊。陸彌瞧著眼熟，止不住打量，猜測這大概是在學院旁。

這個時間，正是小吃攤生意火爆的時候。學生們點著串烤喝著酒，臉上泛著油眼裡閃著光，談天說地，總有說不完的話。

陸彌心說不餓，但祁行止把菜單給她點，她也沒扭捏，唰唰點了各種串烤，還要了兩瓶啤酒。

「兩瓶夠嗎？」陸彌問。

祁行止說：「點妳喝的就行，我等等要騎車，不喝。」

陸彌聳聳肩，「行吧，不夠再加。」

一大盤烤肉串端上來，體積尤為可觀，還有半打生蠔和一盒錫紙金針菇是另外裝著的。

陸彌驚了，「我點了這麼多？」

祁行止輕笑：「沒事，慢慢吃。」

陸彌抓了把小肉串一口一個地啃起來，見他無動於衷，忙催道：「你幹嘛不吃？不是說餓了嗎？」

祁行止點點頭，拿起一串烤年糕，斯斯文文地咬起來。

陸彌白眼一翻，「燒烤是你這麼吃的？」

說完，她猛地想起來，「哦，我記得你不愛吃垃圾食品對吧？不吃烤肉、不抽菸、不喝酒，我以前請你吃跟冰棒你都矯情半天。」

祁行止覺得冤枉，苦笑道：「我沒有。」

雖然他確實不愛吃這些東西，但也沒到那個地步。提議出來吃燒烤，只是考慮到陸彌的喜好和燒烤攤氣氛放鬆方便說話罷了。

陸彌不理他，認認真真、一串一串地消滅著眼前的烤肉小山。

剛剛那一堂課上完，她心裡鬱悶到了現在，剛好有這機會，乾脆用吃來發洩。

不得不說，祁行止是個很優秀的飯友。他雖然吃得斯文，但不至於影響別人的食欲。相反，他非常得體地做著「陪吃」這件事，時不時詢問一兩句味道，讓人不覺得尷尬，甚至還會及時地幫陸彌倒啤酒。

陸彌偶爾象徵性地遞兩串肉給他，漸漸地也對這個進食氣氛和節奏感到十分滿意。吃得差不多了，桌上還剩十幾串。陸彌不由得放緩了速度，有些食不知味地啃著。

「陸老師，妳想聽聽我第一次來夢啟上課的事嗎？」祁行止忽然問。

陸彌頓了頓，飯後反應遲鈍，她想了兩三秒才勉強點了個頭。就知道祁行止要說到這個，她也確實想聽聽這位「前輩」有什麼指教。

「我上第一堂課之前有點緊張，查了好幾天資料，最後選了兩題覺得有難度又有意思的奧林匹克數學題，一題時鐘相遇、一題小船運貨。」祁行止說：「結果第一天上課做完自我介紹，還沒來得及把題目亮出來，就被那群小傢伙各種提問。」

陸彌聽著，覺得這套路十分熟悉，便來了興趣，問：「他們問你什麼？」

「第一個問題是，『老師，你覺得我們能考上清華嗎？』」祁行止說著笑出了聲，「直接把我問傻在那了。」

陸彌跟著笑：「那也比他們上來就問我為什麼大學沒畢業的好。」

「我想了半天，既不想哄孩子，又不想太打擊他們，最後給了個特別俗套的回答。」

陸彌好奇極了，兩眼亮晶晶地問：「你怎麼說的？」

「我說——『老師相信你們都可以的，只要好好努力』。」祁行止身子微微前傾，看著陸彌的眼睛，一字一頓地緩緩道。

陸彌愣了兩秒，旋即捧腹大笑起來，惹得身邊幾桌的客人都回頭看。

好在這裡是燒烤店，笑得多大聲都沒關係。

第一堂課的場景實在窘迫，光是回憶就覺得心裡發麻。就這麼說出來，祁行止心裡其實是覺得有些丟人的，但陸彌笑得太開懷，也感染了他。那點赧然的情緒漸漸消散，他就這麼看著她笑，不禁揚起嘴角。

「那他們是什麼反應？是不是跟我現在差不多？」陸彌捧著肚子問。

祁行止搖搖頭，「沒有，他們繼續問——『為什麼努力就可以？』問得特別認真，好像我能寫個公式證明出來一樣。」

陸彌灌了口酒，「那他們的套路還真是一點也沒變。」她又想到龍宇新那個「巴納姆效應」，仍然一肚子氣，鼓著嘴哼了聲：「你說他們是天生就這樣嗎？」

「不是，」祁行止輕輕笑了，「他們只是比普通的小孩更有戒備心，需要更多的時間才能構建信任。」

他看了陸彌一眼，她已經喝得有些暈了，兩頰泛起淺淺的紅暈。他猶豫了一下，繼續道：「又或者說，比起簡單的傳道受業，他們更想確定妳能用真心對待他們。在相信妳不是一個拿錢辦事、隨時會走的老師之後，他們會對妳敞開心扉的。」

他的聲音沉沉的，語速不急不緩，陸彌本來就飽睏，加上還喝了酒，昏昏沉沉的。只有聽到「拿錢辦事」四個字的時候，她警覺地抬了下頭。

席間安靜了很久，陸彌才沉沉地笑了聲，說：「那就是道德綁架唄。」

祁行止靜靜地凝視著她，並不接話。

「我就是夢啟招來的打工人，拿錢辦事，該教的教了就行。」陸彌扶著酒瓶，一雙眼睛直愣愣地盯著祁行止看，「我不要求他們喜歡我，因為我也不打算喜歡他們。我只能保證盡力教書，再要求別的，小心我告你們夢啟詐騙！」

她喝了酒腦子糊塗，說最後這話的時候惡狠狠的，還故意呲了下牙，像隻炸毛兔子似的。

祁行止全然不把她這軟乎乎的威脅放在心上，笑了笑，反問：「陸老師不是早該知道夢啟的情況嗎？怎麼能算詐騙。」

陸彌迷迷糊糊忙搖頭，「我怎麼知道？」

祁行止失笑，「段采薏故意考驗妳那麼多次，她在面試和筆試裡沒有提到夢啟的情況或者出相關的題目嗎？」

陸彌矢口否認：「沒有！」

祁行止濃眉一揚，也不戳穿她，遞給她最後一串小肉，問：「還吃嗎？」

陸彌腦袋一垂，磕在桌面上，睡過去了。

祁行止聽那一聲心裡生疼，擰眉急道：「陸老師？」

陸彌不說話。

祁行止沉沉嘆了口氣，自顧自把最後一串肉吃了，結完帳，起身搭起陸彌的手臂，將她背在背上。

摩托車停在巷口，還有一段路。

祁行止背著陸彌緩緩走著，小吃攤的嘈雜聲越來越遠，耳邊漸漸只能聽見陸彌輕輕淺淺的呼吸聲。她好像真的睡著了，安分地把腦袋擱在他肩窩上，一動也不動。

祁行止走得很慢，走著走著，忽然很想叫一叫她。

於是便停住腳步，叫了聲：「陸老師。」

陸彌不接話。

「陸老師。」他又喊。

陸彌蹭了蹭腦袋。

「陸彌。」祁行止聲音含著笑。

陸彌好像終於清醒了點，迷迷糊糊「嗯」了一聲。

祁行止笑了，說：「我始終覺得，妳是非常非常好的老師。」

陸彌沒動靜，不知有沒有聽見。

祁行止等了一下，正打算繼續走，剛抬腿，陸彌一巴掌呼在他鎖骨上。祁行止傻了，腳步又頓住，陸彌打完一巴掌還不解氣似的，又勾著他脖子用力往後勒了兩下，發酒瘋似地道：「我不是！」

「我不是！你別亂說！」

祁行止反應過來，幾乎要笑出聲來。

「你休想道德綁架我！」陸彌吼了聲，用盡了力氣又沒電了似的，繼續趴回他背上，再也不鬧了。

祁行止杵在原地，感受著耳邊的呼吸越來越沉，嘴角止不住地上揚。

「妳是。」

他輕輕地、堅定地在她耳邊反駁了一句，才心滿意足地朝著巷口走去。

第七章　夏夜凌晨的涼風

陸彌睡了很長一段時間以來最踏實的一覺，連蚊子都沒來打擾她。

醒來的時候，看見床腳邊燃盡的菸灰，她才漸漸想起來昨天晚上的事。

夏夜凌晨的涼風，少年瘦而寬闊的肩膀，他替她戴安全帽時指腹滑過她下巴，還有她發酒瘋呼在人家身上的巴掌。

陸彌只想起來這麼多，但已經夠她羞愧得恨不能當場自絕於世了。

喝酒果然誤事！

陸彌把腦袋埋進枕頭裡哼哼唧唧了好半天，還是無法把那些畫面從腦海裡擦除，最終只能僵屍一般硬挺挺地下了床，被迫面對新一天的太陽。

她不想出門，怕撞上祁行止徒增尷尬，然而剛搬進來準備不足，房間裡連包麥片也沒有。陸彌備了兩小時的課，餓得肚子咕咕叫，實在撐不住了，豎起耳朵聽外頭沒什麼動靜，才抓起手機推開了門。

夏天走到了尾聲，晌午的陽光也不那麼惱人了。球場上空無一人，草坪綠得發靜。

陸彌鬆了口氣，打算去食堂碰碰運氣，有沒有沒吃完的饅頭之類的。

「彌姐！」

剛穿過綠茵場，就被人叫住。陸彌回頭，一眼便認出從校門口走過來的那人是肖晉──他這張臉也屬於讓人很難忘記的類型。他右手牽著個瘦瘦的女生，左手揚起來同她打招呼。

陸彌停住腳步，在等他們走過來的半分鐘裡，心裡還是緊張地打鼓──她這幾年愈發社恐，最害怕的就是和這種半熟不熟的人打招呼。

「嗨。」陸彌扯出微笑，又看了看他身邊的女生。

「早。」肖晉晃了晃牽著的手，笑著介紹道：「這是我女朋友，林晚來！」

陸彌朝女生點了點頭，注意力卻很難不被肖晉過於燦爛的笑容吸引過去。在重慶碰上的時候，肖晉看起來明明是個高傲的痞子，怎麼介紹女朋友的時候笑得像小腦發育不良一樣？

林晚來的個性似乎也不太熱絡，兩個女生互相致意算打過了招呼，誰都沒有多說一句話，氣氛又尷尬起來。

倒是肖晉笑呵呵地又問了句：「彌姐，昨晚老祁是不是去找妳了？」

「……」陸彌心裡翻了個白眼，點頭道：「嗯，聊點學校的事。」

肖晉一聽，立刻得意地晃了晃林晚來的手，還對她拋了個極神氣的媚眼，「我說對了吧？林老師，請客！」

林晚來拿白眼砸他，「我請你吃個橘子。」

陸彌：「……」

現在年輕人不僅秀恩愛不避著別人，還拿長輩打賭了。雖然她也算不上什麼「長輩」，但多少算老師不是嗎？

肖晉又跟她解釋，「是這樣的彌姐，昨晚本來我們社團聚餐，說好了讓老祁把段采薏帶來，結果段采薏自己來的，還拉著張臉。我當時就猜老祁肯定是去找妳了。」

陸彌試圖用微笑回應他——「所以您想說什麼呢？」

林晚來似乎看出什麼，輕輕捏了捏肖晉的手提醒，又扯開話題問：「陸老師是要出去嗎？」

陸彌搖頭，「我去食堂。」

林晚來說：「我們去找 Jennifer 聊些事情，那下次見。」

陸彌如蒙大赦，朝林晚來露出了這一天第一個真誠的微笑，說：「下次見。」

看著陸彌的背影匆匆走遠，肖晉仍舊嘆了句：「老祁任重而道遠吶……」

林晚來嗤笑：「以前看不出你這麼有做媒婆的熱情，話都變多了，傻子似的。」

肖晉又氣又笑，伸手捏了把她的臉，「林晚來妳一天不損我會死是不是！」

林晚來輕巧躲過，抱著他的手臂狡黠道：「我這叫做有說真話的精神！」

陸彌的第二次課在週五晚上，依舊是一小時的口語課。這次她做好了心理準備，打算上課就發測試，直接進入流程，不給這群小屁孩們提問的機會。

誰知一進教室，發現人少了一半。

陸彌眼往下一掃，原本二十多人的課只來了九個小腦袋，除了雷帆坐在第一排正中間朝她悻悻地笑了下，其他人都像沒看見她似的，要麼看窗外發呆，要麼自己帶了書本翻著看。

那一瞬間，陸彌只覺得一股怒火直沖頭頂，兩眼一黑幾乎要當場摔卷子罵髒話了，硬生生忍下來，咬著牙問：「其他人呢？忘了今天有課？」

無人應答。

雷帆左顧右盼，最終投來了充滿暗示和同情的眼神。

陸彌血氣上湧，正要發火，最後一排趴著的一個男生忽然懶洋洋舉起手來，「老師，他們都請假啦。」

是龍宇新。這倒讓陸彌有點驚訝了，上節課最難應付的就是這位，他居然來了？

陸彌問：「請什麼假？」

「病假囉。」龍宇新撐著手肘慢吞吞地直起身，看著陸彌笑了笑，「肚子痛、頭痛、牙痛、腰痛，哪裡不能痛啊。」

龍宇新語氣輕飄，眼神也飄忽，挑釁地掃著陸彌。

陸彌手裡握著一卷測試，僵在講臺邊不知該如何應對這十幾歲的男孩子大張旗鼓的挑釁。直到指尖發涼，她也沒想好究竟是該摔門走人還是把學生罵一頓樹一樹為人師表的威嚴。

最終，她什麼都沒幹。

她抬眼略過龍宇新的眼神，說：「知道了。」

然後她把準備好的心理測試抽出半疊，分三份放到三列第一排的桌子上，「往後傳一下，我們開始做測試。」

龍宇新愣了兩秒，大聲問：「老師——」

陸彌沒給他把話說完的機會，直接道：「怎麼，你哪裡痛？」

龍宇新的話連同乘勝追擊的微笑一起被堵在嘴角。

「肚子痛？還是牙痛？」陸彌冷笑著問。

龍宇新僵了幾秒，「騰」地從凳子上站起來，「眼睛痛！」大聲吼了一句，從教室最後頭走到前門，擦著陸彌的鼻子走出教室。

十幾歲的男孩子又高又瘦，長腿一邁，一陣風似的。陸彌反射地眯了眯眼，再睜開的時候，教室門被摔得巨響，留下一屋子瞠目結舌、或是也想效仿一二的學生。

陸彌閉了閉眼，心情反而平靜了些，她靜靜地問：「還有誰不舒服？」

無人應答。

她走上講臺，「那就開始做測試吧。請大家仔細讀題，遵從內心的第一選擇，不要著急。」

幾個學生做完測試，陸彌把卷子收上來，又簡單和大家在一潭死水似的氣氛裡「討論」了幾句，最終提前十分鐘下了課。

陸彌坐在講臺上整理卷子，幾個學生飛快地收拾東西離開了教室，就剩雷帆坐在原位看著陸彌，猶猶豫豫的不知該不該挪屁股。

「有話就說。」陸彌頭也沒抬。

雷帆期期艾艾地一邊「嗯」了幾聲，一邊起身挪到講臺邊，「陸老師……」

「說。」

「妳別……別把這事放心上，」雷帆輕聲道：「妳看我剛來，不也和他們不熟嘛……」

陸彌抬頭看了他一眼，笑了聲，說：「你跟他們踢球的時候可看不出來不熟。」

雷帆：「……」

「陸老師。」雷帆正不知該說什麼，教室門口忽然來了個人，厲聲招呼了陸彌一句。

抬頭一看，是段采薏。神情嚴肅，一副來者不善的模樣。

陸彌見是她，不驚訝也不客氣，問：「有事？」

段采薏說：「有事。」

陸彌說：「有事這裡說。」

段采薏頓了下，眼神往雷帆那一掃，說：「換個地……」

雷帆十分有眼力，連忙道：「沒事！小段老師，我回去睡覺了，妳們聊吧！」

他溜得飛快，經過段采薏身邊的時候，段采薏嗔笑著摸了把他的腦袋，叮囑道：「你早點睡！田老師可跟我說了，你跟龍宇新每天晚上熄燈了還聊球賽！」

雷帆吐吐舌頭：「得令！」

雷帆的腳步聲遠了，段采薏才斂起神色，看著陸彌一派淡定地坐在講臺上翻試卷，便氣不打一處來。走到她身邊，沒好氣地問：「妳還坐得住？」

陸彌抬頭看她一眼，「為什麼坐不住？」

「上課一大半學生沒來，妳問都不問？」

「問了。」陸彌翻完一份測試，拿起另一份，「說是生病。」

段采薏冷笑：「這妳也信？」

「不信。」陸彌被她盤問得沒了耐心，跺了跺整疊卷子，站起身，「還能怎麼辦？」

段采薏不敢置信地看著她，「學生不願意上妳的課，妳作為老師都不覺得自己應該反思一下？」

「反思過了。」陸彌回答得毫不猶豫，「在此之前我只上了一次課，備課認真、上課態度積極，我不覺得我有什麼錯。」

「是，您上課是挺積極的，全程只能講英文，生怕孩子們多搶妳說一句話的機會？」段采薏一聲冷嗤。

陸彌被她這話說得摸不著頭腦，幾乎氣笑了，道：「段老師，妳愛辯論找別人去，別在我這沒事找事。我是教英語的，上課不用英文用什麼？」

「妳到底是教英語還是拿英語堵他們的嘴？」段采薏姿態愈加激烈，「夢啟招妳來，是讓妳鼓勵他們開口，不是讓妳拿口語耀武揚威，嚇得孩子們不敢說話的！」

陸彌怔住了。她好像明白了段采薏的意思，又好像不明白——什麼叫「堵他們的嘴」？她讓孩子們用英語說話，和他們用英語討論，為什麼變成了「堵他們的嘴」？

段采薏見她停頓，也漸漸冷靜下來，默了半分鐘，才輕笑一聲，自言自語似地道：「祁行止居然說妳會是個好老師，真難得見他看走眼。」

陸彌指尖再次發涼，頓了好久，她笑了笑，問：「段老師，妳說『好老師』，是有多好？」

「從面試到跟夢啟簽合約，我只說過會盡全力幫助學生提高英語水準，其他的，我沒打算過，更沒承諾過。」陸彌靜靜地說：「如果你們夢啟需要的是其他的『好老師』，那我們雙方可能都要重新考量了。」

走廊裡閃過一束手電筒的光，旋即警衛梁大爺從門口探出腦袋，「欸，段老師、陸老師，還沒回去啊？熄燈了喔。」

段采薏牽牽嘴角回頭朝他笑了一下：「嗯，這就回去了。」

陸彌冷著臉，收拾講臺上的東西。

梁大爺察覺出氣氛不對，又探究地打量了兩眼，猶豫著問：「怎麼……有什麼事嗎？」

「沒事。」陸彌加快速度整理好教案，抱在胸前，對梁大爺道了聲晚安，擦著段采薏的肩膀頭也不回地走了。

段采薏杵在原地，氣得心頭發冷。

梁大爺望著陸彌乾脆的背影，嘀咕了句「這小陸老師脾氣也真是怪……」又見段采薏僵著不動，悻悻問了句：「小段老師？」

段采薏回過神，「嗯，這就走了。」

梁大爺在她身後關了燈、鎖好門，又陪她一起下樓，送她到門口。

夜色漸深，夢啟又偏僻，大門前一條主路上昏昏暗暗的，看起來略顯陰森。梁大爺見狀「嘖」一聲，拿起手機，「我幫妳叫個車吧，這麼晚，妳一個女孩子回學校不安全。」

段采薏看見他螢幕上碩大的字體和伸著食指一字一頓敲鍵盤的笨拙動作，苦笑了聲：「不用，我自己叫吧。」

「沒事沒事！」梁大爺擺手攔他，「那個小祁都叮囑過我，妳要是下班晚就替妳叫個車，司機看到我是男的，心裡總會有個數。」

段采薏聽他這麼說，動作滯下來，不再堅持。

梁大爺笑嘻嘻地打趣著：「就是他不在，他要是在這啊，肯定親自送妳回去了……」

段采薏聞言輕輕笑了聲，眼角也跟著凝滯住了。

她和祁行止一起在夢啟工作了兩年多，從學生到同事，誰都打趣過幾句「天生一對」、「金童玉女」，一來因為他們站在一起的確養眼，二來段采薏也沒有掩飾過她對祁行止的青睞。

祁行止顧著女孩子的面子，從沒當面反駁過這些玩笑話，可對段采薏，也從來界限分明。

比如回家晚這件事，他會記得替她叫輛車或者提醒梁大爺替她叫車，卻從沒親自送她回家。前幾天那次，還是因為學長臨時聚餐他們時間來不及，才湊巧同行。

又比如，大學時他們偶爾在圖書館碰上，加上各自室友坐一桌看書。有一次段采薏趴在桌上睡著了，醒來時發現其餘人早就離開，而祁行止替她披上一件外套——並且足夠細心地選擇了她室友的外套。

前者是他的教養，後者才是他真正的心意。

而段采薏那一天看見的，背著陸彌、任其在他背上放縱的，是她這麼多年從未認識過的祁行止。

汽車漸漸駛近繁華區，窗外流光溢彩映在段采薏呆滯的臉上。汽車到達，她機器人似地答應著司機說的「給個五星好評」，心不在焉地下了車。一抬頭看見熟悉而醒目的「清華園」，忽地想到四年前來報到那天，她在這裡許過一個中二卻虔誠的願望——「親愛的祖師奶奶各路前輩啊，請讓我和他站在一起吧。」

就像每次年級大考，我的名字都和他的名字站在一起一樣。那時候的段采薏認為，這兩者是相通的，只要她努力就好。

原來不過是大夢一場。

已至夏末，蟬鳴卻仍悠悠不休。

陸彌在床上翻來覆去，腦子裡始終回想著段采薏那句「拿英語堵他們的嘴」。她再遲鈍，也想明白這是什麼意思。段采薏是說，她不想讓學生們有機會找碴，所以捏住他們因為口語不好而自卑的心態，故意給孩子們下馬威。

陸彌當然不認這莫大的罪名。

可她面對自己，卻不得不誠實地問一句——定「只能說英語」的規則讓孩子們討論的時候，真的沒有一絲「給他們點厲害瞧瞧」的心態嗎？學生們期期艾艾敢怒而不敢開口的時候，她心裡真的沒有一點奪回了面子的快感嗎？

陸彌不能對自己撒謊，她的答案是——當然有。哪怕只有一點，也是有。

所以不能怪段采薏冤枉了她。

陸彌苦笑，暗罵自己居然幼稚到跟一群中二少年爭高下，心裡同時生出些懊悔，便再也睡不著了。爬起來，下床喝了口水，瞧見那盤靜靜燃著的蚊香，習慣性地輕輕踢了一腳，埋怨似地嘟囔道：「我就說了我不是好老師吧。」

喝了半杯水，心情平復下來，陸彌打算再看看學生檔案，儘量多瞭解一些。在窗邊剛坐下，卻聽見窗外隱隱約約傳來聲音，像是個女孩子在說話。陸彌好奇，便探起身看了一眼。

她的窗戶正對著操場，夜裡四下無人，一眼便看見一個女孩背靠著足球框坐在草叢前，就著圍欄外的路燈讀著擱在腿上的書。

那是向小園。

儘管陸彌只見過她一次，儘管深夜的路燈幽暗，她還是一眼就認出來了。向小園長得漂亮，尤其是那挺秀的鼻子，十分具有標誌性。

怎麼晚上躲在這裡看書？

算了，她又不是生活老師，管那麼多幹嘛？

但她怎麼說也是夢啟正式聘用的老師，總要為學生的安全和健康負責，萬一出了什麼事怎麼辦？

陸彌心裡糾結幾番，還是推開門，輕手輕腳地走了出去。

陸彌腳步放得輕，向小園又背對著她，所以沒有察覺。

走得近了，陸彌漸漸聽清向小園輕輕念的是什麼。

那是她再熟悉不過的課文，A puma at large，〈逃遁的美洲獅〉，新概念英語第三冊的第一篇。

陸彌清晰地聽見向小園反覆地念著第一段，節節巴巴的，總是發不好「experts」的開頭母音，也一遍又一遍地忘記「investigate」該怎麼讀。

她在心裡想了想，新概念英語第三冊，似乎遠遠超過了國三英語的難度。另外，她本以為新概念英語早就是時代的眼淚了，怎麼向小園還抱著這本陳年舊材料？

陸彌在向小園身後默默站著，既不知怎樣開口，又覺得這種「偷看」的行為不太磊落，獨自尷尬了幾分鐘，終於輕輕咳了聲，裝作偶遇的樣子，問：「妳怎麼在這裡？」

向小園明顯被嚇了一跳，猛地合上書回頭，見是她，反而鬆一口氣。抱著書站起身，冷冷地掃了她一眼，便抿著嘴唇，不說話。

陸彌問：「在這裡讀書？」

向小園不情不願地「嗯」了聲。

陸彌點點頭，「A puma at large？」

向小園掀起眼簾警覺地看了她一眼，不接話。

陸彌有些尷尬，說道：「我還以為你們這一代都不用新概念了呢。」

向小園抱緊了懷裡的書，繼續沉默。

這麼僵的氣氛，按照陸彌原本的性格，應該擺擺老師架子敷衍幾句「早點回宿舍睡覺」就了事的，但不知道為什麼，她居然覺得向小園這副清清冷冷的倔強模樣挺可愛的，至少比第一次課上滿臉乖巧笑容的樣子招人喜歡。

「expert，」頓了幾秒，陸彌輕聲開口，「/e/，嘴巴微微張一點就可以，不用太用力，音就自然吐出來了。expert.」

向小園驚詫地看了她一眼，反應過來她在做什麼之後，又垂下眼簾，看不清神情。

「investigate，」陸彌又把這個單字拆成幾個音節緩慢讀了一遍，「有點長，慢慢讀就好……」

「不用妳教。」向小園忽然打斷她，然後抬頭緊緊盯著她的眼睛。

她生了一雙標誌的丹鳳眼，眼尾長而鋒利，眼神也似刀一般有力。

「我知道，妳不想要教我們。」向小園盯著陸彌，毫無懼色，「我們也用不著妳教，是，我們水準差，但妳也別想來我們身上找成就感。」

陸彌擰著眉聽完她這幾句，反應了兩秒，居然氣笑了。看來，不僅段采薏那麼想，這位小園同學也覺得她在課上用英文滔滔不絕是在奚落和羞辱他們。

陸彌感到頭疼，這誤會可有些棘手。

想了想，她笑說：「我是妳老師，妳是我學生。我教妳既是權利也是義務，明白？」

向小園梗著腦袋，「用不著。」

陸彌笑了，「要是用不著，妳為什麼要晚上躲在這裡讀書？」

向小園：「……」

「向小園，第一堂課，我對你們、你們對我，都有做得不好的地方。但我要說的是，我對你們沒有戴任何有色眼鏡。」陸彌思考著語言，緩緩說道：「我是老師，會做老師該做的事，比如糾正妳的發音。」

「如果還有下次，我還是會這樣教的。」陸彌又說：「當然，妳還是可以不聽，我不介意。」

「expert、investigate.」陸彌笑咪咪地又說了一遍。

向小園面無表情地盯著她看了兩秒，什麼也沒說，轉身走了。

「早點回宿舍，早點睡覺。」陸彌完成了作為老師的叮囑，又看著她走進宿舍樓梯間，這才離開。

接下來的幾次課，倒是沒有大面積「請假」的情況了，或許是誰在背後做了學生們的工作，陸彌沒有興趣打聽，也懶得還這個人情——她知道是誰。

但她的負擔並沒有減輕，學生們不找碴了、不曠課了，但也沒有變積極。每堂課死水一般，陸彌也和學生一樣，完成基本任務就喊下課各自解脫。

日子不痛不癢地過著，夏日蟬鳴漸消，轉眼就到了秋天。

夢啟每年有一次秋遊，安排在中秋節那一天，是全院師生「闔家歡」的大日子。今年陸彌作為新員工，得到了 Jennifer 的親自邀請，不好推辭，只能和大家一起去了六環外的某個燒烤基地「團聚」。

第八章　真心話大冒險

這一年的中秋正好是週一，天朗氣清，風和日麗，北京城進入一年中最好的時節。因為要露營，陸彌拎了最大的托特包，其中還裝著兩套書，所以格外重，勒得她肩膀難受。出門便看見一藍一白兩輛旅遊大巴停在夢啟門口，藍色的那輛前，祁行止和段采薏被一群孩子圍著，說笑不停。

哦不，準確地說，祁行止並沒有笑——至少，笑得不明顯。但他看起來絕對是愉快的，輕輕抿著唇，微微傾身，聽學生們說每一句話，偶爾回答一兩句。

他穿了件黑色的風衣，顯得人又高又瘦，薄薄的一片；也不知為什麼又戴上了眼鏡，無框的，架在高挺的鼻梁上——或許這是讓他即使笑著也有距離感的原因。

不知怎的，陸彌總覺得來到夢啟後見到的祁行止和六年前的他越來越像，時光好像只是在他身上轉了個圈，又回到原來的模樣。之前在重慶遇到的時候，她雖然也能認出他來，但明顯覺得他長大了，很不一樣了。現在，她看著他，卻總想起六年前閣樓上寡言少語、悶頭寫題的少年。

陸彌看了一下，祁行止像感應到似的回頭，看見她，笑著點了個頭。

段采薏和學生們也跟著看過來，見是她，表情各自精彩。大部分學生都訥訥地把腦袋轉回去，有幾個笑著問了「老師好」——最大聲的那個，當然是雷帆。

陸彌也不覺得尷尬，倒是注意到向小園，她居然沒像大部分人一樣對她視而不見，反而看了她一下，才轉回頭。這幾秒鐘的目光停頓莫名地讓陸彌心裡有些鬆快，於是她也朝那邊笑了一笑，然後轉身登上了另一輛車。

白色大巴士裡人明顯少得多，而且主要是年紀稍長的生活老師、警衛大爺、宿舍阿姨們，除此之外，就只有幾個年齡最大、較為沉穩的學生了。

陸彌環顧車內，最終挑了第一排靠窗的位子坐下——這裡離所有人最遠。瞇著眼歪在座位上補覺，沒過多久便感覺到有人在她身邊坐下，陸彌睜眼一看，居然是Jennifer。

「哎，可真能折騰，玩兩天回來我得去美容院躺一個星期，」Jennifer嘆著氣揉了揉脖子，又問她，「我說，妳怎麼跑到我們老年人堆裡來？那邊熱熱鬧鬧的。」

「我補覺。」陸彌聽著後兩排梁大爺已經響起的鼾聲，笑道：「再說，那車太熱鬧，我也年紀大了，跟不上。」

「妳才幾歲，在我這種真．老阿姨面前賣什麼老？故意氣我吧。」Jennifer玩笑地遞來嫌棄的眼神。

「我可沒有，」陸彌應著，不知怎的又想到祁行止，脫口便道：「祁行止還叫我老師呢，也算是差了輩的好不好。」

「是嗎。」Jennifer 忽然嗤笑一聲，便沒了下文。

「……不是嗎？」她驟然的停頓莫名讓陸彌有些慌。

「他跟我推薦妳的時候可沒說妳是他老師啊。」Jennifer 故意賣關子。

「……那他說我是什麼？」陸彌知道 Jennifer 話裡有話，她不該追問，可她控制不住好奇心，想也沒想便問出了口。

「我想想……」Jennifer 眼珠子一轉，「『朋友』吧，好像是。還是『老朋友』？哦不，好像是『好朋友』……哎，記不得了，差不多這意思吧。」

「……」

陸彌笑了笑，低頭附和了句「那大概是他覺得我這老師教得不夠好吧」，沒再繼續這個話題。

從夢啟到露營基地一個半小時的車程，陸彌歪著腦袋窩在座位上睡了一路，下車的時候覺得脖子都不是自己的了，腦袋卡在她肩上，往那邊扭都疼。

她肩上還勒著個又大又重的包，一邊揉著脖子一邊下車，後腳還沒落到地上，雷帆不知從哪鑽出來，拿了個冰袋「啪」地放在她後頸上。

「嘶——」陸彌一激靈，兩秒後緩過來又覺得舒服多了，看清是雷帆，笑道：「你裝備還挺齊全。」

雷帆不敢居功，笑嘻嘻道：「我哪有那麼細心，這是祁哥準備的。」

陸彌聞言一頓，下意識地脖子前伸，離開了冰袋。「可以了，謝謝。」她說著，眼睛往前掃了掃，段采薏帶著大隊走在最前面，祁行止獨自拎著兩大袋食材跟在後頭幾步，很可靠的樣子。

「陸老師，走吧！一起烤肉！」雷帆興奮地說。

「嗯。」

這是個小型的露營區，臨著一條窄窄的小河，燒烤、釣魚、種菜收菜各種活動都有，還養著兩條大黃狗，可愛又親人，一出場便收穫眾多女生的青睞。

大家放下東西便開始忙碌，陸彌在人群邊默默觀察了一下，很快得出結論——她不可能融入其中。夢啟每年都會安排一兩場這樣的活動，學生和老師早就是家人，大家熱火朝天地幹著活，隨意而有序，因為每個人都在這個群體裡有一個愜意的位子。

除了她這位新來的、一來就踩了雷的、且無意「悔改」的局外人。

陸彌倒不是非要往人堆裡湊，但這畢竟是個集體活動，她來都來了，表現得太游離，終究是彆扭的。於是她想了想，看見舍監梁大媽也在人群之外，背對她蹲著在幹什麼，打算去幫個忙。

「梁老師，需要幫忙嗎？」她走過去，剛蹲下，就看見梁大媽端著一盆洗乾淨的青菜起了身。

……很明顯，她不需要幫忙了。

「我這邊就一點點事，搞完啦！謝謝陸老師喔，妳去跟孩子們玩吧！」梁大媽笑道。

陸彌扯出笑容：「……好。」

梁大媽帶著一臉豐收的喜悅重新融入了群體，留下陸彌蹲在原地，撐著腦袋考慮究竟是找片隱蔽的樹蔭滑手機還是當機立斷叫車跑路。

她就不該接受 Jennifer 的邀請到這來。

「陸老師！」身後傳來熟悉的聲音，轉頭一看果然是雷帆，他還兩手端著一個大紙箱。紙箱似乎有點重，他端著很吃力的樣子，無意識地齜牙咧嘴，

而站在雷帆身邊的，是挽袖拎著烤架、內襯白色衣領上沾了灰的祁行止。

這一高一矮兩兄弟的造型，充滿了淳樸勞動的感覺。

「什麼事？」陸彌起身問。

「要不要跟我們一起生火？」雷帆熱情地邀請。

陸彌：「……」

她好像無法說不要。

於是她點點頭，走過去想幫他搬紙箱。

祁行止先一步把那箱子換到自己手上，把烤架遞給雷帆，「拿好。」

雷帆嘟囔：「……早不見你幫忙。」

陸彌將他們的對話聽得一清二楚，面上抿著唇一言不發，心裡卻不知怎的，一直想笑，忍得辛苦了，才問一句：「去哪生火？」

祁行止揚揚下巴，指向小院的屋簷下，「院子裡。」

大家都在院子外的田邊樹下玩，院子裡反而人少，清淨又涼快。陸彌點點頭，先一步走在前面。

祁行止和雷帆說是喊陸彌來幫忙，其實她除了附和兩句「可以」、「火夠了」、「應該能著」之外，手上連半點炭灰都沒沾到。

倒是雷帆，可憐兮兮的小孩，蹲在地上拿著把大蒲扇生火，燻得鼻涕眼淚糊了一臉。一邊咳嗽的同時，一邊忍不住轉頭往院子外望。

陸彌看出他的意思，咳了聲接過他的扇子，「去玩吧，這裡我來。」

雷帆下意識看了祁行止一眼，其實也沒看出大哥究竟是什麼指示，拔腿跑了，迎著風連咳嗽聲都變得歡喜了許多。

陸彌看著他猴子似的背影，笑了聲，回頭正撞見祁行止直白的目光。

她頓了頓，斂下眼簾，淡淡道：「你怎麼還為難小孩子。」

祁行止沒說話，直接伸手越過燒烤架，抬了抬陸彌的手腕，「不用搧這麼勤了，稍微看著點就行。火已經起來了。」

陸彌見爐內火勢確實好，便站起來，有一搭沒一搭地輕輕搧著。

陸彌想，她應該主動和祁行止說什麼的，畢竟兩人合作，場面總不能太尷尬，看起來多奇怪。可她搜腸刮肚，卻不知道該說什麼。

她的大腦記憶還停留在那個發酒瘋被祁行止扛回宿舍的晚上，無論說什麼，都覺得尷尬。

「不拉上他，怕妳為難我。」靜了許久，祁行止冷不防冒出一句。

陸彌怔了，兩秒後才反應過來他是在回答她剛剛那句話。

「我怎麼……」她下意識要反駁，抬眼卻撞進祁行止滿眼笑意，分明是在這裡等著她。她忿忿收回目光，抿起嘴唇，不再說話。

「幫我遞一下那個胡椒粉。」祁行止收回笑意，眼神往陸彌身後的小木桌上指。

陸彌回頭，拿了黑白兩瓶胡椒粉都遞給他。

調料撒上，肉串的香味立刻被激發，聞了令人食指大動。

陸彌見他動作熟練，但這熟練的動作又和這一身風衣十分不搭，忍不住笑了聲說：「好手藝。」

祁行止聽出她話裡的揶揄，也不說什麼，舉起一串烤好的遞給她，問：「先嘗嘗羊肉？」

陸彌卻被他左手邊色澤更鮮嫩的一把肉串吸引，被口腹之欲控制著，很不見外地問：「那是什麼？」

「牛肉。」

陸彌說：「我要先吃那個。」

祁行止沒想到陸彌會這麼直白地挑挑揀揀，頓了半秒，才笑著點點頭，「那再等半分鐘。」

他的停頓和笑意讓陸彌意識到自己剛剛表現得貪吃且不客氣，後知後覺地不好意思起來，又不知該怎麼解釋——事實上她也不知道為什麼，按理說她對祁行止明明很謹慎，生怕尷尬，怎麼一聞到肉香，就忘了形？

陸彌兀自尷尬著，耳廓漸漸染成紅色，倒是祁行止顯得自在，專注地翻轉著左手上那一把被欽點的牛肉。

「啊呀！那兩箱飲料我忘記拿上車了！」院子外忽然傳來一聲驚呼，梁大爺一拍腦袋想起疏忽了一件大事。

雖說露營區也有飲料賣，但一來種類匱乏，二來價格比自己買的貴了一倍不止，想想都覺得肉疼，梁大爺懊惱得直跺腳。

祁行止將牛肉串烤好，第一串遞給陸彌，「給。」

「謝謝。」

「陸老師。」祁行止忽然又叫她。

「嗯？」陸彌吹著肉串，撥冗抬眼回他一句。

「作為交換——」祁行止忽然揚起一抹別有用意的笑，「請我喝飲料吧？」

站在院子門口和祁行止一起迎接一隊黃帽外送小哥的時候，陸彌感受到前所未有的迷茫——她在幹什麼？

她一邊笑著保持禮貌，把一袋袋飲料卸了貨，一邊在心裡瘋狂地打著腹稿，要怎麼表現得親和且自然，告訴這群把她當反派的中二少年「老師請你們喝飲料」？

五十多杯飲料排成六排，整齊劃一地擺在燒烤架旁的桌子上，陸彌抬頭看了身側站著的祁行止一眼。對方揚揚眉，給了一個肯定的表情——「上！」

陸彌：「……」

上什麼上，她怎麼就鬼迷心竅認可了祁行止出的餿主意？

祁行止抱著雙臂，肩膀一歪，輕輕撞了撞陸彌，側著腦袋輕聲道：「陸老師，錢都花出去了。」

陸彌：「……」

別再說了，一千多塊的鉅款吶，想到這陸彌右眼皮便止不住地跳。

終於，她做足準備，拿起一杯四季奶綠，朝雷帆招了招手，「哎」了聲。

可惜，雷帆玩得忘我，哪裡注意得到身後有個可憐的社恐需要他的幫忙？

陸彌快被氣死了，拽了拽祁行止的衣袖，示意他幫忙喊兩聲。誰知祁大少爺極欠扁地聳了聳肩，一副事不關己高高掛起的樣子。

無奈，陸彌只好放開嗓子，喊了句：「雷帆！」

雷帆猛地回頭，沒分辯出這氣壯山河的一嗓子是誰喊的，「誰叫我？」

「我！」陸彌豁出去了，晃了晃手裡的飲料，繼續中氣十足道：「老師請你們喝飲料，都過來吧！」

雷帆還傻著，卻接收到了祁行止暗示的眼神，立刻開始行動，呼朋引伴又是拉又是拽地把幾個男生拖到陸彌面前。

陸彌下單的時候考慮到眾口難調，把飲料店的熱銷 TOP10 各點了幾杯，指著五花八門高矮不一的杯子說：「各種口味都有，你們選想喝的吧。」

她注意到，被雷帆拽來的這幾個男生都是比較外向隨和的，平時和她雖然說不上親近，但至少有基本的尊重。而她最頭疼的龍宇新、向小園之流，都還遠遠地站在一邊觀望呢。

男孩子們你一言我一語地開始挑飲料，陸彌隔著這幾個腦袋，看見向小園站在不遠處的樹下，靜靜地看著他們這邊。

她的眼睛細長而深邃，當下的眼神卻是空空的，看不出情緒，就像棲在高處發呆的貓。

陸彌和她對視幾秒，不知怎麼的，忽然笑了一笑，朝她招了招手。

「喝飲料。」她說。她聲音很小，隔著這麼遠，向小園是聽不到的。

身前的幾個男生卻聽見了，跟著回頭，大方地喊道：「快來啊！陸老師請大家喝飲料！」

他們這麼熱情，反而弄得陸彌有些赧然了，連忙低頭去看每杯飲料上的標籤，假裝不在意的樣子。

身前的學生多起來，飲料也被一杯一杯拿走，陸彌還聽見許多聲或忸怩或隨意的「謝謝陸老師」。

她心情漸漸鬆快下來，也笑著應著幾聲。桌上飲料剩最後幾杯的時候，向小園終於邁動了腳步，走到這邊來。

「妳為什麼請我們喝飲料？」向小園看也沒往桌上看一眼，而是盯著陸彌的眼睛，直白地問。

「你們不是沒帶飲料嗎。」陸彌隨意地說，又拿起最後一杯蜜豆奶茶遞給她，笑道：「紅豆的，我覺得最甜。要不要？」

向小園看了看她，又看了看那奶茶，頓了兩秒，伸手拿了桌上的另一杯，轉頭走了，撂下句：「我才不喜歡喝甜的。」

陸彌撇撇嘴，自己把吸管一插喝了一大口，邊嚼紅豆邊嘟囔，「中二病。」

這話不知又戳中了祁行止哪個笑點，陸彌聽見他悶悶的笑聲，不滿地丟了個白眼，說：「別急著笑，錢一人一半，說好的！」

祁行止恭敬不如從命，歪了下腦袋，就當點頭答應了。

最後一個來拿飲料的是段采薏。

她今天穿著白色 polo 衫配淡粉色運動短裙，馬尾高高束起，綁著粉色的絲帶，一派青春洋溢的模樣，簡直可以拉去運動品牌廣告拍攝現場。

「謝謝妳請孩子們喝飲料。」她看著並肩而立的祁行止和陸彌，默了幾秒才說話，也不知在想什麼。

陸彌雖不知她道的是哪門子的謝，但還是禮貌地笑了笑。

「不過我勸妳，別以為他們這麼好收買。」段采薏正色道：「小孩子是最看得清真心的。」

陸彌一時語塞，段采薏怎麼每次見她都像想輔導她考教師資格似的，恨不得拍黑板給她強調「教育心理學」這門課程的艱深苦澀。

「想多了，」陸彌失笑，「梁大爺忘記帶飲料，我放回血補個空缺而已，不至於。」

她一邊說，祁行止一邊拿了根吸管遞給段采薏，眼神指了指最後一杯飲料，說：「四季奶綠，挺好喝的。」

段采薏微怔，眼神又在他兩人中間逡巡了一個來回，最終沒接祁行止的吸管，也不想要陸彌的飲料，頭也不回地轉身走了。

經過生火、烤肉和送飲料的歷練後，陸彌明顯感覺自在多了。雖然她還是不能像段采薏一樣和學生打成一片，但至少，在這個群體裡，她找到了位子，不再是游離局外坐立難安的過客了。

傍晚，大家圍成一圈吃烤肉，少不了要玩些遊戲活躍氣氛。

而這類聚餐活動，古往今來老少咸宜怎麼也玩不膩的遊戲只有那一個——真心話大冒險。但這遊戲同齡人之間玩還算有意思，老師和學生玩，純粹是給學生們提供「親近」老師的機會了，畢竟，為人師表者總不能讓學生做什麼當眾表白、當街狂奔、生吞三顆辣椒之類的事吧？

於是，在三個學生不幸被抽中各自表演了大拇指外翻九十度、秒變四層眼皮和蒙著眼睛摸牌等「絕活」之後，擊鼓傳花的遮陽帽終於不負眾望地落在祁行止手中。

學生們兩眼放光，誓要問出他們最愛的小祁哥哥的良人何在——同時，幾個人小鬼大的孩子已經將眼神瞟到段采薏身上。

「大冒險！」龍宇新率先喊出聲。

祁行止笑問：「難道不該讓我自己選？」

「不行！」龍宇新理不直氣也壯，「你是老師，要讓著我們！我們就想看小祁哥玩大冒險！」

陸彌坐在一旁看著，心裡好笑，這群小鬼還真是天不怕地不怕。要知道，她第一次見祁行止的時候，就算年齡差和師生身分擺在那，都還忍不住緊張了一下呢。

祁行止誠懇地請求：「不想玩大冒險行不行？」

龍宇新犯了難，嘖嘖糾結著，另一個男生卻拍了板，「好！但是一個大冒險換兩個真心話，你自己選！」

祁行止無奈搖頭，但還是答應了這不平等條約，選了兩個真心話。

「小祁哥有沒有女朋友？太簡單了，這個不問……」龍宇新自言自語地想著，「那第一個問題！」

祁行止點頭聽題。

「小祁哥，你有沒有喜歡的人？」

這話一問，大夥們都洩氣，「你問什麼破問題！浪費機會！」誰不知道小祁哥哥當然有喜歡的人？而且八成是小段姐姐。

祁行止笑著點頭，坦蕩地回答：「有。」

「哦——」

「我們就知道——」

小鬼們立刻開始起鬨，擠眉弄眼地看看祁行止，又看看段采薏。

隱形當事人段采薏盤腿坐在草坪上，笑也不是不笑也不是，表情逐漸變得和坐姿一樣僵，卻忍不住往陸彌那邊看了一眼。

陸彌正在幫梁大媽掰一截烤玉米，似乎對孩子們的八卦完全不感興趣。

「第二個我來問！」有個男生坐不住了，嫌棄地剝奪了龍宇新的提問權利。他黑溜溜的眼珠子一轉，心生一計，問：「小祁哥，有沒有親過其他姐姐？」

「哦吼——」

「問得好問得好！」

祁行止還沒來得及回答，小鬼們又是一陣歡呼。惹得 Jennifer 忍不住出來笑罵他們一句，「整天不學好，腦袋裡都想什麼！」

小鬼們有恃無恐，不僅不怕 Jennifer，還肆無忌憚地催著祁行止快回答。

「有沒有有沒有？小祁哥有沒有親過姐姐？」

「其他姐姐」變成了「姐姐」，小鬼們胸有成竹——還能是哪個姐姐？

祁行止頓了頓，沒有在意他們省略關鍵限定語的行為，微笑著回答：「有。」

話音剛落，段采薏僵直的脊背倏然鬆下來。

她又忍不住，看了陸彌一眼。

「啪嗒」一聲，陸彌終於幫梁大媽把玉米從叉子上撥下來。隔著好幾個人，段采薏好像都能感受到那剛烤熟的玉米燙手而香甜，吸引陸彌全部的注意力。

「什麼時候什麼時候！」孩子們的八卦心得到大滿足，一個個探著腦袋追問。

祁行止表示無可奉告，「兩個問題，已經問完了。」

「唉——」孩子們不滿足，充滿遺憾地嘆了一大口氣。

擊鼓傳花繼續，可惜玩了好幾輪，都落在學生手上，大家想要拷問段采薏以完成交叉驗證，始終沒有如願。

「好了好了！最後一輪！玩完就不玩了！」Jennifer 放話了。

遮陽帽在眾人手中傳了好幾圈，終於梁大爺一聲令下，「停——」

「花」落在陸瀰手中。

「……」

「……」

孩子們很失望。

陸瀰本人更覺得無聊。

場面一時很尷尬。

Jennifer 出來打圓場，「到妳了！選吧，真心話還是大冒險？」

陸瀰扯扯嘴角，儘量笑得自然，「真心話吧。」

Jennifer 朝孩子們抬下巴，「機會來了，還不快問？」

可誰想要浪費時間問陸瀰？他們對她的興趣，早在第一節課就澈底被撲滅了。

場面愈發尷尬，雷帆擠眉弄眼的和祁行止對了半天暗號，正要站出來打圓場，餘光忽然瞥見有個女生舉起了手。

是向小園。

「我來問吧。」

這救場來得太及時，陸彌幾乎要產生感激之情，她笑著對向小園點頭，「妳問！」

向小園盯著她的眼睛，笑了笑，問：「妳喜歡當老師嗎？」

這問題來得莫名，而且很掃興，向小園一問出口，大部分人連聽都懶得聽了，一個個全收回腦袋，扒著碗碟裡還有沒有沒吃完的燒烤。

陸彌被問得有些發愣，潛意識告訴她這個問題很無聊，而且帶著挑釁的意味，沒有回答的必要，但眼神卻像被定住了一般，認真地回看著向小園。

對峙兩三秒，陸彌說不清她從向小園那張似笑非笑的臉上看到什麼，但她笑了笑，回答說：「喜歡。」

不知為什麼，向小園一怔，旋即嗤笑一聲，什麼也沒說。

這場原本還算有意思的真心話大冒險就這樣結束在陸彌這裡，很「虎頭蛇尾」。大家把熱情重新投入到烤肉裡，沒再繼續玩遊戲。

夜幕降臨，孩子們開始搭帳篷準備露營。兩兩一組，而好巧不巧，陸彌被分到和段采薏同個帳篷。陸彌倒不是很介意和別人同宿，反正只有一晚。但如果要她獨自一人搭好帳篷伺候段采薏，那就是另一回事了。

於是，她看著不遠處段采薏和女孩子們有說有笑的歡樂背影，又看了看自己面前一堆帆布和支架，果斷選擇不幹了，沿著河邊的小路一直走到一片開闊僻靜的田野處，坐在田埂上發呆。

鄉野田間，天空好像總是比城市裡的近很多，彷彿一伸手就能觸及。可惜星星並不多，月亮也朦朦朧朧隱在黛色夜空之後，撒下層層薄如蟬翼的清輝。

陸彌仰頭望著月亮發呆，腦子鈍鈍的，像飽睏似的。

明明她吃得興致缺缺，什麼都只是嘗了一小串。唯一印象深刻的倒是幫梁大媽吃的那根玉米，緊緊串在叉子上，十分頑固，她像在跟誰較勁似的，扒了好半天才扒下來。

這麼想著，身側忽然傳來腳步聲。

陸彌側過腦袋一看，河邊小路上，向小園從遠處疾步走回來，手裡還抱著本書。

謔，這麼用功，出來玩還練英語？陸彌心裡嘆了句。自從上次看見向小園晚上在操場上練英語，陸彌就留心觀察過幾次，發現她幾乎每天晚上都會找地方默默練，而且時間都很晚，地方也越挑越隱蔽，從操場到牆根，就差沒躲進草叢裡去了。

陸彌有時候看見了，想去指點兩句，又怕她這樣偷偷找地方就是不想被人看見，所以每次都只是默默聽著，出於安全考慮，看她回宿舍了才放心。

但今天不一樣，既然都迎面撞上了，陸彌就招了招手，「哎」了聲叫住她。

向小園腳步一頓，猛地側過頭，陸彌這才發現她表情有些慌亂，眼神也充滿警覺。

「嚇到了？」陸彌笑了笑，想是自己在這空無一人的田埂裡突然喊這麼一聲把她嚇著了。

向小園看見是她，又恢復了冷冷的神情，抿著唇停在原地。

陸彌起身走過去，果然，她懷裡抱著的還是那本捲了頁破了封皮的《新概念三》，「練英語？」

「嗯。」

陸彌點頭，往她來的方向看了看。那片連個路燈也沒有，僅靠月色照明，黑黢黢的，她剛剛就是因為害怕才沒往更遠處走，向小園膽子還真是大。

陸彌說：「下次別走那麼遠，不安全。」

向小園忽然抬頭看了她一眼，一對細長的眸子在月色下閃著光，情緒卻不分明。陸彌朝她微微揚眉，是詢問的意思。

向小園瞥下眼，「不關妳的事。」

陸彌笑了，說：「妳這小孩，能不能換句話說？」

向小園倔強地輕嗤一聲，不答話。

陸彌也不生氣，優哉遊哉地等了一下，說：「喂，送妳個禮物。」

向小園疑惑地抬起頭。

陸彌走回田埂處，從包裡翻出背了一路的那套書。

《書蟲》的一整套雙語讀物，最新版，內容不多，但選文、翻譯都很精良，還配了英文錄音。

所以，很貴。

陸彌把書遞給向小園，說：「我最喜歡歐亨利那篇。」

向小園遲疑著不接，「我不要。」

陸彌早猜到她是這個反應，不緊不慢地說：「這是作業。」

向小園疑惑地「嗯」了聲。

「妳不是說我瞧不起你們英語差嗎？」陸彌笑咪咪地說：「我否認了前半句，但可沒否認後面那一半，你們那英語，確實不怎麼樣。」

向小園一聽這話臉便僵了一半，隱忍著一言不發。

「所以，讀完這些，是妳的作業。」陸彌再次晃了晃手裡的書，「要不要？」

向小園滯了半晌，僵硬地伸手接過那套書，抱進自己懷裡。

陸彌笑開來，「行了，回去吧。她們都在搭帳篷。」

向小園二話不說離開了，走了幾步卻停住腳步，回頭看見陸彌又坐回田埂上，仰著腦袋看月亮。

她這才發覺，這個老師其實挺美的，和小段姐姐的美不一樣。她穿著再簡單不過的白T恤，夜風一吹，T恤便貼在她背上，顯出她又薄又瘦的肩膀，隱約還勾勒出蝴蝶骨的形狀。肩膀上頭是一截長而白皙的頸子，後頸上覆了幾縷碎髮。她的頭髮紮得很隨意，草草地在腦後盤成一個小揪。

這畫面很美，像一幅靜態素描一樣的美。

向小園順著她抬頭的方嚮往天上看，月亮並不明朗，半遮半掩地藏在灰雲後頭。

這有什麼好看的？向小園不解。

鬼使神差地，她又走回去，站在小路邊。

陸彌察覺，側頭看她，「還有事？」

向小園沒事，但被這麼一問，總要找點話說。

她頓了一下，問：「妳為什麼撒謊？」

陸彌擰眉，「什麼？」

向小園言辭鑿鑿：「妳肯定不喜歡當老師。」

陸彌這才反應過來，回味了一下，笑出聲，誠實地說：「我不知道。」

向小園靜靜地看著她，心裡居然湧起一股說不清的失望。

「我不是說我不知道為什麼撒謊啊，我是說，妳問的那個問題，我也不知道，就隨口答的。」陸彌笑道：「不過既然都隨口這麼說了，說不定我心裡真是這麼想的呢？誰知道。」

向小園聽她繞來繞去，也不知聽明白沒有，「哦」了聲，抱著書又走了。

陸彌在田埂上坐了快一個小時，月光愈發昏暗，才起身回去。

回到露營地，遠遠地看見祁行止和向小園站在路邊，遠離人群，一大一小似乎在商量什麼。

看起來不是想讓別人聽到的話題，陸彌便停在原地等他們說完，並不上前。

祁行止拍了拍向小園的肩，輕輕笑道：「書慢慢看，回去睡個好覺。晚安。」

向小園點點頭，又往陸彌這邊看了一眼，才往回走。

祁行止也看過來，朝陸彌揮了揮手。

陸彌心裡彆扭，她可不想和祁行止打上照面又聊幾句有的沒的。可祁行止就杵在她回營地的必經之路上等著，沒辦法，只能邁步向前。

「小園很喜歡那些書。」祁行止說。

陸彌「哼」了聲：「看不出來。」

祁行止笑了，「那妳還送？」

陸彌：「……」

默了兩秒，她振振有詞地解釋道：「那是為了謝她剛剛替我解圍！我可不想欠一個小孩。」

「哦……」祁行止若有所思地點了點頭，手背在身後，輕輕彎腰，和陸彌的距離驟然縮短，「陸老師未雨綢繆，來之前就想到了她會替妳解圍，然後買好了書，背了一路到這來？」

陸彌：「……」

她就知道，和祁行止聊天肯定要吃虧。

這隻狐狸，兩句話就能讓你原形畢露自己挖坑自己跳，半截埋進土了都不知道。

陸彌翻了個白眼，往後退了一步，說：「祁行止，你能不能改改你這毛病？」

祁行止也直起身：「哦？」

「說話做事留一線，日後好相見。」陸彌沒好氣地說：「就是看破不說破，懂不懂！」

祁行止忍著笑，乖巧地點點頭：「記住了。」

陸彌怎麼看怎麼覺得這人一副得了便宜還賣乖的模樣，不耐煩地推了他一把，「讓開，我要搭帳篷了。」

祁行止悠哉道：「我已經幫妳搭好了。」

陸彌腳步一滯，又想到那根頑固的玉米，和他那句「有」。她回頭笑笑，「哦，那我還借了段采薏的光，該去謝謝她。」

祁行止臉色沉了沉，「陸老師，妳該謝謝我。」

陸彌一頓，旋即笑起來，而且故意笑得沒心沒肺，「哦，那謝謝你？」

祁行止鄭重地點了個頭，「嗯，不用謝。」

陸彌不逗她了，嗤聲道：「你怎麼這麼小心眼？」

祁行止終於咧開嘴角，「這很重要。」

陸彌看著他彎彎的眉眼，忽的心下一動，想到什麼，很快又瞥開眼神不敢再看他，什麼也沒說，轉身走了。

祁行止看著陸彌的背影靈巧地鑽進帳篷裡，臉上的笑意一點點消失了。

他回過身，往小路上走遠了幾步，果然看見那個男人還貓在路邊的樹叢間，鬼鬼祟祟地往這邊看。

發覺被人發現，他還毫不慌亂地走出來迎上前，咧嘴笑著，露出一口黑黃的牙齒。

「喲，祁老師，還沒休息啊？」

祁行止很難忽略他身上的汗臭味和嘴裡發出的口臭味，不動聲色地絞了絞眉，應道：「你好。」

「老師就是負責！」男人恭維道，又連忙解釋，「我就是想著我家小園好久沒回家了，剛好這次你們秋遊到我們這邊來，我就來看看。家裡就這一個女兒，實在是不放心哪！」

祁行止勾唇笑笑，「向小園在夢啟很好，家長可以放心。這麼晚了，請回吧。」

「這個暑假她也沒回家……」男人明顯不甘心，又另起一件事，「等寒假過年，應該可以讓她回來吧？家裡人實在是掛念，老師你沒當過爸爸，肯定不理解我們心情的。」

祁行止說：「過年的時候，我們會把小園送回爺爺家的。」

男人臉色一變，「那怎麼行？自家女兒怎麼不回自己家？我肯定也會帶她去看她爺爺的囉！」

祁行止也冷著臉：「送小園來夢啟的人是她爺爺，她的監護人也是爺爺。按照夢啟的規定，我們會把她送回爺爺家過年，也會去拜訪。」

男人的臉色澈底陰下來，抬起頭惡狠狠地瞪著祁行止，渾濁發黃的眼白還泛著血絲，那是常年熬夜玩樂的結果。

「請回吧。」祁行止不慌不忙，「毛先生。」

男人一甩膀子，罵咧咧地走了。

祁行止看著他塌背甩膀子的背影，總覺得空氣中似乎還瀰漫著那股口臭交織著汗臭的難聞氣味，眉毛不自覺地絞起來，臉色也漸漸沉下去。

第九章　冬夜

二〇一二年，冬。

中午十二點，南城火車站人來人往，泡麵味、汗臭味還有一股莫名的臭腳味混在一起，陸彌拖著個行李箱被擠成了鵪鶉，各種見縫插針，終於擠出了站，呼吸了一口還算新鮮的冷空氣。

舉目四望，一個熟人也沒有。

也是，林立巧那麼忙，育幼院的小蘿蔔頭都需要照顧，怎麼可能撥冗來接她。陸彌認命地嘆了口氣，往公車站走。

「陸彌！」忽然聽到有人喊她。

一回頭，蔣寒征背靠著一輛黑色汽車，露出八顆大白牙，笑得十分燦爛。

陸彌怔了怔，拖著行李箱走過去。

「你怎麼在這？」她問。

「接妳啊！」蔣寒征二話不說，拎起她的行李箱塞進了車後排，「上車！」

陸彌還沒來得及問清，就被他熱情地迎進了副駕駛座。

大學第一學期，蔣寒征雖然遠在南城，但在陸彌面前的存在感卻著實不小。

起先他總是打電話給陸彌，也沒什麼要緊的事，就沒事找事地問她吃了什麼天氣怎樣。後來陸彌不接他的電話了，他又改傳訊息。他在訓練，一拿到手機就各種收集北京好吃好玩的地方傳給陸彌，偶爾也說幾句訓練或者執行任務時碰到的情況。

有一次陸彌被他連著的訊息轟炸搞得實在煩心，滑開螢幕就想把他拉黑，但湊巧滑到他一張訓練照片。看見一向生活優渥的蔣寒征滾在泥地裡訓練，臉上被碎石劃出兩道血痕，動作頓時就停住了，關起手機，最終還是沒刪。

連假期間，蔣寒征甚至不嫌麻煩的去了北京一趟。陸彌在飲料店打工，沒功夫更沒興致陪他逛校園遊景點，他也不提要求，每天就往飲料店裡一坐，點好幾杯飲料，從早喝到晚，送陸彌回了宿舍再自己回飯店，第二天又繼續來，就這麼待了整整七天。

陸彌坐在他車裡，哪裡都覺得不自在，但人家畢竟是來接她的，她沒辦法太心安理得。於是咳了咳，沒話找話說：「……這車是新買的？」

蔣寒征說：「哦，是。分期買的，我媽貼了點錢。」

陸彌笑笑，「還挺好。」

「是啊，以後妳去哪，我都可以送妳！妳回南城，我也可以來接！」蔣寒征興沖沖地說：「不過，要是我訓練，可能就出不來了……」

陸彌抿抿唇，小聲說：「不用那麼麻煩。」

蔣寒征沒說話，繼續哼著小曲開著車，不知究竟有沒有聽到。

車子停在巷口，蔣寒征下車替她把行李箱拿下來。

陸彌正握著拉桿不知該怎麼告別，蔣寒征主動說：「我就不進去了，妳好好休息吧，火車坐得肯定不舒服。」

陸彌心裡忽然有點愧疚，點點頭，「謝謝，下次……」

她想說「下次請他來玩」或者「下次請他吃飯」，但是就是說不出來。該怎麼說呢？她本就沒有這個意思。

蔣寒征擺擺手，「妳就別跟我客氣了，快回去吧！」

說著，他自己坐回車上，一踩油門，先走了。

陸彌終於鬆一口氣，扯了扯背包帶，腳步輕快地走進小巷。

轉角處的雜貨店門口立著個熟悉的人影，陸彌老遠就看清是誰，揚起嘴角笑起來，叫道：「小祁同學！」

祁行止穿了件白色的長款羽絨服，圍著淺灰色的圍巾，鼻尖一點凍成了紅色，呵著氣，鼻梁上的眼鏡便蒙起一層薄霧。

他好像又長高了。

真是可惡，他穿了羽絨服還這麼瘦。

陸彌看了他一眼，心裡說。

「你在這幹嘛？」陸彌笑著問。

祁行止看見她似乎一點也不驚訝，也不答話，只是笑了笑，沒頭沒腦地問：「陸老師，妳冬天可以吃冰棒嗎？」

陸彌愣了一下，低頭看見他修長的手指搭在冰櫃上，才說：「……可以吃啊。」

祁行止笑了下，俐落地付了錢，從冰櫃裡掏出兩支紅豆冰，遞給陸彌一支。

陸彌被他這無厘頭的行為逗笑了，狐疑地接過冰棒，結果剛啃第一口，嘴唇就被黏住了，費力扯開來，一陣生疼。

祁行止像觀察什麼特殊生物一樣看著她表情痛苦地捂著嘴，幽幽地說：「……妳其實可以等一下，濕了就不黏了。」

陸彌白他一眼，「你在這等著就為了請我吃根冰棒？」

祁行止躲開眼神，「湊巧而已。」

陸彌才不信，「哦，所以你上高中新養成了大冬天吃冰棒的習慣?你不是不愛吃零食嗎？」

祁行止默了一下，慢吞吞說：「冬天吃冰棒，嘴裡就不呵白氣了，眼鏡也不會起霧。我是因為這個才吃的。」

陸彌愣了一下，差點被他這個無比科學的解釋唬過去了，反應過來，便捧著肚子哈哈大笑。

「祁行止，你雖然很聰明，但你能不能不要把我當傻子？」陸彌眨眨眼，說。

祁行止：「……」

陸彌不逗他了，擺擺手說：「說吧，找我什麼事？」

祁行止：「……」

他能有什麼事，不過是眼觀六路耳聽八方聽見了林立巧和奶奶聊天說她今天回來，又不過是破天荒提前交了期末考試卷，然後就像個神經病一樣在這守了一個多小時的紅豆冰。他下午還要回去考英語。

「說啊。」陸彌催促著，忽然露出驚恐的神情，一把抓住祁行止的手臂，「我靠，你不會又被哪個小太妹看上了吧？」

祁行止：「……沒有。」

「那是什麼事？」陸彌急了。

看來不說點「正事」無法平息她的疑心，祁行止想了想，說：「陸老師，我們說好的，妳放寒假也可以來教我，對吧？」

陸彌一怔，「哦，這事啊。我當然願意啊，看祁醫生的意思囉。」

祁行止說：「我可以自己做主。」

「那就上唄。」陸彌理所當然地回答。

雖然是臨時提及的話題，但她自然隨意的態度還是讓祁行止心裡莫名地感到一陣熨帖。他笑了笑，說：「那……大年初二就開始可以嗎？」

陸彌算了算日期，問：「離過年還有一個禮拜呢，你年前有事？」

祁行止點點頭，「三伯說我們今年去三亞過年。」

「嗨，有錢人吶。」陸彌不無欣羨地嘆了句，又問：「欸你不是不愛出去玩嗎？上高中又轉了性，願意出去旅遊了？」

祁行止被她說得有些羞赧，低頭道：「畢竟是過年。」

其實祁方斌提起旅行計畫的時候，只是有了初步的想法，在試探祁行止的意思。祁行止原本下意識想拒絕，鬼使神差地，話到嘴邊，變成了笑著點頭說好。

而在那一刻，他想到的，好像是陸彌。

祁行止天生沉默寡言，父親去世後，話就更少了。他自知是個十分無趣的人，和別人說話難以妙語連珠哄人開心，還不如不說。所以即使祁方斌和祁奶奶都盡心愛護他，他也只能做到「成績優秀、為人禮貌」，連每年除夕，都是拜了年領了紅包就回到自己房間裡組那些小模型。

轉變究竟發生在什麼時候，他也說不上來。只是下意識想要拒絕的時候，忽然想到陸彌和林院長在一起的場景。她們也不算特別親密，但一起說話時陸彌總是輕鬆的，即使不說話也輕鬆。

陸彌讓他相信，詩裡寫的沒錯，有些人在一起，是可以不說話也很美好的。親人之間是這樣，陸彌之於他，也是這樣。

大冬天灌著風的巷子口，他們並肩吃完了一支冰棒，祁行止拖著陸彌的行李箱送她回紅星育幼院。

為了盡可能保暖，育幼院大門緊閉。陸彌拔開門閂推開門，祁行止則準備幫她把行李箱拎過門檻。

然而門一打開，令兩人都厭惡的聲音傳來——

「彌彌回來啦！」林茂發坐在院中石凳上，翹著腳，還有一個行李箱擱在他腳邊，「我就說彌彌跟舅舅有緣，前後腳到的！」

小彌、彌彌，這個人哪來那麼多噁心的暱稱？自己的名字被他叫出口，只讓她覺得反胃。

陸彌冷著臉，沒有理他。

「陸老師。」祁行止察覺氣氛不對，輕聲喊道。

陸彌回神，笑著接過行李箱，「謝謝啦小祁同學！快回去吧。」

祁行止狐疑，遞給她詢問的眼神。

「幹嘛？我跟你說院長肯定沒做你的午飯。」陸彌笑著說。

祁行止頓了頓，掏出口袋裡的手機，「我買手機了，加好友吧。等回來跟妳約時間上課。」

陸彌一邊玩笑著「喲手機都有了」，一邊掃了他的QRcode，然後推著他出了門。

祁行止看著手機上陸彌的大頭照，是大片原野上的一座白色風車。他一目十行地滑著陸彌的動態，心情沒由來地煩亂起來……

「妳這個小同學還挺殷勤的嘛，特地送妳回來？」林茂發嘬著嘴喝了口保溫杯裡的水，嘿嘿兩聲說：「我們彌彌就是有本事，小小年紀就有男人幫妳拎包了。」

陸彌簡直連他方圓兩公尺的空氣都厭惡，森然地瞪了他一眼，拖著行李去了後廚。

林立巧果然在那裡。

「他為什麼還能來？」陸彌走到她面前劈聲便問。

林立巧看著她，嘆了口氣，以一種「我就知道妳會這樣」的語氣說：「妳先不要激動……他只是來過個年，很快就會走的。」

「他還要在這裡過年？」陸彌一聽就炸了。

林立巧的耳鳴發作，表情痛苦地閉了閉眼，陸彌見狀忙扶她坐下，然後才問：「能不能讓他走？我不想跟他過年。」

林立巧嘆了更沉的一口氣，「我就他這麼一個弟弟……」

「可妳明明知道他當時……」陸彌不想提起這件事，可忍不住開口，一開口又不爭氣地鼻酸。

陸彌從小在育幼院長大，雖然日子清貧，衣服都是撿其他大孩子穿剩下的穿，一個月也吃不到幾頓肉，但因為林立巧細心呵護，自認也算是沐浴陽光長大的，沒病沒災，自由自在。

可暑假升學宴那天林茂發對她說的話做的事，澈底打破了她心裡這顆幸福泡沫。

前一刻她還在和祁行止開著些不著邊際的玩笑，說些諸如「以後來北京姐姐罩你」的大話；後一刻賓客盡散，她喝了些酒昏昏沉沉的想上樓睡覺，忽然就被不知從哪冒出來的林茂發搭住了肩膀。

林茂發嘴裡的酒氣噴在她脖子上，她立時汗毛豎立，手肘反射地往外一捅。貌似喝醉了的男人力氣卻大得驚人，死死扣住她的肩膀，一邊把手往她領口裡伸，另一邊腦袋靠過來，嘴唇似有若無地在她耳後頸側遊走。

陸彌身上一陣惡寒，止不住地顫抖起來，終於在他的手快要伸進她的內衣裡時，使出了吃奶的力氣在他腰間掐了一把。林茂發吃痛地鬆開了手，陸彌立刻後退，跑到院子的另一個對角，四下張望想要求救，卻發現人已走得乾乾淨淨，連林立巧也不知道去了哪裡。

「舅舅你幹嘛！」她驚恐地看著對面東倒西歪滿臉通紅的男人，還天真的以為他真的喝醉了。

可下一刻林茂發幽幽地睜開了眼睛，半瞇著看向陸彌，邁開了腳步，嘴裡笑著念道：

「小彌長大了，摸起來手感都不一樣了……」

這話像一個驚雷炸在陸彌頭頂，長大了不一樣了是什麼意思……難道、難道小時候……

她的腿像灌了鉛一般動彈不得，林茂發卻越走越近，邊走邊說「妳看妳是不是忘了？小時候，舅舅還抱過妳、親過妳，是不是都忘了？沒關係，舅舅這就讓妳想起來……」

那張醜陋猥瑣的臉越逼越近，陸彌不知哪裡生出的力氣猛地抬腿往他兩腿中間踹了一腳，然後驚叫一聲往院子門口跑。

緊接著，她撞進一個人懷裡。

是林立巧。

「怎麼了小彌？」林立巧見她慌慌張張便問了句，又嘟囔著，「就是上次妳那個同學弄的，這些小鬼非要我帶他們去買霜淇淋……」

陸彌驚魂未定，才看清她身後還跟著孩子們，一人拿著一根冰棒啃得不亦樂乎。

「他、他要……」陸彌驚魂未定地往後一指，卻發現林茂發不知什麼時候倒在地上。

林立巧慌忙跑過去查看，探了探鼻息才鬆一口氣，笑著回頭道：「沒事沒事，妳舅舅就是喝醉了。」

陸彌腿一軟，跌坐在地上。

後來陸彌還是將事情一字不差地告訴了林立巧，林立巧拉來林茂發和陸彌對峙，卻只得到「舅舅喝醉了什麼也不記得了」的回答。

爭辯到最後，陸彌還被扣上一頂「小孩子亂說話」的帽子，她心中恨極了，卻百口莫辯。因為林立巧的態度很明顯，她甚至捨不得問這個唯一的幼弟一句重話。

最終，林立巧做起和事佬，把林茂發勸回了老家，並向陸彌承諾再也不會讓她見到他。可這才不過五個月，林茂發又大搖大擺地出現在她面前，一派無事發生的模樣對她開著那些極盡下流的玩笑。

「嗨呀，妳舅舅就是喝醉了一時糊塗，他怎麼敢真的傷害妳？」林立巧笑著安撫她，「誰要是敢傷害妳，林媽媽第一個不答應！」

陸彌紅著眼眶，張了張嘴，無話可說。

林立巧撥弄著鍋裡的燜排骨，夾出一塊遞到她嘴邊，「來嚐嚐，今天妳回來林媽媽親自下廚做妳最喜歡的排骨！」

陸彌扯開嘴角笑了下，抿了抿味道，說：「好吃。」

「那就好，快洗手吃飯！」

陸彌問：「他什麼時候會走？」

林立巧手裡動作頓了下，下定決心似的，說：「就過完年！過完年我就讓他回去，再也不准來了，行了吧？」

陸彌抿著唇點了個頭，轉身離開了。

這一天的燜排骨陸彌終究沒有吃到，她無法忍受和林茂發同桌吃飯，所以無論林立巧喊了多少遍，她都裝作沒聽到。

她把自己關在房間裡，為了轉移注意力極認真地看著祁行止的帳號。

他的帳號名字簡單得過分，就一個姓氏首字母，「Q」。大頭照也簡單，藍天背景下的一支竹蜻蜓。

陸彌盯著他頭像看了半天，心情漸漸平靜下來，又點開他的動態看。

祁行止的主頁比他的臉還白淨，全部動態都可見，但只有一張照片。是一杯蜂蜜檸檬水，上傳是去年八月。

陸彌啞然失笑，想了想，直接點開聊天室。

陸路鹿：『小祁同學，有吃的嗎？』

等了五分鐘，沒有回覆，時間是下午兩點二十五。陸彌氣不順，肚子又餓，索性把手機往桌上一丟，又仔細檢查一遍門窗都已鎖好，才倒進被窩裡埋頭睡了。

再醒來時天色已暗，陸彌迷迷糊糊地走下床，摸起手機按亮一看，被一連串的訊息嚇了一條。

Q：『剛剛在考試。』

Q：『有吃的。』

Q：『妳想吃什麼？』

Q：『[圖片]。』

Q：『[圖片]。』

Q：『[圖片]。』

Q：『［圖片］。』

Q：『我在我家房頂上等妳。』

祁行止傳了好幾張照片，烤肉、飲料、炸雞，時間是下午五點四十，半個小時前。

陸彌登時清醒了，套上厚外套拔腿便往外跑，好在林茂發不院子裡，她此刻輕盈的心情沒有被破壞分毫。

陸彌幾乎是一口氣跑到巷尾，又繞到房子後頭，手腳並用地沿著幾乎垂直的梯子爬上了房頂平層。

祁行止看見她的時候，她大口大口呼出白氣，簡直馬上要斷氣的架勢。

祁行止看著她腳上白襪子踩涼拖鞋，驚呆了，問：「……妳幹嘛這麼急？」

「都遲到半小時了我能不急嘛！」陸彌說著，被香味吸引，拿起桌上一根金黃的烤雞翅啃起來，口齒不清地說：「我剛剛……睡著了，就……沒看見。」

祁行止點頭「哦」了聲，低聲說：「我又不會跑。」

陸彌頓了頓，嚼完嘴裡一口雞肉，咽下去，才說：「你不會跑，東西會涼啊！」

祁行止上前把燒烤從保溫箱裡拿出來，「還好，我一直保著溫，還是熱的。」

「破費呀破費，」陸彌一邊說著，一邊毫不見外地左手炸雞右手烤肉，雙管齊下吃得不亦樂乎，「下次我請你吃冰棒！」

祁行止笑著點頭，「好。」

起先幾口吃得狼吞虎嚥，解了饞蟲，後來陸彌便放慢了速度，和祁行止一起坐在桌前慢慢吃，優哉遊哉地一邊晃著腿一邊看月亮。

「你幾號去三亞？」陸彌問。

祁行止說：「明天。」

「這麼快？」陸彌有些訝異。

祁行止說：「嗯，正好今天考完期末考試。」

「哦，你訊息裡說在考試。」陸彌想起來，「考得怎麼樣？」

「還好。」

「剛剛最後一科……就是英語？」

祁行止點頭，「嗯。」

「考得好嗎考得好嗎？」對於自己一個暑假的輔助究竟有沒有幫到祁行止，陸彌好奇極了，這可關乎她的職業榮譽感。

祁行止看著她亮晶晶的眸子，不禁彎起唇，想了想，罕見地用了不那麼謙虛的詞，說：「好。」

「有多好有多好？」陸彌眼睛一亮，「有一百四十分嗎？」

祁行止繼續不謙虛，篤定地說：「有。」

「我靠！」陸彌激動得撞了下他的肩膀，「你超厲害！」

祁行止被她撞得先是一愣，而後幾乎克制不住上揚的顴骨，咧著嘴笑開來，揚了揚手裡的易開罐，「那……乾杯？」

陸瀰點頭，連忙把自己的飲料也舉起來，往他杯子上一碰，笑得燦爛極了，「必須乾！」

祁行止準備的東西太多，陸瀰吃到最後肚皮鼓鼓，什麼也塞不進去了，仰著腦袋看月亮。

冬天的夜裡，沒什麼月亮可看，夜色厚重，濃霧般化不開。

看著看著，又乾脆躺在桌上，躺成個「大」字。什麼「為人師表」的形象，通通忘了乾淨。

眼皮正打架呢，視線裡忽然出現一支竹蜻蜓。

陸瀰猛地起身，祁行止拿著竹蜻蜓放在她眼前，「這就是你大頭照那個？」

「嗯，送給妳。」

陸瀰覺得這邏輯奇怪，「你當大頭照的，怎麼能送給我呢？」

祁行止怔住了，摩挲了一下手指，解釋說：「……我做了很多個。這不是我大頭照那個，只是長得一樣。」

陸瀰這下才放心地接過，仔細端詳著，不由得感嘆祁行止這小男生手真巧。

「這個要放在房間窗邊，但蜻蜓頭不要對著房間裡面，要對著窗外。」祁行止摸了摸鼻子，補充道。

「這個還有講究？」陸彌疑惑地問。

祁行止點頭，篤定道：「有。」

陸彌聳聳肩，「行吧，你是行家，聽你的。」說完，她又躺下去，舉著那個竹蜻蜓在眼前轉來轉去地玩。

「今天又是請我吃飯又是送我禮物的，老師實在是有些惶恐呀小祁同學！」陸彌玩笑著說：「說實話，你不會真惹什麼事了吧？」

「……沒有，」祁行止失笑，「妳不是也要請我吃冰棒嗎。」

「你倒是挺會算帳，一根冰棒才多少錢？」陸彌笑他，然後又鄭重承諾，「冰棒沒問題！等你從三亞回來，整個寒假的冰棒我都包了！」

祁行止笑著約定，「好。」

他的聲音在空曠的夜裡顯得低沉而遙遠，不知陸彌有沒有聽到。

這個冬夜月色不好，天也不好，可陸彌同他嘻嘻哈哈地乾杯、啃雞翅、玩竹蜻蜓的樣子始終留在祁行止的腦海裡。

而這個夜晚的祁行止怎麼也沒有想到，後來的事情會失控得那麼快，快到他原以為還算縝密的預防根本沒有發生作用，陸彌就已經走得很遠，他怎麼也追不上了。

而那個「整個寒假的冰棒」的承諾，再也沒有被兌現。

臨近三十，年味正濃。自從回了育幼院，陸彌就整天都悶在房間裡不出來，林立巧望著樓上她的窗子嘆了口氣，轉而去房間裡把林茂發叫起來幫忙貼春聯。

林茂發個子也不高，做事懶懶散散，貼個春聯，像沒長骨頭似的塌腰駝背，動作還不如陸彌俐落。林立巧瞧著心煩，催他認真點。

林茂發卻一直往陸彌的窗看，問道：「姐，小彌怎麼都不下來？大過年的，熱鬧熱鬧多好。」

林立巧瞪他一眼：「我警告你，不要打小彌的主意。」

林茂發低頭看了她一眼，嗤笑一聲露出不耐煩的神情，「妳都說了多少遍了？妳把她養這麼大，等於是她親媽，那我就是她親舅舅，能打她什麼主意？舅舅關心關心外甥女還有錯？」

林立巧太清楚這個弟弟是什麼人，根本不信他這套冠冕堂皇的說辭，再次強調道：「你別以為我不知道你心裡想什麼，你就記著，小彌是我女兒，誰敢欺負她，我跟誰拼命！」

「啪」的一聲，林茂發把刷子摔回漿糊桶裡，濺出幾滴漿糊砸在林立巧臉上。他從凳子上跳下來，不幹了，斜眼瞪著林立巧，流裡流氣地說：「行，妳們不就是不樂意看見我嗎，我走行了吧？給錢！我年三十出去打牌，不汙妳們的眼！」

林立巧抹了把臉，恨鐵不成鋼地罵道：「你還要出去賭？」

林茂發噘著嘴，惡聲道：「少廢話，給不給！」

林立巧氣得渾身發抖，毫無意義地盯著他瞪了半天後，還是顫巍巍從口袋裡掏出錢包。一個小皮夾用了十幾年，硬皮也被揉皺了，林茂發瞧見，不屑地嗤了聲，伸手直接奪過來，「就這點錢還找什麼找！」

他把所有的鈔票拿走，皮夾塞回林立巧口袋裡，揚長而去。

冬天氣溫低，漿糊在林立巧臉上結成塊，她費力把它們掰下來，狠狠往地上一砸，終於撐不住，蹲在地上掩面痛哭起來。

她比任何人都清楚林茂發是什麼德行。父母生了三個女兒，母親四十三歲高齡拼到第四胎終於迎來這個寶貝兒子。從小三個姐姐丫鬟似的服侍著他，並不富裕的家庭，只有他錦衣玉食過得像個大少爺，性格也養得天不怕地不怕，小學時逛街就敢鑽進試衣間看年輕女孩子換衣服，中學跟同學鬧矛盾，抄起椅子就往人頭上砸，家裡要賠一大筆錢，成績最差的二妹為此退學嫁了人。

林立巧是家中長姐，也是最有出息的一個，考上五專後當了老師，後來又成為育幼院院長。林茂發常常來找她要錢，但以往都是拿到了錢就走，近兩年卻越來越喜歡在育幼院停留，找各種藉口住著。

林立巧只消看一眼他停留在陸彌身上的眼神就知道他打的是什麼主意，曾經心裡也警鈴大作過，可幾年來終究沒真的出過事，她也無法狠心和親弟弟斷絕關係。

林立巧想，她能有什麼辦法？那畢竟是她的親弟弟，是她們家唯一一個男孩子。她這輩子沒嫁人，守著個破破爛爛的育幼院，到老還不是要指望他？

她心中又悲又恨，可終究還是抹乾淨眼淚，起身顫巍巍地爬上凳子，緩慢地糊好了新年的春聯。

——「歡聲笑語賀新春，張燈結綵喜團圓」。

育幼院不是她的家，可她要盡心盡力地裝飾出家的樣子。

就像小時候的那個家早也不是她的家，她卻不得不倚靠和維護那個地方。

沒有人逼她這樣做，可她只會這樣做。

夜幕降臨，陸彌在房間裡檢查著祁行止傳來的英語作文。

祁行止去三亞前和她約定好，每天每晚八點會傳一篇當天寫的英語作文給她，陸彌反正閒來無事，都會及時地閱讀和批改，大約八點半到九點的時候會回覆。兩人會順著有的沒的聊兩句，直到入睡。

陸彌起先開他玩笑，說天才未免太努力，大過年的還寫作文。

祁行止說：『陸老師也很努力，大過年的還幫我批改作文。』

陸彌十分「大氣」地說：『沒關係，記得讓祁醫生付錢就好！』

祁行止還真的轉了個大紅包給她。

陸彌啞然失笑，把紅包退回去，說：『別施捨我了，這不收你錢！放心吧，每天我會及時回覆的，反正我待在家也沒事。』

祁行止看著對話欄裡的內容，略微放了心。

育幼院白天孩子們和老師都在，陸彌又整天不出門，就算有危險，也只可能發生在晚上大家都睡著了的時候。只要他每晚都能收到陸彌的訊息，就可以確認她的安全。

祁行止看著筆電上的監視軟體，希望自己永遠不用點開。

他心中有些良心不安，因為這行為實在有些齷齪。而且現在看來似乎一切太平，很有可能是他以貌取人惡意揣測了林茂發。

祁行止但願是這樣。

可林茂發看著陸彌的眼神情態、陸彌看見他時的慌亂和嫌惡，他不得不懷疑……

大年三十，祁行止跟奶奶和三伯拜了年，又多陪他們坐了一下，看了幾個節目，回到房間，已經八點四十多。

八點前他傳了下午寫好的作文給陸彌，按慣例，陸彌應該有回覆了。

可他的手機一片安靜。

八點四十五分，沒有回覆。

八點五十分，沒有回覆。

八點五十五分，沒有回覆。

祁行止再也等不下去，直接點開視訊通話。

鈴聲響了整整半分鐘，無人接聽。

祁行止心下一沉，慌忙打開筆電，點開監視軟體。

竹蜻蜓頭部裝著針孔攝影機，他叮囑陸彌對準窗外，剛好可以拍到紅星育幼院門口和院子裡的場景，而不會拍到陸彌房間內的任何隱私。

祁行止握滑鼠的手止不住地微微發抖，胸腔裡一顆心擂鼓一般響著警報，幾乎快要跳出來，他調出過去一個小時內的錄影，調至最大倍速。

晚上八點十分，林立巧帶著育幼院所有的孩子歡天喜地地出了門，陸彌挽著林立巧的手走在最前面，林茂發跟在人群最後。

祁行止眉頭一緊，如果林茂發把陸彌帶去外面……

他極力提醒自己保持冷靜，牙關卻緊緊咬著，幾乎打起寒顫，他點擊滑鼠，快速地拉起時間軸往後看。

八點五十分，也就是五分鐘前，畫面裡再次出現一個人影。

是陸彌。

她捂著肚子，微微彎腰，走路的腳步看起來輕飄飄的，打開育幼院大門走進去，又插好門閂，歪歪扭扭地走進了屋裡。

祁行止鬆了一口氣，但還是無法完全放心。陸彌看起來不太舒服，像是生病了。而且雖然沒有人跟著她，但她現在一個人在育幼院，監視裡也看不清她到底有沒有把大門落鎖，還是僅僅合上了門閂。

祁行止習慣把事情往最壞的方向打算，萬一……

他立刻拿起手機打給林立巧，然而等了半分鐘，忙音傳來。

祁行止深深絞著眉，只恨自己居然這時候遠在三亞。他手握成拳抵在額前，焦慮地捶打了一下又一下，試圖想出一個兩全的法子。

既可以保證陸彌的安全，而且如果最終證明是他想多了的話，也不會打草驚蛇引起誤會讓陸彌難堪。

祁行止手指不斷地敲著自己的眉骨，強迫自己冷靜思考，終於，一個名字出現在他的腦海中。

蔣寒征。

除了林立巧之外，他知道的唯一一個算得上是陸彌朋友的人，只有蔣寒征。

祁行止認識陸彌學校學生會的會長和幾位幹部，他連忙點開群組，在一片互道新年快樂的祝福聲中，找到了好幾位還記得臉和名字的同學。

他沒工夫寒暄，也不管禮貌不禮貌，直接傳了一句：『請問誰有蔣寒征的電話？』

他想了想，又補充：『可能字打錯了，但是讀音是ㄐㄧㄤˇ ㄏㄢˊ ㄓㄥ，應該是前一兩屆的，誰有他的電話？』

訊息傳出去，也許是除夕夜大家正忙，也許是他問得太突然，一時無人回覆。祁行止別無他法，只能一邊盯著監視畫面，一邊焦急地扣著桌面，等待回覆。

終於，兩分鐘後，有個聊天室抖動起來。

『137xxxxxxxx，應該是這個。』

『你找蔣寒征幹嘛？』

祁行止來不及道謝也來不及回答這位同學的問題，拿起手機撥通了這個號碼。好在，幾秒後，電話被接通，傳來略顯沙啞的男聲：『你好，哪位？』

「你是蔣寒征嗎？」祁行止急忙問。

『我是……你是？』蔣寒征似乎被他大而焦急的嗓音嚇了一跳。

「你現在在不在南城？方不方便去紅星育幼院找一下陸彌？」

蔣寒征一聽見陸彌的名字便警覺起來，『陸彌怎麼了？你是誰？』

祁行止儘量簡單明瞭地陳述事實：「我是她學生，陸彌可能有危險。只是可能……但我不放心，我在外地回不去，你方便過去嗎？」

蔣寒征默了兩秒，忽然問：『祁行止？』

「……是我，」祁行止應下，仍然急著問，「你能不能去？現在，紅星育幼院！」

蔣寒征沉吟一聲：『十分鐘到。』

電話那頭傳來關門的聲音，然後被掛斷。

祁行止無法放下心來，額前出了一片冷汗，仍舊緊緊盯著螢幕裡的監視畫面。

九點十三分，林茂發拎著個啤酒瓶出現在監視畫面裡，在育幼院門口撥弄了幾下，便順利踹開了門。

祁行止澈底慌了，連忙抓起手機，「蔣寒征！」

電話那頭警鈴陣陣，蔣寒征聲音冷而急促：『到巷口了，我馬上進去。』

電話再次被掛斷，祁行止聽著陣陣忙音，眼皮不停地跳著。

他再也等不下去，抓著手機背起床上的書包。祁方斌和祁奶奶還在客廳看著電視，只聽見他撂下一句「我要回南城」，便一陣風似的跑出了門。

第十章 竹蜻蜓

陸彌喝了半杯熱水，倒頭就睡，肚子卻還是難受，疼出一腦門的汗。迷迷糊糊的時候聽見大門被打開的聲音，她以為是林立巧帶著小蘿蔔頭們看完電影跨完年回來了，便沒在意，窩在被子裡，蜷成了一隻蝦米繼續睡著。

突然間「噹」的一聲，聽見玻璃敲在牆面上的聲音，她心裡頓時警鈴大作。聲音越來越近，還有沉重拖拉的腳步聲，她完全聽清了，那是有人拿著玻璃酒瓶敲在走廊的牆壁上。

那是……那是……林茂發！

陸彌猛地從床上坐起，腦袋一陣天旋地轉，手撐著床面勉強站起來，她想跑到門邊快速去把門鎖上，可腳卻虛得抬都抬不起來，只能扶著床沿，一步一步地挪。

好不容易挪到門邊，摸到門鎖，剛要轉動，卻聽見「嘭」的一聲，一隻有力的大掌拍在門上，把門開出了一條縫。

陸彌拼命掙扎，用身體堵住門，卻是無能為力。林茂發撞第三下的時候，她整個人跌在地上，被撞出一公尺遠。

「喲，來給舅舅開門呀？」林茂發看見陸彌跌坐在地上，穿著輕薄的睡衣，兩條又長又白的腿展露無遺，眼睛都看直了。

「嘖嘖，本來我還覺得花錢請那些小東西看電影划不來呢……」林茂發慢悠悠地喝了口酒，又轉身把門關上，鎖死。

「呀嗒」一聲，陸彌絕望地驚叫起來，拼命往後躲。

「現在看來也不虧嘛，我們小彌連衣服都換好了就在這裡等舅舅。」林茂發猛地上前蹲下，伸手扣緊陸彌的後腦勺，貼緊她的脖子，吸血似的貪婪地聞了一大口。

陸彌掙扎起來，他便緊緊抓住她後腦勺的頭髮，將她往床上拖。陸彌死命抓住書桌桌腳，坐在地上抵抗。

林茂發喝了酒，用的力氣大了，也覺得累。拖了兩下，索性鬆了手，居高臨下地看著縮在書桌下面的陸彌，她的衣領因掙扎被扯鬆了，胸前一片風光大好，看得他再也按捺不住。

「行，彌彌這麼有情趣，舅舅就陪妳玩，」他猛地蹲下，兩手伸到陸彌的腋下將她整個人抱起按在書桌上，「在桌上玩，更有意思，是不是？」

陸彌兩手被他按在桌上動彈不得，便瘋狂地踢著腿。她踢得沒有章法，但有一腳誤打誤撞地踹中了林茂發的胯骨，林茂發吃痛地喊了聲，陸彌抓緊這關頭想跑，沒想到林茂發忍著痛也不鬆手，緩過來後，直接狠狠地甩了她一巴掌。

林茂發居高臨下，這一巴掌從高處落下，力道十足，陸彌被打得眼冒金星，整個人幾乎暈死過去。

「臭婊子！勾引小崽子的時候不是挺能浪嗎，現在跟舅舅裝什麼純！」林茂發一邊解皮帶，一邊啐聲痛罵。

惡臭的酒氣逼近，林茂發一把將她的睡衣扒至肩下，頸邊傳來濕熱。陸彌絕望地閉上了眼，完了、完了……

「陸彌！」林茂發的手在她大腿上遊走的時候，樓下忽然傳來叫聲，陸彌猛地睜開眼，不知從哪裡得到了力氣，掙脫了一隻手，張嘴想要呼救。

「我——」

林茂發迅速地捂住了她的嘴巴。

陸彌看到了希望，愈加奮力地掙扎著，一隻手在桌上亂摸，忽地摸到那支竹蜻蜓，管不了那麼多，直接往窗子上砸。

然而窗戶緊閉，竹蜻蜓砸在窗上，又反彈落回地面。

「陸彌！陸彌！」

蔣寒征在院中大喊，卻聽不見回應。整棟房子黑漆漆的，沒有一絲動靜。幾乎要懷疑是被祁行止耍了的時候，忽然聽見樓上某扇窗上有一聲響動。

他是警察，視力奇佳，瞇著眼一戶一戶迅速地掃描過去，映著院子裡的燈，看見有一扇窗戶內似乎有手臂舞動的影子。

職業的敏銳感告訴他一定有問題，他擔心陸彌，連樓梯都懶得爬，踩著一樓的窗臺便直接往上攀。

林茂發重新控制住陸彌，死死抓著她的手腕，得意道：「妳最好給老子識相一點，今晚過年，誰會來救妳？樓裡所有燈我都關了，沒人看得見這裡有人！再亂動，舅舅也不敢保證把妳伺候舒服……」

他話還沒說完，「咣」的一聲，一個壯碩的人影撞開窗戶，玻璃碎片翻飛，林茂發右眼被刺中，痛苦地倒在地上慘叫起來。

陸彌左手也被好幾片玻璃碎片劃中，然而她來不及覺得痛，反射地蜷起身體躲在桌角，驚魂未定地看著這一地殘局。

「陸彌！」蔣寒征驚呼一聲，拿起床上的被子裹住她。

陸彌這才看清楚來的人是他，彷彿溺水的人看見一根浮木，澈底支援不住，抱住他的手臂，想哭，卻發現連哭的力氣也沒有了。

蔣寒征第一眼看見她衣衫不整本就心痛極了，這哽咽一聲，更讓他心都快疼碎了。林茂發捂著眼睛還想往外跑，蔣寒征怒火中燒，抽開被陸彌抱著的手臂便一拳回過去。

打了一拳，又是一拳，蔣寒征中了魔一般停止不住，將林茂發整張臉打得血肉模糊，澈底暈了過去。

陸彌聽見外頭的風聲、林茂發的慘叫聲、蔣寒征拳頭悶沉的聲音，混在一起，原本驚恐的心更加緊縮一團，窩在桌角，再也不敢看房間裡的場景。

臨近十二點，林立巧帶著一群孩子們姍姍來遲。她封了小小的紅包給小蘿蔔頭們，都趕進房間裡去睡覺，才慌慌張張地爬上樓到陸彌的房間。

一推開門，房裡的景象幾乎讓她暈死過去。

林茂發歪到在衣櫥邊，整張臉血肉模糊，嘴裡還「哎哎呀呀」地呻吟著；陸彌裹著厚重的棉被，縮在桌角上，額頭抵著另一半完好的窗戶，頭髮凌亂，嘴角淌出血跡；而她見過的那個彬彬有禮的蔣寒征，也滿臉是血，發狂野獸一般紅著眼，惡狠狠地盯著林茂發。

她立刻明白過來發生了什麼事，驚叫一聲，怒火中燒地走過去踹了林茂發一腳，又連忙擁住陸彌，關心道：「小彌，小彌？妳有沒有事？讓林媽媽看看，妳有沒有事？」

她說著要解開陸彌裹著的棉被。

陸彌冷淡地推開了。

林立巧不知所措地站著，房間裡陷入寂靜。

「我要報警。」不知過了多久，陸彌木木地說了一句。

林立巧一聽這話便呆住了，林茂發更是不管不顧地嚎叫起來，「老子也要報警！老子要報警！警察打人了！」

林立巧恨鐵不成鋼地瞪他一眼，還沒來得及出手，蔣寒征一腳踩在他胸口，直至他澈底噤了聲。

林立巧不忍地閉了閉眼，又沉默了半晌，才撫著陸彌的背說道：「不能報警，孩子不能報警⋯⋯」

陸彌不敢置信地抬頭看她，「妳說什麼？」

林立巧被她看得心虛，眼神向下，仍舊小聲重複著：「不能報警啊⋯⋯」

陸彌不敢相信，幾乎絕望地問：「妳知道他剛剛做了什麼嗎？」

「我知道我知道，是他對不起妳，是林媽媽對不起妳！」林立巧說著說著便聲淚俱下，語氣近乎懇求，「但是小彌啊，妳聽林媽媽說一句好不好，妳舅舅⋯⋯妳舅舅他不能坐牢啊，他⋯⋯他要是坐牢，這一輩子就毀了呀！」

蔣寒征澈底聽不下去，又重重踢了林茂發一腳洩憤，「妳知不知道妳在說什麼！」

林立巧被他嚇得一哆嗦，回頭淚流滿面地哀求道：「我知道你是好孩子，你是為了小彌好，但是他⋯⋯他是我弟弟，他不能坐牢的呀！」

陸彌絕望地閉上眼睛，忍了許久的淚終於落下一行。

林立巧反覆地哭訴著「他不能坐牢」，見陸彌無動於衷，忽地拽住她的手，「噗通」一聲跪下，哀求道：「小彌，妳⋯⋯妳就看在林媽媽的份上，好不好？」

「妳舅舅他就是喝醉酒喝糊塗了，他不是有意的呀！」年過四十的女人涕泗橫流，口不擇言地解釋著，「而且妳⋯⋯妳現在也沒有什麼事，妳就放過他，好不好？就當是林媽媽求妳了，好不好？」

蔣寒征一拳砸在桌上，「妳說的還是人話嗎！」

林立巧仍舊死死抓著陸彌的手，「小彌、小彌，妳看在林媽媽這麼疼妳的份上⋯⋯」

陸彌再也無法聽下去，甩開了她的手。

她抹了把眼淚，低頭盯著跪在地上的林立巧。

她被林立巧撿到的時候，已經有了微弱的記憶。這個把她從冰天雪地裡牽回家的人，這個每次都偷偷多分兩塊排骨給她的人，這個寧願自己貼錢也要成全她去北京讀書的人，現在跪在她面前。

陸彌張了張嘴，覺得喉嚨撕裂一般的疼，頓了頓，啞著聲音問：「妳知道他對我做了什麼，也知道如果蔣寒征不來他會繼續做什麼，但妳還是不讓我報警，是嗎？」

林立巧被她問住了，良久，低頭掩面痛哭起來，「林媽媽對不起妳⋯⋯」

陸彌怔了許久，忽然輕飄飄地笑了一聲，說：「妳不是。」

林立巧錯愕地問：「妳、妳說什麼？」

陸彌平靜地看著她，眼中再無波瀾，說：「妳畢竟不是我媽媽。」

林立巧鼻子一酸：「小彌⋯⋯」

陸彌說：「就像妳不讓我報警，也是在想，我畢竟不是妳女兒。對吧？」

林立巧瘋狂地搖頭否認，「不是！當然不是！我、我一直把妳當親生女兒看待，妳知道的……」

陸彌再也不聽她說什麼，裹緊身上的被子，抓住蔣寒征的手臂。蔣寒征一陣心疼，直接把她打橫抱下桌，手往上抽，緊緊地牽住了她的手。

「我不報警。」陸彌的聲音古井無波，「你們再也別出現在我眼前。」

祁行止回到南城，是在大年初二的凌晨一點半。

飛機降落在南城機場，入境大廳裡空無一人，也沒有計程車會在這個時候載客。他問了同班飛機到達的每一個人，終於遇到一個願意載他一程的中年男人。男人把車停在區公所門口，之後就不順路了，祁行止道了謝，背著書包跑了整整四條街，終於回到熟悉的小巷。

巷子裡還瀰漫著煙花爆竹的味道，一片寂靜的喜慶。紅星育幼院大門緊閉，一切如常，彷彿什麼都沒有發生過。

祁行止喉嚨乾澀，呆呆地站在門前不知所措。

手機裡，打給蔣寒征的幾通電話都沒有接通，和陸彌的聊天畫面也停留在那個沒被接通的視訊電話。

巷子另一頭的主街道邊，陸彌坐在蔣寒征的車裡，呆呆盯著擋風玻璃上貼的年檢標誌，一言不發。她還裹著厚重的棉被，臉上燒起紅暈，嘴唇蒼白，腳上是那雙不知道穿了多少年、一年四季都通用的涼拖鞋，腳趾凍得僵硬，許久也暖不過來。

蔣寒征欲言又止了很多次，終於小心翼翼地說：「陸彌，如果妳還是想報警，我可以陪妳去。妳不要害怕，也不要聽她的。」

陸彌仍舊呆著，不知聽沒聽到。

蔣寒征沉沉嘆了口氣，不再說什麼，調高了空調溫度，就這麼陪她靜靜坐著。

「你來得很及時，他連我衣服都還沒扒下來，即使報警，也什麼都檢查不出來。對嗎？」良久，陸彌冷不防開口問。

她的目光仍然呆呆的，只有嘴巴一張一合，吐出僵硬的字句。

蔣寒征猶豫了一下，不忍地回答：「……是。」

「如果報警，你還有可能被他反咬一口，說警察打人。對嗎？」陸彌又問。

蔣寒征說：「妳不用考慮這些，如果妳……」

「我不報警。」陸彌打斷他。

蔣寒征鼻子一酸，幾乎不敢看她。

「我要殺了他。」陸彌平靜地說。

蔣寒征被她的話嚇了一跳，張了張嘴，什麼話也說不出來。

「你能送我去火車站嗎？」陸彌忽然又問。她眼睛直直地盯著蔣寒征，目光裡露出懇求，像是在求救。

蔣寒征沒辦法說不，但他看著她現在的狀態，猶豫道：「那妳的行李怎麼辦？還有衣服……」

陸彌低頭看了看自己，才反應過來她現在有多狼狽，無聲地笑了笑，「我差點忘了。那……你能幫我去拿一下嗎？就現在。我東西不多的。」

蔣寒征明白她的意思，他是經過專業訓練的特警，可以繞過所有人攀到她的房間去拿她的行李。他猶豫了一下，終於還是點頭，「好，我去幫妳拿。妳在這裡不要動。」

陸彌乖巧地點頭，「好，我不走。」

蔣寒征看她這副模樣，又是心疼又是憐愛，小心翼翼地伸手，撫了撫她的臉頰。她的臉很小，他伸手過去，幾乎能從下巴開始包住整張臉。他極小心地用指腹摩挲著她的淚痕，柔聲道：「我很快就回來。」

陸彌下意識地瑟縮了一下，而後就不再動了，輕輕地「嗯」了聲。

蔣寒征下車後又從外面將車反鎖，一步三回頭地查看了好幾次，才邁開腳步跑遠了。

車裡，陸彌點開手機，看見祁行止傳的訊息，和那通她沒接的視訊電話。

她心無波瀾地讀完，打字回覆：『不小心睡著了，沒來得及回覆。』

祁行止回到自己房間裡，坐立難安，手機冷不防一響，他連忙查看，卻看見陸彌不痛不癢的回覆。

難道真的是他想多了？

不可能，直覺告訴他不可能。大年三十集體出去，陸彌前腳獨自回來林茂發後腳就跟上，這一切都不尋常。不可能什麼都沒發生。

他擔心極了，又怕陸彌抗拒講出到底發生了什麼事，想了想，只好委婉地問：『怎麼那麼早就睡了，有什麼事嗎？』

手機靜了一陣子，陸彌回覆：『沒有，就是睏了。』

祁行止還沒來得及再問，陸彌又傳來一句：『新年快樂。』

『新年快樂』，這四個字讓祁行止心裡鬱悶。他完全確定，林茂發一定做了什麼。可是他做了什麼？蔣寒征究竟有沒有及時趕到？陸彌現在在哪裡，她是否安全？這些，他通通不知道。陸彌完全不打算告訴他。

祁行止在輸入欄裡寫了又刪、刪了又寫，最終還是無力地長按刪除鍵，把那些自己都覺得狗屁不通的問題刪了，留下四個字——『新年快樂』。

陸彌很快回了一個「衝衝衝」的貼圖。

祁行止看著螢幕裡元氣滿滿的體操少女貼圖，終於什麼也沒再說。

他和陸彌隔著螢幕建立起一份吊詭而苦澀的默契，這個新年，是一場噩夢。而陸彌想要忘掉它。祁行止別無選擇。

祁行止整夜沒有睡著。

第二天天光大亮，他終於收到蔣寒征的簡訊，寥寥幾個字：『沒事，她很安全。』

祁行止絞起眉，直接撥通電話，電話那頭人聲嘈雜，他問：「到底發生了什麼事？」

蔣寒征看著坐在登機口長椅發愣的陸彌，偏過頭壓低聲音說：『沒什麼，她不想說，我也不方便告訴你。』

祁行止所有的問題都堵在喉嚨裡，默了良久，他說：「……好，沒事就好。」

蔣寒征說：『嗯，我在這，你放心。』

祁行止笑笑：「好。」

蔣寒征掛斷電話，低頭看了看身邊的陸彌。她坐在出發大廳的椅子上，手指不斷地摳著那張登機證。

他走近一步伸手探了探她的額溫，仍舊很燙。但她不肯去醫院，執意要買能買到的最早飛回北京的機票。蔣寒征從包裡拿出臨時買的藥，擰開礦泉水，一起遞給她，「來，把藥吃了。」

陸彌轉頭看他，忽然問：「你拿行李的時候，看見一個竹蜻蜓了嗎？」

蔣寒征擰眉回憶，那個房間裡一片狼藉，他走得又急，已經什麼都想不起來，只好搖搖頭，「沒有。」

陸彌眼神黯下去，又收回眼神。

蔣寒征牽住她的手，笑著哄道：「乖，吃一片就好。」

陸彌看見他手心的圓圓的小藥片，很順從地拿起來放進嘴裡，又喝一口水咽下。咽下去之後，還認真地看著蔣寒征說：「吃完啦。一片。」

蔣寒征牽住她的手，捏了捏，笑道：「好。」

中午，在房頂上守了三個多小時的祁行止終於看見紅星育幼院大門被打開，林茂發腦袋上纏著一圈繃帶，背著一個袋子，被林立巧送出了巷子。

他三步並作兩步沿著梯子跳下樓，堵住往回走的林立巧。

林立巧容顏憔悴，眼睛裡布滿血絲，看見他，心虛地撇開眼神。

祁行止問：「陸老師呢？」

林立巧欲言又止，話還沒說先流出兩行淚來。

祁行止沉著氣，仍舊問：「陸老師呢？」

林立巧終於說：「……回學校了。」

祁行止頓了頓，有些不敢問，「她……有沒有事？」

林立巧終於撐不住，掩面大哭起來，一邊哭一邊搖頭，呢喃著：「沒有，沒有……」

祁行止得到了回答，心裡卻沒有輕鬆的感覺。他點了點頭，不再多言，擦著她的肩走了。

路過紅星育幼院門口時，他看見垃圾箱邊的一袋碎玻璃，和一支竹蜻蜓。

竹蜻蜓斷了半截翅膀，頭部也從中間裂開，沾了說不清究竟是黑色還是褐色的污漬，邋遢、難看。祁行止看著這支竹蜻蜓，就像在看自己那點懦弱又齷齪的心思。他還以為，裝個隱蔽的攝影鏡頭，就能保證她的安全；他還自以為是地感到愧疚，心想萬一是他想多了，豈不是既冤枉好人又侵犯隱私？

多可笑。他既不夠坦蕩又不夠決斷，以至於事情到了這一步。

祁行止自嘲地想笑一聲，卻笑不出來，僵著臉佇立良久，彎腰把那支折毀的竹蜻蜓撿了起來。

那天之後的很長一段時間，他再也沒有見過陸彌。

第十一章　老師再見

二〇一八年，秋。

祁行止一直盯著小路盡頭，直到確定向小園的繼父離開了露營地，才略微放鬆了絞起的眉毛，轉身往回走。

向小園的帳篷裡亮著暖黃色的燭光，映出兩個小女孩趴著依偎在一起翻動書頁的剪影，像童話故事裡的畫面一樣溫暖美好。可就在十幾分鐘前，向小園才帶著一臉驚慌與警覺腳步匆匆地回到營地。

祁行止一看就知道是她繼父的問題，於是安撫了小孩之後，正面和毛勝才對上，給了他一番不算直接，但也絕不客氣的警告。

他知道向小園害怕繼父、抗拒回家，但她的家庭到底是什麼情況，祁行止並不清楚。向小園來夢啟的時間不長，不足兩年，是由她爺爺送來的。祁行止記得，她剛來的那半年裡，表現得尤為乖巧，臉上無時無刻不掛著甜美而討好的笑容，就連在食堂打飯時都會主動對梁大媽說「我吃得少」，讓她少給她菜，很令人心疼。

好在夢啟的老師都有耐心，孩子們之間感情也好，漸漸地，向小園適應了這裡的環境，放鬆下來，才展現出真實的個性。

她其實性格內向，不愛和人玩笑，總是喜歡一個人安安靜靜地看書。但她外冷內熱，懂得照顧人，所以和其他孩子們的關係很好，即使不愛說話，大家有什麼吃的玩的，也絕不會落下她。

明明是個，很應該被捧在手心裡寵著的小女孩。

祁行止心裡嘆息，想著什麼時候該和 Jennifer 商量一下，弄清楚她家裡到底出過什麼事。

一轉身，段采薏不知什麼時候站在他身後，神情嚴肅，似乎有事情要說。

祁行止語氣平常，問：「這麼晚還不睡？」

段采薏一點也不客氣：「不想和她同個帳篷。」

祁行止並不在意，輕描淡寫道：「那就再搭一頂。或者去看看 Jennifer 那裡能不能擠一擠。」

說完，他轉身要走。

段采薏委屈極了，從祁行止說他親過其他女生起，她就開始無法控制地猜想。這個「其他女生」不會是別人，只可能是陸彌。但他們看起來明明還沒有在一起，陸彌甚至對他有些避之不及。她無法想像，祁行止那麼冷漠疏離的人，怎麼會主動親吻一個甚至對他無意的女生？

想到這裡，眼淚就不爭氣地被逼出眼眶。

段采薏叫住他：「祁行止！」

祁行止頓住腳步，回頭有些無奈地看著她，輕輕嘆了口氣：「段采薏。」

他的聲音無奈而疲憊，沉沉的，段采薏滿腔的委屈和衝動一瞬間就偃旗息鼓了。她知道，這一聲「段采薏」，已經是拒絕。

而她不想再聽到更直接的拒絕了。

於是她艱難地牽動嘴角笑了一下，擺擺手，「沒事沒事！就跟你說聲晚安！」

祁行止看了看她，沒再說什麼，點點頭走了。

中秋過後，天氣一天比一天涼下來，銀杏落了滿地，冬天不知道在哪個時刻，偷偷乘著一片落葉來了。

陸彌已經多年沒有經歷過北方大陸性氣候的冬天，一時有些不適應。天氣又乾又冷，喉嚨像火燎似的疼，一說話嘴裡呵出來的卻是涼涼的白氣。

這天她含著西瓜霜含片抱著教科書去上課，一推門，暖氣直往她臉上烘，順著乾燥的鼻腔一團火似的直沖天靈蓋，陸彌被嗆了一下，拿教案揮了揮流通面前的空氣才緩過神來。

抬眼一看，才發現一群學生聚在教室後門的角落裡不知在做什麼，全班只有向小園一個人老老實實地坐在自己的座位上。

陸彌驚訝地揚了揚眉，同時遞給向小園詢問的眼神。向小園看起來精神不太好，聳聳肩，表示不便透露。

陸彌對她賣關子的行為不太滿意，撇了撇嘴，比了個「噓」的手勢，打算自己一探究竟，輕手輕腳地往教室後門走。

「幹嘛呢？」陸彌冷不防地問。

「啊！」

一群學生反應巨大，驚恐地尖叫著彈起來，反而把陸彌嚇了一跳，往後退了兩步。被孩子們圍在中間的人是龍宇新，他一臉驚魂未定，回頭看清是陸彌，才鬆了口氣，「是妳啊！」

那語氣，有點既嫌棄又怪罪的意思。

陸彌有點不爽，莫名道：「到我的課，不是我是誰？」

低眼一掃，發現他手裡拿著本《愛倫．坡短篇小說集》。陸彌這才了然，原來是湊一起看恐怖小說呢，怪不得會被她嚇著。

龍宇新覺得有點丟臉，尷尬地把書往回收了收，嘟囔著「上課上課」，起身要回座位。

陸彌福至心靈，忽然想到個主意。露營回來後，這群學生雖然對她客氣了很多，課堂上會主動參與、課後偶爾也能和她開一兩句玩笑了，就連龍宇新這個混混也不再陰陽怪氣了，但陸彌總覺得還差點什麼，課上起來也不夠有意思。

今天恰好被她撞上，也許是個機會。

「別啊，」她努了努下巴，指向龍宇新手裡那本書，「看完了沒？」

龍宇新沒好氣道：「還沒。」

陸彌又問：「看哪一篇？」

「〈黑貓〉。」

陸彌煞有其事地點頭，笑咪咪地問：「那要不要我直接告訴你結局？」

「不行！」學生們異口同聲，嚴陣以待拒絕劇透。

陸彌笑得更歡了，點點頭說：「哦，那繼續看吧。」

「啊？」大家摸不著頭腦了。

「繼續看啊。看完再上課！」陸彌一臉隨性，甚至還催促，「快點，抓緊時間。」

龍宇新一副見了鬼的表情，狐疑地瞅了她好幾眼，也沒瞅出來這老師今天究竟是搭錯了哪根筋。

但不看白不看，他還怕她使詐不成？龍宇新一屁股又坐回板凳上，大手一揮，豪邁道：「來！看！」

其他人在陸彌肯定的眼神下，紛紛把腦袋湊過去，很快又陷進小說緊張的氣氛裡。

陸彌把教室後面的空間留給他們專注閱讀，又想起剛剛看到向小園臉色不好，回頭一看，女孩果然趴在桌上捂著肚子。

「著涼了？」陸彌坐過去，輕聲問。

向小園聽見動靜，直起身，回頭看了一眼發現其他人居然還在看小說，狐疑地問：「妳要幹嘛？」

「上課啊。」陸彌賣著關子回答，又仔細看了看向小園的臉色，發現她嘴唇蒼白，眼下烏青，額頭上還有些細細密密的汗珠，看起來情況很不好。她緊張了，擰著眉正經問道：「妳是不是哪裡不舒服？是不是發燒了？」

說著，她伸手去探她的額頭。

向小園下意識地拂開這隻陌生的手，往後躲了躲，「沒有，就是肚子痛。」

陸彌的動作僵在空中，她的關切是下意識的反應，而向小園的躲避也是習慣性的反應，這讓兩人都有些尷尬。

尷尬之餘，陸彌還覺得有一點點失落。她原以為，至少在這群孩子裡，向小園算是和她最親的一個。畢竟，她不可謂不用心地送過她一套書，後來還有好幾次，向小園主動來請教過關於發音的問題。

見鬼，她為什麼要失落？陸彌短暫地恍惚了幾秒。

向小園眼神閃了閃，說：「……您還是先顧好您自己吧。」

陸彌沒反應過來：「……嗯？」

向小園直白地說：「妳臉好紅，鼻子也好紅。比猴屁股還紅。」

說完她猶豫了一下，兩秒後，抬起手覆在陸彌的額頭上，感受了一下，又收回來。

然後更加肯定地說：「看，發燒的是妳。」

「……」陸彌被噎了一下，回過神來，清清嗓子說：「行，那下課我們一起去醫院。」

向小園抗議：「為什麼？」

陸彌一錘定音：「因為小孩子要聽大人的話。」

「看完了！」龍宇新剛好嚎一聲報告了進度。

陸彌起身，回頭說：「好，那我們開始上課？」

龍宇新看了壁掛的鐘一眼，問：「就剩十幾分鐘了，能上什麼？」

陸彌站到講臺上，似笑非笑地說：「不管我上什麼，你都得先乖乖回座位上坐好，明白嗎？」

龍宇新跟她對視一眼，不知怎麼居然服軟了，嘟囔了句「坐就坐」，非常能屈能伸地坐回了位子上，連坐姿都比平時規矩些。

陸彌抿著嘴唇偷偷笑了下，才清了清嗓子，問：「〈黑貓〉好看嗎？」

龍宇新故作老成，答了句：「還可以吧。」

陸彌又問：「恐怖嗎？」

這次是雷帆搶答：「不恐怖！我還以為有多嚇人了，也就那樣！」一副閱盡天下恐怖片的模樣，彷彿剛剛被嚇得彈出兩公尺遠的不是他。

陸彌也不戳穿他，繼續問：「那我們把它演出來好不好？」

學生們全都一愣，她這個提議太突然。

臺下靜默一陣、竊竊私語一陣，終於像是達成了陣線，一起抬起腦袋，亮著懵懂新奇的眸子看向陸彌。

龍宇新眼裡難掩興奮，又裝作滿不在意的樣子，一邊轉著筆一邊彆彆扭扭地問了句：「那……誰演警察啊？」

陸彌彎唇笑了。

很好，已經跳過徵求同意的階段，直接開始挑角色了。

陸彌開明地說：「我沒意見啊，大家自由分配。角色不夠的話，我們可以演兩場，爭取讓所有人都上場。」

話音剛落，雷帆彈起來：「我要演警察！」

龍宇新立刻跳出來和他爭，「警察是我的！」

其他人也迅速加入戰場，大家你一言我一語地選著角色，好不熱鬧。

陸彌心滿意足地看著這場景，簡直比她預想得順利太多。她原本以為大家會抗拒用英語演話劇，沒想到，「爭番」的熱情完全掩蓋了大家對英語的不自信。

最終，大家自主把角色分配完，雷帆沒落著好，為了避免沒角色可演的尷尬，自告奮勇地說要演第二隻貓，還得意洋洋地表示「我太黑了」。

陸彌忍俊不禁，最終拍了板，兩組人馬演兩場，演出時間定在夢啟的元旦晚會。

「下週我把電影版拷貝下來給你們看，大家可以先準備開始排練啦。」陸彌愉悅地安排好一切事項。

下課時，陸彌聽到了她短暫而破碎的職業生涯中最整齊洪亮的一聲「老師再見——」

她難掩笑意地走下講臺，扣了扣向小園的桌面，「走吧。」

向小園不太情願，垂死掙扎道：「能不去嗎？」

陸彌面無表情，此時無聲勝有聲。

向小園認命地嘆了口氣，收拾好書包乖乖地站起來跟在她身後。

一拉開教室門，陸彌被走廊上的人嚇了一跳。

祁行止不知在這裡站了多久，聽到了什麼，嘴角掛著一絲慈祥而難以描述的微笑，比AI還AI。

陸彌嚇一跳，問：「你在這幹嘛？」

祁行止聽她聲音沙啞，臉頰上是兩坨病態的潮紅，一點也不見好轉，微微嘆氣，問：「妳要不要去醫院？」

陸彌驚了，「……你怎麼知道？」

祁行止也頓了一下，他本來是看見陸彌病懨懨地咳了好幾天既不見好也不去醫院，才出此下策來這裡堵人的。沒想到趕上了。

他也沒說什麼，順水推舟地點點頭，「那走吧，我送妳。」

「哎等等，還有她。」陸彌拍了拍向小園瘦削的肩膀。

祁行止這才看見向小園站在她身側，一張小臉慘白。他想了想，點頭說：「沒事，我開院裡的車去。」

不知是因為夜裡溫度更低還是「積重成疾」，坐上車之後，陸彌反而越來越難受，胃裡翻江倒海，一顆腦袋昏昏沉沉的，眼前直冒星星，喉嚨也像風箱似的呼呼叫著，咳嗽不停。反倒是向小園，狀況看起來好多了，臉色恢復紅潤，還有餘力照顧陸彌。

祁行止忍不住地回頭看她的狀況，油門也越踩越重，「還好嗎？先別睡。」

陸彌燒得腦袋都不清楚了，還記得抬手虛弱地罵了他一句「你車開得太爛了我頭暈」，就迷迷糊糊地暈睡過去了。

再醒來的時候，已經躺在病床上，眼前一、二、三、四——四個令人絕望的點滴瓶。

她開口想說話，才發覺喉嚨好多了，至少不像火燎似的疼了。艱難地轉動了一下腦袋，看見祁行止和向小園站在床邊，一高一矮、一大一小，表情出奇一致——那就是沒有表情。

陸彌忽然覺得好笑，「……你們還挺像。」

向小園愣了下，不知這是她燒還沒退說的胡話還是病中自我安慰的冷笑話。

祁行止神色不變，很是嚴肅地開口了：「陸老師。」

「……嗯？」

祁行止說：「妳今年二十五歲了。」

陸彌：「……」

專門提醒一個病中女性她的年齡是有什麼毛病？難道要告訴她命不久矣珍惜時光嗎？

祁行止表情還是很嚴肅，「生病了要吃藥、吃藥好不了要來醫院，這麼簡單的道理妳不知道嗎？」

陸彌：「……」原來又是要教育她。

陸彌一面自知理虧，一面又忍不住覺得委屈，她的人生經驗是感冒發燒全靠硬扛，只要沒撅過去就還有救，畢竟這幾年在國外過得苦哈哈，哪來的錢負擔醫療費？再說了，她怎麼知道這一次會病得這麼嚴重，說到底還是怪北京這個非人的天氣嘛，怎麼能怪她？

祁行止繼續說：「醫生說妳再多拖兩天就肺炎了。」

陸彌一邊心不在焉地聽，一邊眼睛嘀溜轉以分散注意力，忽然看見他灰色的大衣排扣邊一灘污漬，登時想起什麼，倒吸一口涼氣。

祁行止順著她的目光低頭看，說：「沒錯，是妳吐的。」

「……」陸彌恨不得把頭縮回被子裡去，尷尬地說：「對不起我賠你一件……」

祁行止氣笑了，「不用，妳下次記得有病看病就行。」

雖然這話怎麼聽怎麼像在罵人，但陸彌還是非常積極地「嗯」了兩句，然後十分配合地閉上了嘴，一副「請君賜教」的虔誠模樣。

但祁行止又不說了，見她整個人縮在被窩裡，下巴壓著被沿委屈兮兮地只露出一顆腦袋來的樣子，他就什麼都說不出來了。看見她一瓶藥快滴完，嘆了口氣說「我去叫護士」，大步邁出了病房。

陸彌鬆了口氣，目光又轉到一直在旁邊看她笑話的向小園身上。

「妳怎麼樣？」

「小祁哥哥喜歡妳。」

兩人異口同聲，一個是虛弱的疑問句，一個是肯定得不能再肯定的肯定句。

陸彌怔了三四秒，才反應過來她說了什麼，驚得瞪大了眼睛，想說什麼，一開口卻被口水嗆住了，驚天動地地咳嗽起來。

向小園上前替她拍了拍背，待她平靜下來，又十分認真地重複了一遍：「小祁哥哥喜歡妳。」

陸彌腦袋落回枕頭上，瞪著眼睛從頭到腳把向小園打量了一遍，對方斂著唇睜著眼，一派平靜自如。

她幾乎要被氣笑了，擺擺手糊弄了一句：「小孩子亂說什麼。」

向小園說：「小祁哥哥喜歡妳。」

陸彌無語了，問：「……妳是答錄機？」

向小園無辜地回答：「不是啊，是妳剛剛問我，『小孩子亂說什麼』，雖然我不是在亂說，但我有必要回答妳的問題。我說的是——小祁哥哥喜歡……」

「停停停住！我聽清了！」陸彌連忙叫停，和向小園大眼瞪小眼半天，終於忍不住問，「為什麼這麼說？」

「因為我很聰明。」向小園想了一下，又補充道：「而且有眼睛。」

陸彌擰起眉，這是什麼答非所問的詭異邏輯？

向小園再次善解人意地解釋道：「因為我很聰明而且有眼睛，所以我能看出小祁哥哥喜歡妳。因為我能看出小祁哥哥喜歡妳，證明我很聰明而且有眼睛。這兩件事互為充分且必要條件，有什麼問題嗎？」

陸彌聽她繞了一堆，終於看清，敵軍是個擁有無敵邏輯且數學很好的中二少年，屬於「無可戰勝」的範疇。於是她放棄了爭辯，腦袋一歪躺在床上，虛弱地比出大拇指：「沒有。妳很棒。」

向小園微微頷首：「謝謝。」

陸彌躺在床上看著藥水緩慢地滴落，然後流進她的靜脈，心裡感嘆著中二少年的無可戰勝，忽然想起另一件事，覺得好笑，便問：「你們不是都說祁行止喜歡段采薏嗎？」

向小園一本正經地澄清：「是他們說，我沒說過。」

陸彌來了興趣，「為什麼？」

向小園說：「因為我覺得小祁哥哥不喜歡小段姐姐。」

陸彌見她言之鑿鑿，更好奇了，剛要問下一個「為什麼」，祁行止帶著護士走進了病房。陸彌連忙躺好，還不忘朝向小園擠眉弄眼，示意她別說漏嘴。

向小園：「……」

護士幫陸彌換了瓶新藥，又見她病床邊杵著兩個人，開口道：「這麼多人在這幹什麼？該回回吧，她還住院呢，家屬明天早上來就行。」

陸彌一驚，「還要住院？」

護士斜她一眼，教育道：「妳剛剛燒到三十九點八度！妳說要不要住院？」

陸彌極其抗拒住院，苦著臉哀求：「可我現在燒退了呀，打完這些就沒問題了吧？」

護士擰著眉，見她現在中氣十足，考量著說：「妳就算今天打完了回去，明天還是要來打。四瓶三個多小時呢，妳費那時間幹嘛？」

陸彌意志堅決，「那也不住院！」

護士嘆了口氣，不再勸她了，反正醫院床位緊缺，「那妳明天記得來。」

陸彌保證得很積極：「一定來！」

護士走出病房，陸彌才想起來還沒問向小園的情況，「欸妳怎麼樣？讓醫生看了沒？」

她這一問，氣氛陡然變尷尬了。

向小園一臉無語地抿著唇不說話，祁行止則輕咳了聲，解釋道：「她是生理期所以不舒服，現在沒事了。」

陸彌：「……」

尷了個大尬，這難道就是好心辦壞事？她同為女性，居然沒看出來向小園為難的原因。

陸彌乾笑一聲：「沒事就好，那你先帶她回去吧。我等等打完直接叫車就回去，你們不用在這了。」

祁行止看了她一眼，什麼都沒說，轉身拿起手機撥通個電話。

陸彌小聲對向小園說了句「sorry」。

向小園淡淡地回答：「沒事，我每次都這樣。」

陸彌說：「我有一個偏方，回去後煮給妳喝。」

向小園笑了笑，學她輕聲用嘴型回答：「Thank you.」

祁行止握著手機轉回來，說：「我讓老肖來接她了。」

陸彌問：「肖晉？」

祁行止點頭，「他就在附近，十分鐘到。」

陸彌不自在地轉了轉脖子，「那麼麻煩。你幹嘛不走？」

祁行止答得很快：「陪妳。」

陸彌不說話了，眼睛慌亂地瞥了兩眼，最終定格在頭頂的大藥瓶上。

啊，好多藥瓶。

啊，要等好久。

肖晉風風火火地來把向小園接走後，病房裡陷入了長久的沉默。

這沉默讓陸彌心裡被羽毛撓著似的不自在，尤其是在向小園答錄機一樣地重複了好幾遍「小祁哥哥喜歡妳」之後。

她想睡覺，但又梗著脖子睡不著，只能保持著偏頭看藥瓶的詭異姿勢強裝鎮定。

不知過了多久，身側忽然傳來椅子拖動的聲音。

祁行止站起來，靠近病床，伸手，覆在她額頭上，停頓了幾秒，又拿開。

他的手很大，手指很長，四指併攏覆在她額頭上的時候，幾乎碰到她的睫毛。陸彌撲閃了一下眼睛，心說他的手很暖和，還挺舒服的。

「不燒了。」他說。

陸彌的心跳忽然變得很快，像被褥裡藏了一隻小兔子，在她的胸口撒潑蹬腿，幾乎要跳出來了。

「……嗯。」她悶出一聲。

祁行止替她把被子往上掖，直到被她的下巴壓住。他的手指因此劃過她的下巴，這次帶來的是一陣涼涼的酥麻。

「睡吧。」他說：「這藥滴得很慢。」

「……嗯。」陸彌又悶出一聲。

心裡卻道，我倒是想睡，可您在這我怎麼睡？

心聲話音剛落，祁行止又說：「我出去買杯咖啡，很快回來。」

陸彌頓了一下，又「嗯」一聲。

輕輕的腳步聲漸行漸遠，直到聽不見。

祁行止離開後，夜裡更靜了。疾病和藥物的雙重作用下，陸彌很快便眼皮打架，她換了一個舒服的姿勢側窩在被子裡，沉沉地睡去。

而說要買咖啡的那個人，在病房外的走廊上獨自坐了很久，直到確定她已經睡著，才輕輕地回到病房，在她床邊坐下。

第十二章　「是妳。」

四瓶藥全部打完，已經是凌晨十二點多。

護士拔針的時候陸彌醒過來，迷迷糊糊地強調著「我不住院」，祁行止和護士交換一個無奈的眼神，還是決定帶她回去。

病中的睏意是壓倒性的，陸彌只嘟囔了幾句，又半夢半醒地睡過去。

祁行止只好拿羽絨服把人裹得嚴嚴實實，再打橫抱起。好在這個時間走廊裡人不多，不然他怕是要在無數人的注目禮下走出醫院。

掀開門簾走出醫院大門的時候，冷風往裡一灌，陸彌登時清醒了，強行睜開眼勾頭一看，發現自己被包裹得像個粽子，還多蓋了件大被子似的羽絨服。剛剛把她弄醒的那陣涼意，就是這件羽絨服被吹起、冰涼的衣角貼在她臉頰上帶來的。

陸彌想說衣服太多壓得她很重，嘟囔著開口，不知怎麼就變成了：「我好重⋯⋯」

祁行止：「⋯⋯」看來燒還沒完全退。

他手臂用力，又兜緊了點，說：「是。所以妳別亂動，不然我抱不起。」

陸彌睜著雙眼睛盯著祁行止的下頜骨發呆，默了良久才沉沉地嘆了口氣，腦袋往旁邊一倒，擱在祁行止肩窩上，說：「多謝你啊。」

祁行止：「……」為什麼她的用詞聽起來有一股拜把子的豪邁感？還是粵語片裡那種。來的時候著急，祁行止直接把車停在醫院對面飯店的停車場，現在要走回去，有不短的距離。

陸彌也不知是意識清醒還是迷糊，話忽然變多，祁行止走著走著，她忽然開口又說：「對不起啊把你衣服弄髒了。」

說完，還吸了吸鼻子，好像聞到了味道似的，嫌棄地嘟囔：「……好臭。」

祁行止快氣笑了，默默說了句：「沒關係，這都不算什麼。」

「哦……」陸彌反應能力好像變差了，「哦」了半天反應過來不對勁，忙問：「什麼意思？我還幹什麼了？」

祁行止抱緊她的膝彎，「別亂動。」

陸彌又「哦」了聲，乖乖縮回去。

祁行止低頭看她一眼，很想看出她究竟是病迷糊了，還是趁病撒潑。可惜，陸彌現在看起來太人畜無害了，鵪鶉似的縮著腦袋靠在他肩上，一對眸子似有若無地試探著看他眼睛，充滿著好奇求知的光芒。

就像小孩似的。

面對她這樣的情態，祁行止是無論如何做不到冷靜探究的。

祁行止嘆了一口氣，輕輕地笑了聲，說：「妳還罵人了。」

陸彌倒吸一口涼氣，「我罵誰了？」

「妳罵我開車技術爛。」

這個陸彌有點印象，她「嗯」了聲，理所當然地說：「哦，沒關係。」

「……」祁行止繼續說：「妳還說向小園是白眼狼。」

陸彌怔住，這就很有關係了。

「妳還說妳是最厲害的英語老師。」

陸彌：「……」完蛋，一世英名毀於一旦。

祁行止見她徹底沉默，有點不忍心把剩下的事情告訴她。但看她一張心如死灰的臉上，眼睛裡分明還閃爍著好奇的光，不禁好笑，頓了頓，繼續說：「對了，妳還唱了西遊記的主題曲。」

陸彌心裡「哢嚓」一聲，她的人設稀碎一地。

她垂死掙扎了一下，叫道：「不可能！我不可能唱歌！」

陸彌目光灼灼地瞪著祁行止，威逼他推翻供詞。

祁行止猶豫了一下，清清嗓子，開口道：「剛翻過了幾座山。」

「又越過了幾條河。」

「魑魅魍魎怎麼它就這麼多。」

他的音色本來是清朗的類型，說話時也是很沉穩的，平板無波，現在卻故意學陸彌的腔調，把這歌唱得抑揚頓挫、豪氣十足，聽起來，十分具有戲劇效果。

陸彌強忍著自己想接下一句「妖怪！吃俺老孫一棒」的衝動，冷著臉命令道：「閉嘴！」

祁行止終於忍不住笑出了聲，但也乖乖閉了嘴。

陸彌心如死灰，一腦袋往邊上歪，生生磕在祁行止鎖骨上。

嘶……疼。

陸彌咬著牙罵他：「你骨頭好硬。」

「……」祁行止忍著鎖骨一陣疼，「哦，對不起。」

「哼。」陸彌哼哼唧唧的，閉上眼打算再睡一覺。

可她睡不著了。

她澈底醒過來。等到兩人不再說話，冬風呼呼吹過，伴著祁行止清晰穩定的心跳聲響在她耳邊的時候，她才後知後覺地反應過來——她被祁行止抱著走了一路。

還舒舒服服毫不見外地窩在人家懷裡作威作福。

理智告訴她這很不對勁，但病意、睏意或者是另外一些說不清道不明的情緒讓她不想爬起來。

陸彌清楚地看到了自己心裡那些剪不斷理還亂的小心思，它們就像許許多多蟄伏已久的種子，在這個夜裡被祁行止的懷抱一暖，就無法無天地生長起來。

陸彌認命地靠著祁行止的肩膀，閉上了眼睛。

明天的事明天再說吧。

反正今晚她是病人，病人有權利不講道理。

陸彌原本睡不著，可在車上坐著沒兩分鐘，倦意再次襲來，她一點也沒抵抗，舒舒服服地放下副駕駛的座椅，又睡了一覺。

二十分鐘後，車子停進夢啟的院子裡，祁行止拉開副駕駛車門叫醒她。

陸彌眼睛也沒睜，懶洋洋地伸出一隻手臂。

祁行止怔了怔，喊她：「陸老師。」

陸彌哼哼唧唧地不答話，只直起身，腦袋往他懷裡蹭。

祁行止輕輕牽住她手腕，又喊了一聲：「陸彌。」

陸彌又靠回椅子上，閉著眼不說話，好像又睡著了。

祁行止看了她一下，沒再探究她是真睡還是假睡，無奈地嘆了口氣，勾下脖子，再次把她橫抱起來。

「小祁老師……」

警衛粱大爺聽見動靜，披上軍大衣出來幫忙，便看見祁行止抱著陸彌的這場景，頓時驚訝得噤了聲。

祁行止回頭朝他笑了笑，又搖搖頭示意沒事，轉身往教師宿舍走去。

梁大爺留在原地石化成了雕像，冷風直往喉嚨裡灌也沒能讓他把張大的嘴閉上。

唉，年輕人……

「密碼。」祁行止停在門口，問。

陸彌好像真的又睡著了，一動不動。

祁行止無奈，只好輕輕掐了掐她的手臂，「陸彌，宿舍密碼。」

陸彌轉醒過來，恍惚了一陣，「……哦，六個八。」

祁行止半信半疑地輸入六個八試了試，「叮」一聲，門居然真的開了。

「……」祁行止嘆道：「妳這密碼比WiFi密碼簡單。」

陸彌驕傲地回了句：「不，WiFi密碼是八個八。」

祁行止：「……」

祁行止用額溫槍幫陸彌量了一遍體溫，確定她不再發燒。又把蓋在她身上的羽絨服摘了，小心翼翼地替她脫了最外面的棉服，就不方便再繼續動作了。好在她裡面穿的是件貼身的毛衣裙，勉強能當睡裙用，祁行止就直接扶她躺進被子裡，掖好了被角。

做完這一切，祁行止直起身，發現陸彌睜著眼睛，似乎在看他。

黑亮的眸子靜靜地、目不轉睛地看著他，好像還帶著點淺淺的笑意。

不知道為什麼，祁行止心裡忽然氣血翻湧，生出一股怒意來。準確地說，從陸彌在車上半夢不醒地伸手要他抱的時候，他就已經有些不痛快了。

她到底是醒著還是燒糊塗了？祁行止迫切地想知道這個問題的答案。

但看陸彌的樣子，她不會回答自己。

祁行止躲開她的目光，說：「我先走了。」

「祁行止。」陸彌忽然又叫住他。

等他回頭，她還是那樣乖乖地、一動不動地躺在床上，目光鈍鈍的，像小孩子生了病時的神態。

「嗯？」

「你，親過誰啊？」陸彌語速緩慢、眼含笑意地問。

她說的是露營時真心話大冒險的那次，孩子們八卦地問祁行止有沒有親過其他女生，祁行止說有。

祁行止聽完這個問題，神色不改，靜靜地和她對視了一下，拖了張椅子，坐在她床前。

「陸彌。」他鄭重地叫了一聲她的名字。

「嗯。」陸彌乖乖地應了聲，只是目光變得更鈍了，失了焦似的，就像課上強撐睡意到最後一秒、馬上就要倒頭睡著的孩子。

「妳現在沒有喝酒，也沒有睡著。」祁行止說。

陸彌好像疑惑他為什麼說這個，猶疑地「嗯」了一聲。

「體溫是三十六點八度，屬於正常偏高，沒有發燒。」祁行止繼續說。

陸彌不出聲了，睏了似的眨了下眼睛，表示自己聽到了。

祁行止目不轉睛地看著她，繼續說：「所以妳是清醒的。如果妳想知道答案的話，不可以第二天早上不認。」

陸彌不說話了，她好像輕輕點了點頭，又好像沒有。

可祁行止要說的話已經收不回去了。

牆角的暖氣片發出了悶沉的一聲，顯得夜裡更靜了。陸彌的臉頰不知是因為熱，還是因為別的，慢慢地升起淡淡的紅暈。

他看著她的眼睛，說：「是妳。」

陸彌面不改色，連眼睛都沒眨一下，好像一點都不驚訝。

「是妳，親了我。」

腦子裡「嗡」的一聲，陸彌終於反應過來祁行止說的是什麼，繼而想起了一些關鍵的事情……

夏風。燒烤。啤酒。

時間撥回陸彌在夢啟上第一堂課的那天，祁行止請她吃燒烤。

她這個人對自己的酒量缺乏客觀的認知，不喝則已，一喝就昏迷，於是被祁行止背回了學校。

第二天醒來她還因為自己趴在祁行止背上發酒瘋而感到丟臉。

現在看來，她的酒後自我保護機制極為強大，十分智慧的沒讓她想起更加丟臉的事情。

祁行止背著陸彌回到她房間，進門後站了半天，陸彌也沒有一點要甦醒的跡象，無尾熊一樣趴在他背上，兩隻手臂交叉牢牢地鎖住她的脖子，身體還不受控住地往下墜，勒得他脖子生疼。

祁行止握住她的膝彎把人往上提了提，無奈地又喊了聲：「陸彌。」

背上的人無動於衷。

祁行止：「……」

這哪裡是喝醉，根本就是昏迷。

陸彌趴得太緊，祁行止又怕強行把她卸下來放到床上會摔著她，無奈，只能保持這個詭異的姿勢站在她房間中間等著。

陸彌下巴卡在他肩膀上，不知睡了多久，終於不太舒服地哼了聲，揉著眼睛直起身，控訴道：「你肩膀好硬。」

祁行止鬆了口氣，走到床沿把人放了下來。

陸彌揉著眼睛，忽然想到剛剛在燒烤鋪的巷子旁看見的一閃而過的身影，登時瞪大了眼睛看向祁行止。

祁行止濃眉一揚，「怎麼了？」

陸彌湊近了點，像傳遞機密似的壓著聲音告訴他這個重大發現——「我剛剛看到段采薏了！」

「……」祁行止不關心這個，淡淡地「哦」了聲。

陸彌煞有其事地伸出一指，「你、完、了！」

祁行止從來都不喜歡陸彌有意無意地總是和他提起段采薏，但陸彌現在這副不太聰明的樣子實在太有趣了，他笑起來，順著她的話問：「我怎麼完了？」

「你放她鴿子！還請我吃了燒烤！」陸彌指指祁行止，又指指自己，肢體動作誇張得像在演綜藝節目，「這是大忌啊大忌！」

祁行止笑出聲：「妳這話說得有點欠打。」

「關我什麼事？不就吃了你一頓燒烤，還ＡＡ制！」陸彌把自己撇得乾乾淨淨，毫無形象地開腿坐著，兩腳一踢脫了鞋，靈活地向後一坐靠在床上，又彎腰把疊在床腳的毛毯攤開來蓋在自己身上，最後朝祁行止擺了擺手，「行了，你走吧！」

她這副樣子下逐客令祁行止也覺得是可愛的，點了點頭，轉身正要離開，陸彌又醉意十足地喊了句「加油啊小祁！」

祁行止腳步頓住，回頭問：「我加什麼油？」

陸彌莫名道：「段采薏啊。」

祁行止臉黑了一陣，想說什麼，又無話可說地默了幾秒，最終自嘲地笑笑，還是說：

「我不喜歡段采薏。」

他知道自己沒必要反復向陸彌強調這件事，現在這樣的陸彌也記不住。

但他還是說了。

「哦。」陸彌怔了怔，問：「為什麼不喜歡？」

祁行止說：「不喜歡就是不喜歡。」

喝醉了之後的人好像很容易對某些反覆出現的字眼產生異常的執著，陸彌糾結地問了個沒人能聽得懂的問題：「不喜歡為什麼不喜歡？」

「……」祁行止盯著她這副醉到失去智商的模樣，猶豫了一下，上前兩步，坐在她的床邊。

陸彌喝醉了倒很有自我保護意識，她向後一仰拉開與祁行止之間的距離，警惕道：「你幹嘛？」

祁行止說：「和妳解釋為什麼不喜歡。」

「哦。」陸彌點頭，十分豪邁地一揮手做了個「請」的姿勢，「你講！」

「……」祁行止心裡一陣嘆息，也不知道自己為什麼要和一個醉鬼講這些她第二天一定不會記得的事情。

但他還是認真地開口了：「有些人很好，但不是每個人都要喜歡。有些人自己覺得自己不夠好，但總有人只喜歡她。妳明白嗎？」

這段在「喜歡」和「不喜歡」之間反覆橫跳的糾結話語，對於一個喝醉了的人來說，顯然是不明白的。

陸彌愣了半天，忽然變了神色，有些生氣似地問：「你幹嘛不喜歡？她那麼好，你怎麼能不喜歡她？」

祁行止怔住了，他發現陸彌的神色不太對勁。原本因醉意而迷離失焦的眼睛忽然有神，眼眶瞬間變得紅紅的，看著他，又好像透過他看到了別人。

祁行止想了想，沉沉地說：「因為我的喜歡並沒有那麼重要。」

陸彌沒說話，她安靜下來，出神地盯著祁行止的眼睛。

祁行止不確定她有沒有在聽，但他繼續說著：「陸彌，沒有誰的喜歡或不喜歡是那麼重要的。妳不能因為喜歡了一個人就要求他給妳回應，也不必因為不喜歡一個人而對他懷有愧疚，這其實是相同的道理。」

陸彌的臉上出現懵懂疑惑的神情，她不由自主地輕輕伸手抓住祁行止的手腕，卻什麼都沒說。

祁行止在心裡反覆提醒著「她喝醉了」，卻還是情不自禁地攤開手掌，將她的手牢牢地握進手心裡。

她沒有瑟縮，沒有猶疑，反而看著他，牽得更緊。

祁行止的喉結滾動了一下，開口聲音有些啞：「就像，我喜歡妳……但妳不必因此給我任何回應。」

他是低著頭說這句話的，目光落在她月牙一般清清亮亮的指甲上。他是趁人之危，所以不敢看她。

不知過了多久，屋子裡太靜了，祁行止終於抬起頭來。

然而眼睛還沒看清她，一股淡而清冽的氣息盈滿鼻腔，祁行止下意識地閉上了眼睛。輕而涼的觸感蜻蜓點水一般落在他眼上，帶著微微紊亂的呼吸，很快又離開了。

祁行止覺得手心濕濕的，不知是他們誰出的汗。

過了很久，他才睜開眼睛。

陸彌臉上的紅暈完全升起來，可祁行止還是分不清，這究竟是酒後的反應，還是羞澀的真心。陸彌朝他笑了一下，又低頭靠過來，腦袋抵在他的肩上，不再說話了。

他們的手仍然牽在一起，祁行止感覺到自己瘋狂跳動的脈搏，和與之完全相反的，陸彌逐漸變得均勻沉穩的呼吸聲。

他保持那個姿勢在床邊坐了很久，直到陸彌腦袋輕輕一歪，嘴唇擦過他的下頷，呼吸噴在他頸上，引得一陣觸電般的酥麻。他知道自己不能再待下去了，於是把陸彌放回床上躺好，匆匆走出了門。

「想起來了？」祁行止看陸彌的表情，就知道她順利地想起了這一段酒後往事。

陸彌尷尬地「嗯」了兩聲，撐著手掌坐起來，極力保持著自然的眼神與祁行止對視，「……想起來了。」

祁行止點點頭，沒說話。

「既然是我……我親了你，你為什麼要說是你親的？」陸彌不自在地笑了笑，試圖把話說得輕鬆一點，「我就說嘛，你這麼有禮貌的人，怎麼會隨便親別人……」

祁行止說：「都一樣。」

「嗯……嗯？」陸彌垂著眼簾，一時沒明白他的意思。

「對我來說，都一樣。」祁行止說：「而且，確實是我趁人之危在先，那天妳喝醉了。」

「……哦。」陸彌低下頭，無意識地揪著棉被上的圖案。

「但今天妳沒有。」祁行止忽然又說。

陸彌猛地抬起頭，「什麼？」

「今天妳沒有喝醉。」祁行止認真地說：「剛剛妳問我這個問題的時候我說了，妳沒有喝醉、沒有發燒、沒有犯迷糊。這一次，妳沒有第二天不記得的機會。」

陸彌猛然醒轉過來，原來是在這裡等著他。

這隻小狐狸，不會再給她裝傻充愣打太極的機會，他要一個答案。

祁行止的目光牢牢地抓著她的眼睛，漸漸靠近，「那天是妳喝醉了，是我趁人之危對妳說了很多擾亂心緒的話，我沒資格問。但是今天，為什麼？」

「陸彌，為什麼問我親過誰，為什麼關心我親沒親過別人？」

他的目光灼灼，不給她任何逃避的機會。

「這大概不是一個好的時機，我不該現在就說的。」祁行止的氣息漸漸有些急促，「但是……是妳先問的。」

陸彌沒有見過這樣的祁行止。

不溫柔、不平和、不冷靜，他的聲音變得低沉而沙啞，眼神也充滿侵略性，一步一步越靠越近，就像鎖定了獵物的野獸。

陸彌知道，她不能閃爍其詞含糊而過。

可祁行止的氣息越靠越近，她的腦子就越來越亂，終於她還是用手掌抵住他近一步靠近，小聲急促地回答：「……我不知道！」

祁行止停住了。

氣氛一瞬間冷卻下來。

陸彌幾乎不敢看他。

她竭盡全力地表現出誠懇，又說了一遍：「我真的不知道。」

祁行止的眼神黯下去，又恢復了平時冷靜漠然的神色。

「可能是因為我生病了，可能就是惡趣味，也可能……」陸彌口不擇言地試圖找到一個合理的解釋，然而越說越知道自己這樣的回答有多糟糕，她慌忙住了口，抬頭看向祁行止道：「我暫時不知道。」

祁行止太熟悉陸彌這樣的表現了。

她不是搪塞、不是敷衍，她是真的不知道。

的確，今晚不是一個好的時機。他也是被她攪亂了步伐，才會這麼急不可耐地挑破這層窗戶紙。

他平復一下心情，點點頭說：「我知道。」

陸彌茫然地看著他。

他掖了掖她的被子，站起身，說：「好好休息吧，我先走了。」

祁行止平靜地起身，輕輕帶上門，離開了。

第十三章　最厲害的英語老師

這一夜陸彌睡得極不踏實，做了好幾個夢。有時夢到六年前剛認識祁行止的時候，漫長而炎熱的夏季裡她故意挑選很難的英文詩來考他；有時又夢到很小很小的時候，林立巧在廚房裡偷偷多夾了兩塊剛出鍋的燜排骨給她；好像還夢到了大學時，和室友們一起排隊吃故宮外最紅的一家烤鴨……

這些都是，幾乎從沒出現在她夢裡的人。

這幾年她最常夢見的人其實是蔣寒征。那年過年，陪她回北京一路把她照顧得很好的蔣寒征；戀愛時什麼都依著她的蔣寒征；還有她提出分手後，笑得比哭還難看，對她說「分就分老子再找一個」的蔣寒征。

時夢時醒地不知睡了多久，陸彌起床的時候已經是下午三點，腦袋昏昏沉沉的。正是孩子們出去上課的時間，院子裡靜悄悄的，一點動靜也沒有。

陸彌摸出手機，發現 Jennifer 上午傳來的訊息。

Jennifer：『聽說妳病了？週六的課可以取消，好好休息。記得要去醫院打點滴。』

聽說？

聽誰說，不必多言。

陸彌心裡泛酸，回覆：『謝謝，課不用取消，我已經好得差不多了。』

陸彌探了下自己的額溫，好像又燙了起來。拿溫度計一量，三十七點三度。她看了鏡子中臉色蠟黃、嘴唇蒼白的自己一眼，將雜亂的頭髮綰好，裹上一件大衣，揣上鑰匙手機出了門。

經過警衛室的時候，梁大爺老遠就伸長了脖子打量她，欲言又止半天，關心了一句：「陸老師，臉色不太好哦！」

陸彌笑笑：「嗯，有點感冒。」

「你們一定要注意身體！別仗著自己年輕！」梁大爺嘮叨起來，似有若無地斜她幾眼，又道：「昨天晚上我看小祁也是的，咳了好幾聲！也不知道怎麼那麼晚回家，那風颳的，誰受得了？」

陸彌腳步頓住，問：「他昨晚幾點走的？」

梁大爺大嗓門道：「兩點多啊！那氣溫低的！我出來幫他開門，手指都快凍掉了！他還騎摩托車走的！嘖嘖，現在年輕人，不要命……」

陸彌心裡不是滋味，猶豫了一下，問：「他今天……來了嗎？」

「沒有啊！」梁大爺說：「說是這段時間大學生也要期末考試了，也忙！」

陸彌點點頭，「好，謝謝。」

「沒事！陸老師，妳自己要注意身體哦！」梁大爺又關心她，「妳看妳那麼瘦，這個冬天的風一吹就要跑了！」

陸彌扯嘴角笑笑，「知道，謝謝。」

陸彌到醫院，還是四大瓶藥。

今天她沒有病床可睡，只能坐在注射室的長椅上，和一個頭髮花白的老太太、一個靠在媽媽懷裡睡著了的小女孩一起，等待著頭頂葡萄串一樣的藥水一一滴完。

不知是藥物作用還是她在病中變得矯情多思，陸彌聞著醫院的藥水味，聽見後座的老人因疼痛而低沉呻吟的聲音，鼻子就止不住地發酸，仰頭往後一靠，眼淚盈眶，連天花板都變得模糊。

而她甚至說不清自己為什麼而難過。

從前心裡壓著的事比這更多更沉重，但她能默默受著，因為那是她應該承受的，是她的命運。可現在，她有了想要的東西，卻退拒猶豫，不知道自己有沒有資格伸出手。

護士來換第一瓶藥的時候，陸彌問：「能開一點口服的藥給我嗎？」

護士問：「怎麼了？」

「治咳嗽、感冒的，或者是預防感冒……」陸彌說不清楚，只能儘量描述，「現在天氣冷了，可能也還沒感冒，就是需要預防……」

護士笑了笑，一臉了然的樣子，問：「妳男朋友也病了？」

陸彌一怔，猜想她說的男朋友大概是昨天帶她來的祁行止。她猶豫了一下，說：「他不是……」

護士卻自顧自念叨起來：「我就說他今天怎麼沒陪妳來，看著那麼貼心的人。原來是病了，冬天這個感冒啊，就是容易傳染，你們小情侶要注意點。」

這護士太能說，陸彌默默噤了聲。

護士俐落地換好了藥，對她說：「普通感冒藥妳去藥局問問就能買到，醫院可不能隨便開藥，人都沒來呢。」

陸彌點點頭，「謝謝。」

護士用指頭撣了撣輸液管，「沒事，妳這瓶好了叫我啊。」

陸彌說：「好的。」

第三瓶滴完，陸彌昏昏欲睡，看了眼時間，已經快六點。

上下眼皮打架的時候，視線裡忽然出現熟悉的身影。向小園背著書包，齊瀏海被冬天的妖風吹得亂糟糟的，沿著醫院長長的走廊向她跑來。

陸彌意外極了，向小園在她身邊坐下快半分鐘，她才問：「妳怎麼來了？」

不對，她又問：「妳怎麼來的？」

這裡離夢啟明明有不短的距離，她自己坐公車來都用了快一個小時。

向小園有些彆扭地回答：「我說我想來看看妳，小段姐姐就送我來了。」

陸彌更加意外了，不確定地問：「段采薏？」

向小園點頭。

「那……謝謝她。」陸彌說。

「她還說讓妳等等叫車回去，不能為了省錢帶我坐公車。」向小園一五一十地轉述段采薏的話，連那高傲的表情都學到了精髓。

「……好，知道了。」陸彌苦笑。

向小園說來看她，就真的只是單純地看她。一一確認她狀況還好、手背不腫、點滴完好之後，就蹲下來，掏出作業鋪在長椅上，認認真真寫起來。

陸彌驚呆了。

向小園進入專注狀態很快，陸彌不忍心出聲打擾。直到她寫完一科，換另一本的時候，陸彌才說：「妳這樣寫作業對眼睛不好。」

向小園頓了頓，說：「沒別的事情做。」

陸彌問：「我給妳的書，帶著嗎？」

向小園說：「帶了一本。」

陸彌說：「那看書吧，可以小聲讀出來，我聽聽。作業回去再寫，不著急。」

向小園猶豫了一下，說「好吧」，又在書包裡翻找起來。

陸彌看她認真的神態，笑了笑，忽然說：「我昨天晚上是亂說的。」

向小園疑惑地抬起頭：「什麼？」

陸彌不自在地撇開眼神，「我……說妳是白眼狼，那是燒糊塗了，亂說的。」

向小園想起來，不知為什麼頓時也有些尷尬，又把頭埋回書包裡去，假裝翻翻找找。

陸彌默默笑著，不拆穿她。

向小園把書找出來，是一本《魯濱遜漂流記》。

她邊翻開書頁邊說：「我知道，因為妳也不是最厲害的英語老師。所以妳昨天晚上說的全都是胡話。」

陸彌：「……」

這小孩，為什麼連嗆人都要因為所以邏輯完整地嗆？

她無奈地笑了聲：「好吧，有道理。」

向小園看了她一眼，又說：「暫時不是。」

陸彌眼睛一亮，「是努努力以後有可能是的意思？」

向小園矜持地點了個頭，措辭嚴謹：「有這個可能。」

陸彌笑了，「好的，謝謝。」又指了指她手裡的書，問：「想讀嗎？」

向小園說：「我先默讀一遍，再讀給妳聽。」

陸彌欣然同意。

向小園的默讀速度非常快，不過幾分鐘，第一章已經讀完。她清了清嗓子，有些不確定地問：「妳……真的要聽？」

陸彌反問：「我不聽學生讀課文怎麼成為最厲害的英語老師？」

向小園不說話了，盯著手裡的書又默讀了幾秒，做了一下心理準備，輕輕開口讀起來——

「My first sea journey. Before I begin my story, I would like to tell you a little about myself……」

女孩子的聲音清澈，因為對英文的不熟悉而非常謹慎地發音，字字句句脆生生的，漾出輕盈的韻律。

她的發音進步很多了，陸彌想，完全看不出來在兩年前她幾乎沒有上過一堂正式的英語課。雖然這主要是女孩每天晚上自己下苦功的結果，但陸彌還是「與有榮焉」，心裡湧起層層的滿足感和幸福感。

聽著聽著，睏意又襲來，陸彌眨了眨眼，腦袋漸漸沉下去，輕輕靠在向小園的肩上。澈底睡過去之前，她不忘對向小園豎大拇指，誇讚道：「讀得不錯。」

當然也沒忘調侃自己一句：「我果然是最厲害的英語老師。」

向小園：「……」

她頓了頓，伸手壓了壓書頁上捲邊的角。這套書她用了兩個多月，翻動頻率太高，儘管她十分珍惜，也已經有折痕、有捲頁，筆記密密麻麻，是舊書的模樣了。

陸瀰很瘦，腦袋靠在她肩上也很輕。向小園知道她已經睡著，於是輕聲對她說了一句「謝謝」，又把沒讀完的故事繼續念完——

「It was a good ship and everything went well……」

七點半，陸瀰打完點滴，搭著向小園的肩走出醫院。

她的精神好多了，和向小園玩笑了幾句之後，又沉默下來，猶豫了幾秒，開口問：「……妳剛剛說，是段老師送妳來的？」

向小園：「嗯。」

「現在正是期末季吧，她不忙嗎……」陸瀰手揣在口袋裡，不自覺地搓了搓手指，「欸我記得她和祁老師是同班同學呀，他們現在應該都忙著考試吧……」

向小園差點笑出聲。

她第一次見到陸瀰的時候，滿心覺得這是個勢利又瞧不起人的差勁老師，只會討好上司絕不認真教學生的那種。誰能想到她連這麼簡單一個謊都撒不好？就差把「我想知道祁行止在哪」寫臉上了。

她忍著想笑的感覺，平淡地說：「不知道。」

掀開門簾，冬季的強風把陸瀰那一句黯然的「哦」堵在嗓子眼。她打了個寒顫，不敢再問了。

向小園卻忽然出聲：「哦，來了，妳直接問她吧。」

陸彌抬眼一看，一輛白色小車停在路邊，段采薏穿著駝色大衣，戴了一頂精緻的黑色貝雷帽，神情冷淡地立在車旁。

陸彌眉一揚，心裡有些不自在，還是走上前問：「妳怎麼來了？」

段采薏說：「我怕妳拉著小園坐公車。」她轉身拉開車門，坐進駕駛座。

陸彌：「……」

段采薏抬頭催她：「上車，我等等有話跟妳說。」

她的語氣是命令式的，可陸彌居然無端地不覺得生氣，她淡淡地應了聲，轉頭叫上向小園，貓腰坐進汽車後座。

北風在窗外呼嘯，車裡很靜。陸彌腦子裡沒由來地繃著一根弦，手指不自覺地摩挲著。向小園卻很放鬆，睏倦地打了個哈欠，就把腦袋往陸彌肩上一靠，閉眼睡了。

段采薏原本一言不發地開著車，抬眼在後視鏡裡看見這場景，忽然開口道：「聽小園說，妳打算帶他們排話劇？」

陸彌不知道她為什麼突然提這件事，「嗯」了聲。

「〈黑貓〉？」段采薏聲調上揚。

「嗯。」

陸彌應了聲，心裡忽然有些緊張，段采薏該不會覺得她不應該給孩子們看恐怖片，又要給她上教育心理學了？

誰知段采蕙默了幾秒，冷不防開口道：「對不起。」

陸彌一時沒反應過來，疑心自己聽錯了，「……啥？」

段采蕙從後視鏡裡白了她一眼，抿了抿唇，說：「我之前說妳對孩子們不負責、不用心，是誤會了妳。我向妳道歉。」

這下輪到陸彌沉默了。她怎麼也沒想到，段采蕙這樣驕傲又理想主義的大小姐，居然會為了這麼一件小事鄭重向她道謝。

陸彌甚至有些心虛，她笑笑說：「沒事。當時……我確實做得不太好。」

段采蕙沒說什麼，淡淡地「嗯」了聲，結束了話題。

車裡又靜下來，然而僵硬的氣氛已經被打開，陸彌忍不住又開口道：「……謝謝妳來接我們。」

段采蕙說：「我是怕妳為了省錢帶小園去擠公車。」語氣說不上客氣。

「……」陸彌按下脾氣，又狀似隨意地說：「我是說，你們現在期末季……應該挺忙的。要考試什麼的。」

段采蕙沒說話，像是沒聽見陸彌說話似的。

陸彌徹底沒了耐心，也不再問了。

靜了足有兩分鐘，段采蕙才抬眼又從後視鏡裡看了陸彌一眼，嗤笑一聲。

「我跟祁行止不是同個科系。」她說。

她忽然提到祁行止，好像完全看透了陸彌真正想問的是什麼。陸彌一時有些錯愕，不自在起來。

段采薏卻忽然打開了話匣子似的，自顧自地說：「我大學和他同班，學建築。可我對那個科系真的毫無興趣，學得又苦又累，還差點拿不到獎學金。」說到這裡，她自嘲地笑了聲，轉頭看了陸彌一眼，「妳知道嗎？我讀了這麼多年的書，第一次覺得進前十名是件難事。」

陸彌：「……」雖然這番發言很真誠，但多少有點夢幻了。

她淡淡地回答：「那也很厲害了。」這話不痛不癢，說了像沒說一樣，陸彌安慰人的技術一向這麼差。

「不厲害。」段采薏聲音冷冷的，聽不出情緒。她快速回了這麼一句，又停了好幾秒，轉頭看陸彌一眼，才繼續說：「哦，對你們來說可能還行。對我來說很差勁。」

陸彌：「……」

這話其實挺欠揍的，但段采薏輕輕地說出來，陸彌竟然並不覺得被冒犯，只是不知道該怎麼接。也許是因為段采薏的語氣真誠而黯然，泛著淡淡的苦意。

「我碩士學社會學，跨得太遠，無法保送，硬考上的。去年一整年，我在圖書館待了兩千多個小時。」段采薏自嘲地笑了聲，忽然話鋒一轉，又問：「欸，妳知道我高中為什麼選理組嗎？」

陸彌愣了下，說：「……不知道。」

「我文理科都很好。」段采薏說。

陸彌：「……嗯。」

「但那時候總有人說女孩子別學理科，就算能學好也太累了，再努力也比不過男孩子，人家只要勤奮一點輕輕鬆鬆就能超過妳。」段采薏說完嗤笑一聲，低聲罵了句，「蠢。」

陸彌看著段采薏眼神裡流露出的唾棄和不屑，不禁笑了，忽然覺得她很可愛，可愛得令人羨慕。這樣的論調陸彌也聽過不少，但她從來都是一笑而過，她沒有那樣的熱血和閒情去對說這話的人罵一句「蠢」。

可段采薏有。

她充滿活力，充滿自信，有用不完的力氣去和討厭的人事抗爭，去打惡人的臉，去摘想要的星。她的人生是一場打地鼠的遊戲，她緊緊握著錘子，對不喜歡的一切都毫不猶豫地重錘砸下，然後獲得一盤清爽悅目的局面，一趟酣暢爽快的人生。

而陸彌呢？陸彌的人生更像一場迷宮。老天把她丟在出發點上，她只能沿著面前的路走下去。這路或許也算平坦，或許時不時還會出現一些驚喜的選項，但從始至終，她能做的，只有往前走。她沒有俯瞰全域的全知視角，不知道終點在哪裡，也不知道未被選擇過的路會不會更好，她只能往前走。

陸彌笑了笑，應和道：「是挺蠢的。」

「但祁行止不這樣說。」車子在一個路口處停起來等紅綠燈，段采薏忽然長長舒了一口氣，說道：「雖然我覺得他是唯一有資格這樣說的人。」

陸彌輕輕點頭。她和段采薏聊天，提到祁行止，這感覺總讓她覺得怪異。

「我高一的時候特別幼稚，裝作很困惑的樣子去問他，『我該選文組還是理組？』」段采薏說著笑起來，「妳猜他怎麼說？」

陸彌想了想那個情境，想到祁行止的回答，居然有些想笑。但她忍下來，搖頭道：「不知道。」

「他說──『妳不像是有這個困惑的人。』」

標準的祁行止式回答。陸彌終於找到時機，捧場地笑了笑。

段采薏看見她揚起的嘴角，眼神黯了兩分，繼續道：「我的確沒有這個困惑，我早就想好了要選理組，堵那些人的嘴。」

陸彌真誠地讚嘆道：「妳很厲害。」

段采薏和她對視，沉默了幾秒，忽然笑出聲來，「妳真信？」

陸彌傻了，段采薏笑得太誇張，連睡著的向小園都驚動了。

段采薏噤聲，笑意又在一瞬間收斂起來，「我是為了和祁行止同班才選理組，為了在排行榜上和他站在一起。」

陸彌斂下眼神，沒有接她的話。現在的段采薏看起來太難過了，可她又那麼不會安慰人，沉默，是唯一的不冒犯。

「科系選建築也是啊，就為了和他同班，為了證明——我跟他，從頭到腳，從裡到外，全方面天生一對。」段采薏輕輕揚了揚手，後半句聲音雀躍，故意把話說得很輕佻。

她畫著柳葉形的細眉，配上貝雷帽，唇紅直白，像民國電影裡的美人。她說這話時回過頭來看著陸彌，笑得燦爛極了，顧盼神飛。

陸彌失語，斂眉什麼也沒說。

車裡比剛才還靜，只聽得見向小園輕輕的呼吸聲。

陸彌心中漲滿了酸楚，她一邊迫切地覺得自己需要和段采薏說什麼，一邊又覺得自己不該插話。

漫長的紅燈的倒數計時終於進入個位數，段采薏輕輕按下手剎車。

「可我現在撞到南牆了，該回頭了。」她踩下剎車，輕輕地說。

紅燈轉綠，汽車平穩地轉進新的道路。

後座的陸彌沒有說話。

段采薏忽然無比感謝她，感謝她沒有說那些空乏的安慰的話，感謝她沒有說「以後會有更好的人」。

不會有更好的人了。

除了她自己，沒有人有資格說會有更好的人。

車子停在夢啟門口，陸彌輕輕叫醒向小園，和她一起下了車。

「謝謝。」她再次對段采薏說。

段采薏沒有說「不用謝」，只是輕輕點了個頭。看起來和她面試陸彌時一樣的冷漠和不耐煩。

她看著陸彌和向小園一起走進校園，陸彌的手輕輕搭在女孩的肩上，看起來親密而友好。

祁行止說得很對，陸彌是一個很優秀的老師。想到這裡，段采薏想要自嘲地笑一笑，卻彎不起嘴角，反而鼻子一酸，落下兩行淚來。

今天早晨，她在圖書館碰到臉色憔悴的祁行止，一邊複習一邊不住地咳嗽。她打個電話給梁大爺問了問，很快就猜出了前因後果。

她也不知道哪裡生出來的勇氣，把祁行止拽出了圖書館，藥店裡現買的沖劑盯著他喝完，然後當著他的面把陸彌貶得一文不值。

祁行止只聽了兩句便擰著眉打斷她，表情嚴肅，甚至帶著壓迫。

段采薏也不知被觸動了哪根神經，不管不顧地說：「為什麼要喜歡她呢？她有什麼值得喜歡的？」

祁行止沒有回答，只嚴肅地說：「不要說胡話了。」

段采薏淚流滿面地說：「可是……我和你明明很適合啊。我和你才是天生一對啊。」

藥店裡人來人往，其中不乏認識他們的同學。大家駐足觀望，段采薏卻什麼都管不了了，她凝著一雙淚眼看著祁行止，仍然有所期待，就好像這一次他的回答會有所不同。

可祁行止說：「這件事，天說了不算。我自己做主。」

祁行止離開藥店兩分鐘後，段采薏手機裡收到了他轉來的藥錢。一分不多，一分不少。她放肆地蹲在地上嚎啕大哭起來，直到藥店店員把她扶起來，她平復心情之後，決定去找陸彌。

剛剛在車裡的幾十分鐘，是她二十多年的生活中最難堪、最醜陋的時刻。

但這是她自己求來的。段采薏太瞭解自己，她是個不撞南牆不回頭的人。所以她非要狠狠地撞上去，撞得頭破血流，才能心甘情願地回頭。

現在，這堵南牆她撞了。

該回頭了。

第十四章　黑貓

離元旦還有不到一個月，陸彌在網路上訂的戲服到了，開始安排學生們實景排練。

幾次排練下來，她發現這些孩子們雖然比普通學生更敏感和更有戒備心，但同時，他們也比普通的孩子更「好哄」。從中秋露營時請喝飲料，到課上偶爾「開明」的讓他們看小說、看電影，陸彌覺得自己並沒有多做什麼，如果非要說她有什麼變化的話，也許是她的心情變好了些。但學生們的態度已經完全不一樣了。就連龍宇新都會主動和她搭話，問她「老師我這句臺詞念得怎麼樣」。

這讓陸彌有了無與倫比的成就感。就像小時候玩《黃金礦工》，搖了好久的吊鉤終於得到一枚巨大礦石一樣。

唯一不足的是，黃金礦工是單機遊戲，她無法把戰績展示給她的戰友看。

她已經兩週沒有見到祁行止了。

Jennifer 說，每學期到了期末，祁行止都會提前兩週停課。大學生的期末通常比中小學生早，他會在忙完了自己的考試之後來夢啟幫孩子們複習。

再天才也熬不住清華期末的苦，那不是人待的。Jennifer 玩笑地說。

陸彌一邊附和著她的玩笑，一邊心裡的天平又開始計較了——那麼，祁行止是因為忙著期末考試沒有來，而不是因為生她的氣？

但兩週不見人影，怎麼想都覺得不太對勁。

陸彌從來不知道，自己居然是這麼糾結的一個人。

「怎麼，找人啊？」Jennifer 斜眼笑，不懷好意地問。

「沒有。」陸彌否認得飛快。

「放心吧，跑不了。」Jennifer 用手肘捅了捅她，笑著說。

陸彌抿唇，扯開話題：「元旦晚會，我帶孩子們排了場戲，英文的，妳應該會來看吧？」

Jennifer 雖然為人親和，一點架子也沒有，但畢竟是夢啟的創始人、陸彌的老闆，嚴格來說這是陸彌第一次正式做老師，她多少會在意 Jennifer 的評價。

誰知 Jennifer 愣了愣，短促地笑了一下，搖頭說：「我不去。」

陸彌有些驚訝，問：「有事？」

「嗯。」Jennifer 點了點頭，「每年元旦晚會我都不去的。」

陸彌心裡隱約覺得這不太對勁。Jennifer 雖然不授課，但幾乎每一天都會來夢啟，在辦公室坐一下、或者找老師學生們聊聊天。她也從不缺席夢啟的任何集體活動，至少在陸彌入職後的這幾個月裡，她連集體大掃除都沒缺席過。元旦晚會算是夢啟一年裡最重要的一次集體活動，她居然不去？

但她和 Jennifer 好像並沒有熟到能直接問「為什麼」的程度。

陸彌怔了怔，嘆說：「這樣……那可惜了。我還想讓妳看看他們的成果呢，進步真的不小。」

Jennifer 粲然一笑，「不用看，我知道。」

陸彌疑惑地揚了揚眉。

「妳以為我為什麼同意招妳？」Jennifer 一臉「妳太天真了」的表情，「祁行止推薦兩句就有用？」

陸彌沒聽明白，但臉已經無比誠實地開始發燙了。

「是小段！」Jennifer 指點迷津，「她跟我說，雖然她很不情願誇妳，但她的兩場面試和一場筆試，妳確實都完成得很出色。」

陸彌驚訝極了，一時失語。又想到那天晚上段采薏決絕而失態的表現，心情沉下來，又不知道該睡什麼。沉吟半晌，說：「嗯，她挺好的……是個公正的人。」

「噗。」Jennifer 笑出聲來。

陸彌不解地看著她。

「妳真的不太會說場面話。」Jennifer 毫不留情地嘲諷她，「以後還是閉嘴吧。」

陸彌：「……」

週三的課上，陸瀰照舊把時間留給學生們自主排練，她大部分時間是個享有優先點播權的觀眾，並不干涉他們的創作自由。

兩組人，兩場戲，四隻黑貓。四個男孩子穿著帶尾巴的黑色戲服在教室裡上躥下跳，一個扒在窗邊，一個蹲在桌上，場面說不出的滑稽。

陸瀰正看得津津有味呢，忽然聽見「刺啦——」一聲，扒在窗邊的那隻黑貓屁股上裂開一條大縫，白色底褲在黑色戲服的襯托下顯得格外晃眼。

「……」

「……」

「哈哈哈哈哈哈哈哈哈你褲子、褲子開了！」

女生們詫異一秒後慌忙撇開了眼神，以龍宇新為首的男生反應過來後則放肆地大笑起來，簡直笑得快岔氣了。

是雷帆。

他「唰」的紅了臉，連脖子上都漫起血色。他本來就是背對著大家手扒著窗戶欄杆的姿勢，這下就更不敢回頭了，只側著臉，可憐兮兮地擠眉弄眼向坐在講臺邊的陸瀰求助。

陸瀰接到訊號，呵斥了男生們幾句，又小步快速走到雷帆身邊，問：「什麼情況？」

雷帆苦著一張憋紅了的臉看她，擠出幾個字：「我怎麼知道……江湖救急啊姐姐。」

陸瀰心道不妙，這戲服可沒有備份，都是按人頭訂的。她想保證品質，所以挑了比較好的商家，價格也不便宜，因此沒捨得多訂幾套。只想著學生們都有分寸，肯定比她還愛惜這些衣服。

她火速想了好幾個方案，最後提議：「要不然……我幫你補補？你裡面穿什麼衣服，能脫嗎？」

雷帆面露猶疑道：「T恤短褲，能脫是能脫……但是，您會補衣服？」

當然是不會的。

陸彌小時候在育幼院雖然也沒少穿帶補丁的衣服，但那都是出自阿姨們的手。育幼院的阿姨們個個手巧又俐落，眼裡全是活，哪輪得到她動針線？她最多也就是觀摩過幾次，在阿姨們沒工夫的時候自己上手過一兩次。

成品都是很上不了檯面的程度。

陸彌咬咬牙，肯定道：「我以前補過自己的衣服。」

雷帆見她一臉篤定，放心了，「那行，我這就去廁所換下來。」

陸彌幾乎有些感動，他居然就這麼信了，目光懇切地點了個頭：「嗯！」

雷帆螃蟹似的背貼著牆挪出了教室。

拿到雷帆的黑貓戲服之後，陸彌直奔自己的房間，翻箱倒櫃找出了之前買衣服，打著「手作」招牌的店家十分做作地贈送的一個簡易針線包。

好在這戲服全黑，縫醜了也看不出來。

陸彌這樣安慰自己，顫顫巍巍地下了第一針。

祁行止走到教學大樓樓下的時候，首先看到的是陸彌房間亮著燈。他剛剛結束了倒數第二科考試，壓力減輕了大半，想到今天是週三，便想來看看陸彌和孩子們怎麼排練。

沒想到，陸彌居然在自己屋裡。

樓上的教室也照常亮著燈，還隱約傳來孩子們嬉笑的聲音。祁行止更好奇了，陸彌在自己房裡做什麼？

他忽然有點擔心。尋常來說，上課時間，陸彌絕對不會離開教室的。

他擰著眉猜了好久，又猶豫了好久，最終還是上前，輕輕叩響那扇門。

陸彌盯著自己那幾針慘不忍睹的針線，心說衣服是黑色的也沒用，她好像有本事縫出五彩斑斕的黑。

聽見敲門聲，以為是雷帆等不及來催了，心裡更緊張，不知道該怎麼向孩子交代。慌亂了幾下，最終非常慫地拿著衣服和針線一起去開了門，假裝還在認真修補的樣子。

她拉開門，頭也沒抬又拿著針線轉頭往回走了。

「馬上！最後兩針！」

祁行止：「……」

陸彌緊張地坐回桌前，快速地打著腹稿，思考要怎麼安撫小孩。

祁行止怔了幾秒，出聲道：「陸彌。」

陸彌身子一僵。

「妳在縫什麼？」祁行止沒等她回神，他沒關門，直接進了屋，語氣尋常地問。

陸彌緩了緩心神，放下針線，「雷帆的戲服，褲子開了。沒有備用的了，我幫他補一補，勉強還能穿。」

祁行止這才把目光挪到桌上那件黑不溜秋的衣服上。

一片黑中，他居然一眼看見了褲子那處一條歪歪扭扭、卡其色的線。這顏色在黑色之中絕不顯眼，但那形狀實在是太藝術了，讓人難以忽略。

祁行止下意識地擰起眉，問：「……妳用卡其色縫黑色？」

其實顏色不是問題，問題是這手法。就算用一模一樣的黑線，縫補者也必定能讓其鶴立雞群、C位出道。

陸彌赧然：「……沒別的線了。」

祁行止沒說什麼，伸出手，「要不然我來？」

陸彌疑惑：「你連這個都會？」

祁行止點頭，「會。」然後又將手伸近了一點。

陸彌愣了一下，才想起來鬆手，把衣服和針線都推給他。

祁行止是真的會針線活。

陸彌看得目瞪口呆，因為他說「會一點」，絕對是過分謙虛了。祁行止動作乾淨俐落，走線整整齊齊，強迫症似的筆直一條線，一點扭曲都沒有。

這嫺熟的手法令她一時忘了尷尬，嘆道：「你真的連這個都會啊……」

祁行止笑了笑，「我爸會。他以前說，要是不做地質的話，想當個裁縫。」

陸彌笑了笑，雖然沒見過祁行止的父親，但不知怎的，看著祁行止，就覺得老祁先生會很適合做裁縫。

在她的認知裡，裁縫是很有風度的一個職業。

祁行止靈活地打了個收尾的結，兩手直接把線扯斷，戲服直接交換給陸彌，「給，好了。」

陸彌接過，看著他小心翼翼地把針線都收回針線包，動作不緊不慢，連針線包的紐扣都細心扣好。

她忽然又不自在了，連道謝都結巴。

祁行止沒說「不用謝」，也沒說「不客氣」，他問：「能去看看你們排練嗎？」

陸彌仰頭，看他立在檯燈前，笑得謙和平靜。

好像什麼都沒發生過。

她這才發現房間門沒關。

一個彆扭的念頭躥進她心裡，使她一瞬間便有些慌了。她愣了一下，才笑著回答祁行止：「當然可以啊。」

從宿舍走到教學大樓短短幾步路的距離，陸彌心裡做了不下十種猜想。

——祁行止為什麼看上去這麼淡定？好像什麼都沒發生過一樣。

——他那天晚上問了她那麼多問題，堅持要一個答案，現在怎麼什麼都不問了？

——難道天才連心態都比別人好，要考試了就真能做到字面意思上的「心無旁騖」？

——還是說……那一切都是她病糊塗的幻想？

越想越迷糊，幾乎要訴諸玄學了。

陸彌腦袋裡像貓和老鼠在即時上演追逐大戲，上躥下跳，把她攪得暈乎乎的。這種感覺有點陌生，因為在祁行止身邊，她從來都沒有思維活躍度這麼高的時候——她一向心如止水。

現在看來，可真是打臉。

走廊裡的白熾燈已經很舊，因此不刺眼，發出溫暖恒定的光。祁行止步伐不快也不慢，肩膀輕輕擦著陸彌的，走在她前面一點。

陸彌手臂上搭著補好的戲服，已經完全看不住動過針線的痕跡。

她不由感嘆：「你居然會縫衣服……」

剛說出口她就有些後悔了，這是多麼明顯的沒話找話。

祁行止腳步頓了一下，不知想到什麼，笑了一下說：「我比較擅長修東西。」

陸彌覺得他這話有點莫名，沒頭沒腦的，正要問，忽然聽到樓上一聲巨響，緊接著是一個男生的怒吼——「你再說一句？」

祁行止和陸彌對視一眼，連忙大步跨過臺階上樓去。

教室裡已經亂成了一鍋粥。

桌子翻了兩張，雷帆和龍宇新扭打在一起，兩個人用著各自的家鄉話邊揮拳頭邊罵著什麼，陸彌聽不大懂。旁邊的同學們有的驚恐旁觀，有的伸手攔，但都沒有用。兩個男孩子像兩頭發怒的小獸，從臉到脖子漲得通紅，青筋爆出，一個橫肘卡對方的脖子，另一個抬腿猛擊對方腹部，誰都沒留情。

陸彌有些頭疼，這才幾分鐘？剛剛還熱熱鬧鬧地排練，怎麼忽然就打起架了？

祁行止兩步跨上前，一手捉著龍宇新的手臂，一手按著雷帆的肩膀，強行將兩人分開。

他面露怒色，吼道：「你們幹什麼！」

祁行止平時性格溫和內斂，但嚴肅起來一向很唬人。兩個孩子被他這麼吼一句，雖然仍惡狠狠地瞪著對方，卻也立時噤聲，梗著腦袋在一旁站著了。

陸彌知道直接問他們什麼都問不出來，便直接走向這個班裡她最熟悉也最親密的向小園，問道：「怎麼了？」

向小園原本一直站在門邊冷冷看著，忽然被這麼一問，她猶豫了一下，語焉不詳：

「……他們打架。」

「……我看出來他們打架了，」陸彌心累道：「我是問，為什麼打架？」

向小園不說話，嘴唇抿成一道直線。

陸彌擰眉，原本的心情只有驚訝和疑惑，現在就加上一層怒意了——課堂上打架也就算了，連個原因都說不出來？

「妳……」

「問她幹什麼。」陸彌還要再問，被祁行止出聲打斷。他淡淡地瞥了陸彌一眼，示意她不要追問向小園。

陸彌驟然被打斷，話堵在嘴裡一半，心裡有些不舒服。但也沒說什麼，朝祁行止點了點頭。

「直接問他們。」祁行止冷冷地盯著仍舊滿臉不服氣的雷帆和龍宇新，音量不大，但有力量。

雷帆和龍宇新一人往一個方向梗著倔強的腦袋，大有「寧死不招」的氣勢。

祁行止這時候變得很沒有耐心，他等了幾秒，直接看向雷帆，「你說。」

雷帆原本還黑著一張臉保持著對峙的姿態，被他這麼一問，眼眶「唰」的就紅了，看起來委委屈屈的。不知道是因為被龍宇新欺負了，還是不滿被祁行止拎出來先開了刀。

「怎麼回事？」祁行止淡淡地又問了一遍。

雷帆穿著臨時跑回宿舍套上的運動褲，上半身還是短袖T恤，精瘦的小臂上兩道刮痕往外滲血珠，是打鬥時不知道在哪擦傷的。

雷帆支支吾吾，小聲說了句：「……他笑我。」

他說完就撇開臉，大概覺得這種小事拿到檯面上來請老師「主持公道」是很丟臉的一件事。

陸彌一聽便想到雷帆褲子破時，滿堂哄笑的男生中，龍宇新是領頭笑得最歡的那個。還有之前課上分角色，他也是毫不客氣和雷帆搶角色，雷帆沒落著好，才自告奮勇演黑貓。現在看來，這個「自告奮勇」，多少有些被逼無奈的意思了。

這些雖然都不是什麼大事，但陸彌一來或多或少地偏向雷帆，二來對這好好的一堂課被攪得烏煙瘴氣的現狀很不滿，所以面帶怒意地看向雷帆，聲音冰冷：「龍宇新？」

「就這個？」祁行止卻與她異口同聲地問了這麼一句，聲音淡淡的，尾音上揚。

陸彌詫異地看向他，有些不敢相信這是祁行止問出來的話。校園裡，學生之間互相玩笑、誰嘲笑誰幾句的確很常見，也不是什麼大事。但今天這個情況顯然不一樣，都打起架了，祁行止居然這麼輕飄飄地問一句「就這個？」

她登時便躥起火來，卻見雷帆目光閃躲地回答：「有什麼好笑的……笑一下就行了，他一直揪著不放……」

祁行止還要再問什麼，陸彌卻厲聲插入，她將目光轉向龍宇新：「你來說。」

龍宇新原本勾著腦袋吊兒郎當地在一旁聽訓，忽然被點名，愣了下嗤笑一聲：「我說什麼？」

陸彌壓著怒火：「你做了什麼就說什麼。」

龍宇新臉一僵，「我沒做什麼。」

陸彌問：「你沒嘲笑同學？」

「沒有！」龍宇新聲音大起來，又瞪了陸彌一眼，「嘴賤的是他！」

陸彌澈底壓不住火了，音量也不自覺地升高，「你還說沒有？剛剛我都聽見了！同學之間再要好，開玩笑也要掌握分寸的！」

龍宇新被她劈頭蓋臉一頓教訓，愣了兩秒，臉澈底黑了，盯著她森然道：「關妳屁事。」

陸彌幾乎反應不過來。她居然在課堂上，被自己的學生這樣嗆。先不說她和龍宇新的關係已經緩和很多，更重要的是，這件事明明就是龍宇新的錯。

「你這是什麼態度？」

「就這個態度。」龍宇新一副天不怕地不怕的樣子，還朝她走近了兩步。國中的男生已經比她高，居高臨下地低頭看她，一字一頓，「妳、哪、位？」

「龍宇新！」

祁行止聲音抬高，疾步閃上前用力把龍宇新往後一拽。

陸彌火冒三丈，怒罵道：「你跟我道歉！向我道歉！還要向雷帆——」

「妳先別說話。」祁行止忽然回頭，冷冷地對她說。

陸彌怔住了，不敢置信地看著祁行止。

「我道你媽的歉！」龍宇新直指著陸彌叫囂道：「他媽的走後門進來的還敢在老子面前擺老師的架子！」

陸彌氣得瞪圓了眼，她從沒見過這麼惡劣的學生。明明一個小時前還跟她嬉皮笑臉，現在居然對她破口大罵。

她幾乎喪失理智，甚至想和他對罵起來。

「龍宇新！」

「龍宇新！」

兩個人異口同聲，是祁行止和向小園。祁行止吼了聲；向小園則聲音尖細，小跑到龍宇新面前拽了下他的手。

原本已經老實下來的雷帆不知又被什麼點著了，爆了句粗又揚起拳頭朝著龍宇新去，「你他媽說誰走後門！」

祁行止身手俐落，一掌便擋住他，厲聲警告道：「你還來！」

「祁哥！你沒聽見他說什麼嗎！」雷帆又急又躁，「他罵我也就算了，他還罵彌姐啊！

彌姐辛辛苦苦為我們寫劇本做衣服讓我們表演節目，他憑什麼這麼說！」

龍宇新聞言，不屑地笑了聲，「哦，原來你們是一家的啊。怪不得都走後門，垃圾！」

話音剛落，祁行止動作極快地回身抓住他手腕，將他的手臂扭在身後。

「祁哥！」龍宇新叫道：「你還幫他們！」

「你閉嘴！」祁行止怒道。

龍宇新吃痛地叫出聲，祁行止這才放開手，「兩個人都先閉嘴！我問一句答一句。」

他看著雷帆，問：「只是他笑你？」

雷帆撇下眼神，不答話。

「說話。」祁行止耐心不足，聲音加重催促他。

雷帆支吾道：「……我也笑了。」

「你笑什麼？」

「……我是說了他發音難聽，但我就說了一句！是因為他一直笑我！」雷帆一股腦吐露道：「就算是我不對，他也不能說——」

他忽然又咬住舌頭不說了。

「說什麼？」祁行止問。

雷帆咬著牙不回答。

「說他走後門！」龍宇新倒是承認得坦坦蕩蕩，昂著腦袋道：「他不就是走後門嗎！我們都是填了申請通過了考核才能來的，他憑什麼說來就來了！」

「你還覺得你說得對？」祁行止回頭怒道。

龍宇新瞬間就噤聲了，低頭前看了祁行止一眼，嘀咕道：「還不是他先……」

陸彌聽他們審問夾著吵架，聽得腦子嗡嗡響，卻也聽明白了。

孩子們開玩笑，總是難以把握尺度。尤其是男孩子之間，玩嗨了難免脫口說些冒犯的話。如果是碰到脾氣好的，忍一忍笑一笑就過去了；碰到脾氣不好的，不知道被哪個火星點著了，你一言我一語地打起嘴仗來，那就是一場大火了。

龍宇新和雷帆這場架，就是青春期男孩子在嘴賤和嘴更賤之間擦起的火。但先裹亂的是龍宇新，陸彌很難不產生偏心。

「你怎麼知道他沒通過考試？」祁行止淡淡地問了一句。

龍宇新一時語塞，打架吵架那都是腦子一熱的事，他怎麼可能真的想過雷帆有沒有考過試？

「你說雷帆走後門是因為沒考試，那說陸老師呢？」祁行止又問，「你在夢啟這麼多年，就學會了這樣尊重老師？」

龍宇新想辯解，卻又發現無話可說。最終僵著一張臉，低下頭去。

祁行止兩個問題把他問得啞口無言，也不再多問了，又看向雷帆，表情更嚴肅了點，擰眉道：「你自己英語學的很好？」

雷帆有些心虛地道：「我不是故意的……」

「有些話，不是故意的也不能說，你不知道？」祁行止又問。

「我……」

「行了。」陸彌出聲打斷。她很不理解也不能支持祁行止只對著雷帆一頓教育的行為。她上前拽住雷帆手腕，又抬眼掃了掃這一教室的人。他們還穿著她滑遍了網路上的店鋪訂製來的戲服，手裡拿著她親手改過好幾稿的劇本。

他們有的怯生生地看著她，好奇這場可怕的架會以怎樣的結果收尾；有的則面無表情，好像一切與他們無關；還有的，比如龍宇新，根本就不看她。

陸彌忽然覺得疲憊，更覺得這段時間熱火朝天地忙這麼久毫無意義。

她看著龍宇新腳下被踩了好幾個腳印的劇本，還有手裡那件剛縫好的戲服，想了想，淡淡地說：「既然這樣，這戲我們也不用排了。」

有幾個學生發出詫異而失望的嘆聲，龍宇新也猛地抬了一下頭。對上她的眼神，又瞬間瞥開。

陸彌沒有理這些聲音，說了句「下課」，牽著雷帆走了。

夜已深，梁大媽已經睡下了。陸彌不想去麻煩她，自己又沒有備醫藥箱，只好帶雷帆去幾百公尺外的小診所。

雷帆被她領著走在寒風瑟瑟的街上，外頭裹了件臨時拿的羽絨服。陸彌走在他身前半步的距離，一言不發，連後腦勺都寫著「別惹我」。

但雷帆還是開口問了句：「陸老師，我們要去哪啊？」

陸彌說：「診所。上藥。」

雷帆悻悻地「哦」了聲，又說：「其實沒事的，我都是皮外傷。」

陸彌猛地停住腳步，回頭仔仔細細地看了一遍他臉上的傷，很客觀地說：「你被打得挺慘。」

雷帆：「……」

他覺得有點丟臉，嘀咕道：「……我是因為穿少了，沒發揮好。」

陸彌忽然又頓住腳步，回頭問：「龍宇新是不是足球隊主力？」

「……」雷帆並不是很想承認這事，但他不得不點了個頭，「是。」

陸彌又問：「他家哪裡的？」

「河南？還是河北？」雷帆也不是很清楚，「就那帶吧。」

「他來夢啟很早？」

「好像是，聽說他是校長阿姨從他們省青訓隊挖來的呢。」

陸彌點點頭，「哦，怪不得你打不過他。」

雷帆：「……」

小診所裡沒什麼人，就一位醫生和一個護士，瀰漫著濃重的消毒水味道。

「小孩子打架？」醫生輕飄飄地抬眼，伸出兩隻手指來往下壓了壓，示意雷帆坐下來。

陸彌和雷帆都沒答話，醫生把著雷帆的下巴把他整張臉端詳了一遍，說：「沒什麼大事，上下藥就行。」

又問：「身上有沒有？」

雷帆突然有些害羞，這醫生是個三十歲左右的女人，他不好意思當著人的面脫衣服。更何況，陸彌還在他身後站著呢。

醫生一眼就看出他在彆扭什麼，輕笑聲道：「害羞什麼？我什麼沒見過。」

雷帆不動作。

「衣服掀起來我看看。」醫生不跟他廢話那麼多，直接下了命令，又朝陸彌道：「姐姐出去等著吧。」

陸彌見狀，點了點頭，走出了診斷室。

剛走出來，就看見祁行止領著龍宇新推門而入。

她和祁行止的目光撞上，立刻就當沒看見，挪開了眼神。她現在看他，哪裡都不順眼。

祁行止倒不在意這種冷淡，走上前說：「他也需要看看傷口的。」

說的是龍宇新。那傢伙正站得遠遠的，一臉不屑地往這邊播撒他難忍好奇的目光呢。

陸彌看也不看他，「哦。」

祁行止無奈地嘆了口氣，沉沉道：「陸彌。」

陸彌被他這一聲喊得一身雞皮疙瘩都起來了，他這種恨鐵不成鋼的老父親語氣是怎麼回事？怎麼倒像她做錯了事，讓他這個老父親心累呢？

這麼一想，她心裡的火又「噌」地一下上來了，抬頭白了祁行止一眼，不說話。

正僵持著，雷帆摸著背上的傷出來了。剛剛還不覺得痛，被醫生摸一摸按一按，現在疼得想叫。

陸彌看見他手上拿著診療單，問：「是不是該上藥？」

雷帆指了指對面的換藥間，「嗯，叫我去那。」

他看見祁行止領著龍宇新來，心裡也沒好氣，但又不敢對著祁行止發，只窩著一肚子委屈，裝沒看見，擦著祁行止的肩想走。

「沒看見我？」祁行止卻叫住他。

雷帆頓住腳步，猶豫了幾秒回身叫了句：「……祁哥。」

祁行止看他一臉委屈的模樣，氣笑了，擺擺手趕人，「先去上藥，上完藥我再收拾你。」

他不自覺就叉起了一邊腰，又朝龍宇新擺手，催促道：「進去讓醫生看看啊，站在那幹什麼。」

龍宇新恍然回身，呆呆地道：「……哦。」

陸彌就站在診療室門口，他是不想和她打著照面過去的，但祁行止發話了，他又不敢不聽，最終閃爍著眼神，以一種沒學過走路似的同手同腳的彆扭姿勢走進了診療室。

陸彌看著祁行止這副一手叉腰、一手趕人的模樣，忽然覺得很新鮮。一直以為他是溫文爾雅那一派的，現在看起來，居然有點大哥氣質。

而且是二流警匪片裡的那種大哥。

想到這，她忍不住勾起唇角笑了一下。

「笑什麼？」祁行止忽然問。

陸彌被嚇一跳，心道他沒戴眼鏡視力還這麼好？

她斂平嘴唇：「沒笑。」

祁行止堅持己見：「我都看見了。」

陸彌說：「你瞎。」

祁行止：「……」

陸彌平視前方，沒看祁行止一眼，彷彿身邊這人不存在。

她心裡梗著一股氣，看祁行止覺得哪裡都不順眼。這挺奇怪的，因為她就算要氣也該氣龍宇新，氣不到祁行止頭上。但情緒如果不奇怪就不叫情緒了，她看見龍宇新的時候心平氣和，反而一看見祁行止就想給他一拳。

靜了兩分鐘，祁行止說：「妳在生氣。」

不是問句，是平靜而肯定的陳述句。

陸彌目不斜視地說：「我沒有。」

祁行止低頭，頓了一下，說：「對不起。」

陸彌忍住了想偏頭看他的衝動，梗著脖子說：「你別亂道歉。」

「妳的課堂，我不該越俎代庖替妳問，也不該剝奪妳問的權利。我向妳道歉。」祁行止語速平緩地說。

陸彌不說話了。

她自己都想不清楚到底為什麼生他的氣，祁行止短短的兩句話好像就說明白了。她心裡一時既感動又是苦澀，感動的是祁行止好像永遠都這麼神通廣大，永遠都潤物細無聲地把所有事情理得清楚明白；苦澀的是，她這個老師當得著實失敗，別人一句話就可以講清楚的事，她卻要和自己兜那麼久的圈子。

「但妳確實有點急了。」她心裡正五味雜陳呢，祁行止又說話了。

「什麼？」陸彌抬起頭看他。

「我就是怕妳著急，才想替妳問。」祁行止看了她一眼，解釋道：「妳一聽雷帆被龍宇新嘲笑，就想著肯定全是龍宇新的錯，畢竟他一直那麼霸道還沒禮貌。對不對？」

他說的一點沒錯，但陸彌不想承認。她面無表情地問：「你想說什麼？」

「事情不會那麼簡單的。我瞭解雷帆的脾氣，如果只是因為褲子破了被朋友笑幾句，他不會發那麼大的火。」祁行止慢慢地解釋著，「一定有別的原因。」

陸彌問：「你覺得我不會問清楚原因就把事情全部歸罪到龍宇新身上？」

「……我不是這個意思。」祁行止忽然有些慌了，「我就是怕妳著急。」

「是，我是挺急的。」陸彌承認，「但我不至於前因後果都沒問清楚就下定論。我沒有問嗎？是他先罵我，他根本沒打算好好回答我的問題！」

「妳那樣問……他不會好好回答的。」祁行止說。

「那你問就有用？」陸彌越說越激動，「你還不是逮著雷帆欺負？你有好好地問龍宇新嗎？」

祁行止見她跳腳，心裡懊惱自己話說得太快，應該再斟酌一下的，至少不能讓她覺得他在責怪她。

他當然不是在責怪她。只是夢啟是個特殊的學校，龍宇新又幾乎是這裡性格最尖銳的孩子，陸彌需要時間去瞭解。

他有些不知所措，不知道現在該和陸彌說什麼才是合適的。

思忖了幾秒，他決定如實相告：「我問了。你們走之後，我問了他，和雷帆說的能對上，沒有出入。我也問了其他孩子，都……」

「那我謝謝您，替我解決了這麼一樁大事。」陸彌直接打斷他，皮笑肉不笑地說道。

她極力提醒自己冷靜、得體，但話一說出口，就像中了咒似的陰陽怪氣的。

祁行止忽然笑了，說：「妳還是在生我的氣。」

從「生氣」變成了「生我的氣」，他一步步把範圍縮小。

「我沒有。」陸彌硬邦邦地否認。

明明是在吵架，祁行止卻忽然笑了，他輕輕咳了聲，說：「我沒有在責怪妳，也沒有否定妳。我對妳的態度、對妳說過的話，沒有任何負面的意義。從來都沒有。」

他的語氣很鄭重，聲音卻是含著笑的，使這幾句用詞過分官方的話聽起來尤為舒適悅耳。

陸彌的心顫了一下，忽然不知該說什麼。

她想說「管你有沒有」，好像有點太凶悍；想說「知道了」，又顯得呆板；什麼都不說，就更木訥了。

她正為難，醫生和龍宇新走出診療室，指著方向讓龍宇新去換藥。

醫生手裡拿著費用清單，問：「你們誰去繳費？」

祁行止正要說他去，陸彌已經上前接過了繳費清單，「去哪繳？」

醫生往走廊盡頭一指，「前面左轉就是。」

陸彌說：「好的，謝謝。」拿著單子就走了。

陸彌到繳費櫃檯才想起兩個學生應該都有醫療保險，但一想到要叫龍宇新，彆扭感又上來了。反正也就一百多塊，索性自己結了。

祁行止不知道什麼時候又走到她身邊，說了句：「不帶他來上藥，卻還是要幫他付錢。」

「……」陸彌白了他一眼，「你在這幹嘛？」

祁行止笑起來，「這就走。等等就麻煩妳帶他們一起回去了。」

陸彌圓睜眼睛，「我？」

祁行止點點頭，極認真地說：「我要回去備考了。陸老師，大學生期末也很辛苦的。」

陸彌心裡又一顫，忽然發覺這人已經很久沒規規矩矩地叫她「老師」了，不知從什麼時候開始直呼大名。現在忽然叫她一句「陸老師」，她只覺得哪裡都透著詭異。

「滾。」她從牙縫裡擠出一個字，言簡意賅。

祁行止「嗯」了聲，甘之如飴地「滾」了——當然，這個字不適合他，他穿著黑色大衣，「滾」得意氣風發、風采卓然。

——《妳好，陸彌》（上）完——

——敬請期待《妳好，路彌》（下）——

高寶書版集團
gobooks.com.tw

YH 179
妳好，陸彌（上）
作　　者　林不答
責任編輯　吳培禎
封面設計　虫羊氏
內頁排版　賴姵均
企　　劃　何嘉雯

發 行 人　朱凱蕾
出　　版　英屬維京群島商高寶國際有限公司台灣分公司
　　　　　Global Group Holdings, Ltd.
地　　址　台北市內湖區洲子街88號3樓
網　　址　gobooks.com.tw
電　　話　(02) 27992788
電　　郵　readers@gobooks.com.tw（讀者服務部）
傳　　真　出版部(02) 27990909　行銷部 (02) 27993088
郵政劃撥　19394552
戶　　名　英屬維京群島商高寶國際有限公司台灣分公司
發　　行　英屬維京群島商高寶國際有限公司台灣分公司
法律顧問　永然聯合法律事務所
初　　版　2025年01月

國家圖書館出版品預行編目(CIP)資料

妳好,陸彌 / 林不答著. -- 初版. -- 臺北市：英屬維京群島商高寶國際有限公司臺灣分公司, 2025.01
　面；　公分. --

ISBN 978-626-402-168-5(上冊：平裝). --
ISBN 978-626-402-169-2(下冊：平裝). --
ISBN 978-626-402-170-8(全套：平裝)

857.7　　113020330